タザリア王国物語6

乱峰の荒鷹

正義とは、自分のためにではなく、他人のために振り絞られる勇気のことを指す。

ジグリット・バルディフ『回顧《かいこ》録《ろく》』より

第一章

蒼生の乱立《そうせいのらんりつ》

1

聖階暦《せいかいれき》二〇二三年、黄昏月《たそがれづき》。暴 君《テュランノス》山脈の北東に位置するナフタバンナ王国。首都シルマを睥睨《へいげい》する黒の城 砦《じょうさい》において、その内郭にある五つの建物の内、中腹にある第三の砦《とりで》には、ナフタバンナ王の召集した八人の為政者達が厚い松材の机《テーブル》を取り囲み座っていた。

「叔父貴《おじき》の言う通りだ」ヴィゴール・マエフの声は、大きくはなかったが、苛立《いらだ》ちのせいか力が篭《こも》っていた。

彼は背凭《せもた》れに鳥の羽根を一本一本彫り込んだ、真っ白な桐《きり》の椅子《いす》に腰掛け、自分で狩猟した猪《いのしし》の毛皮を腰に巻いていた。ナフタバンナの国旗でもある鷹《たか》のように、ヴィゴールは鋭《するど》い眼《め》つきで周りを睨《にら》みつけた。

「反乱分子に、煩わされている場合か。他《ほか》に眸《め》を光らせておかなければならないことが、山ほどあるんだぞ。とっととやつらの巣穴を見つけて始末しろ」

ナフタバンナの王、ヴィゴール・マエフにとって、山賊《さんぞく》など取るに足らない存在だ。以前も、それから霧 雨《ロラティオー》砦が陥落した今現在でも。だが、山賊が奮起してから首都シルマに届く物資が減ったことは、ロラティオー砦の陥落よりも、ヴィゴールにとって大きな痛手となっていた。

ヴィゴールの妻であり、王妃でもあるイスメラと、王女である歳頃《としごろ》の二人の娘達にとって、アルケナシュ公国やウァッリス公国から届く衣服や装飾品は、唯一彼女達の退屈を紛らわすことのできる享楽であり、その地位にある者として当然の権利だったのだ。だが、それらの荷が減ったことで、彼女達の機嫌は下降の一途を辿《たど》っていた。

――女には食い物か、飾り物を与えておけばいい、とかつて父は言ったものだ。

ちらりとヴィゴールは、自分の斜め前に座っている息子《むすこ》エイガスを見やった。少年は疵《きず》一つないふくよかな頬《ほお》に、とろんとした眸をして、欠伸《あくび》を押し殺すように口を真横に結んでいる。

武勇王と謳《うた》われた父、トル・マエフ王は、生前息子に厳しかった。その反動からか、ヴィゴールはエイガスに同じ育て方をしないよう気をつけたのだが、その結果がこれだ。

――つくづくおれは、裏目に出るな。

良い剣術指南役をつけても、エイガスの剣術は一向に良くならない。その上、拾い物をしたと思っていた旧タザリア王国の騎士《きし》だった冬将《とうしょう》の騎士も、いつの間にか無断欠勤が続いているというし、ここ最近ろくなことがないのだ。

うんざりしているヴィゴールに、軍の総司令官を務める騎士サーラムが口を開いた。

「陛下、カサバ村にはすでに兵を送っています。村長のラジャックを捕らえるのは時間の問題かと」

だが、サーラムの向かいに座っていた蔵相タイズが冷笑した。

「そいつを捕らえて処刑するだけではな」

蚯蚓《ミミズ》のような髭《ひげ》を鼻の下に二本伸ばしたタイズに小莫迦《こばか》にされ、サーラムだけではなく、そこに並んだ五人の騎士《きし》達全員が、顔を歪《ゆが》ませた。だが、サーラムは平静を装《よそお》って、言い返した。

「むろん、ラジャックを匿《かくま》っている者も同様の刑に処しますが、ロラティオーを襲《おそ》ったすべての村人を捕らえるのは、不可能でしょう」

「不可能とは、総司令官殿には無理という意味かね？　それともやらないという意味かね？」

両手を机《テーブル》の上で組んだままの東部総督、マシュリーが神妙な顔つきで訊《たず》ねた。彼はイフィ山脈の麓《ふもと》を監督《かんとく》している五十過ぎの上流階級《アルコンテス》の男で、代々領主としてその付近を治めていたが、ヴィゴールの父、トル・マエフ王に与《くみ》してからも、いまだに細々とそこを支配していた。

彼らの諍《いさか》いを聴《き》いていた上座の王、ヴィゴールは苛立《いらだ》ちが空虚な悲嘆に変わっていくのを感じていた。全員を集めると、いつもこうだ。彼らはそれぞれが相手の短所を突《つ》き合うために、ここに馳《は》せ参じているように見える。まともに物を考えるには、一人になる方がマシな気がして、ヴィゴールは吐息《といき》を漏《も》らした。

「サーラム」ヴィゴールに呼ばれて、総司令官は軍の怠慢を指摘する幾つかの眸《め》を睨《にら》み返すのをひとまず止《や》めた。

「はい、陛下」彼はヴィゴールよりずっと年上で、短く刈った髪には白いものが目立ち、ごわごわの岩肌のような顔は、笑わなくても頬《ほお》に皺《しわ》が幾重も寄っていた。

サーラムは、自分でも山賊《さんぞく》を放置してきたのは、軍の怠慢だったと認識していた。ヴィゴール・マエフ王が山賊をそれほど案じていなかったにしても、早い内に余計な芽は摘んでおくべきだったと。だが、サーラムはマエフ王が放《ほう》っておけばいいと思っているものに強引に手を出して、彼の機嫌を損ねたくはなかった。

それに、山賊は以前から連綿と続く下級層との小競《こぜ》り合いに過ぎないと思われていた。数年前にやつらがマエフ王に反乱を起こしたときも、あっさりと鎮圧《ちんあつ》されたことが良い証拠だ。彼らが軍にまたもや盾突くとは、誰《だれ》も思っていなかったに違いない。

そのとき彼らを鎮圧したのが、マエフ王とサーラム自身だったのだから、他《ほか》の座っているしか能のない頭でっかちの為政者達に、どうこう言われたくはなかった。

「とりあえずラジャックとかいう男を始末して、村人と山賊の関係を断つのが先決だ」

ヴィゴールの言葉に、サーラムは頷《うなず》いた。

「お任せください。すでに三百名を周辺に派遣しました。賊と繋《つな》がっているとわかった者は、その場で処罰するよう命じてあります」

「なら、続けろ。見せしめに処刑しても構わん。山賊の方はもう少し手間がかかりそうだが、おまえが言っていた後継者に任せることも考えている」

サーラムは眸を見開いた。そして、自分の隣《とな》りに並んだ五人の優秀で勇猛な騎士達を横眸で見やった。彼らはみな、何気ない表情《かお》をしていたが、内心それが誰なのか自問自答しているに違いなかった。

　サーラムは、自分の引退を思って、寂寥《せきりよう》よりも深い安堵《あんど》を感じていた。彼はすでに生意気盛りの若い騎士《きし》や、礼儀《れいぎ》知らずの兵士達に、時代の流れから来る隔絶を強く感じずにはいられなかったからだ。

「わかりました。陛下がお呼び立てすれば、すぐに伺うよう言っておきます」

　ヴィゴールは返事の代わりに、机《テーブル》に置かれた葡萄酒《ワイン》をぐいと飲んだ。そして眉間《みけん》を寄せたまま、蔵相のタイズに訊《たず》ねた。

「やつらが奪った食糧《しよくりよう》を取り戻せないとしたら、損失分をどう補う?」

　タイズは東部総督のマシュリーに視線を向けた。

「イフィ山脈の麓《ふもと》は、今年は豊作だったと聞きます。多少取り立てを強化すれば、損害は少なく済むはずです」

　マシュリーは苦虫を噛《か》み潰《つぶ》したような表情《かお》になった。

「タイズ殿、よくよく調べてはいないようですな」マシュリーは自分の手前にあった葡萄酒の杯《グラス》を手で弄《もてあそ》ぶように、くるくると回しながら言った。「豊作といっても、昨年の旱魃《かんばつ》の影響《えいきよう》が残っていたので、昨年よりはマシだったというだけのことですよ」

「それは本当か?」ヴィゴールに鋭《するど》い眸《め》を向けられ、マシュリーは思わず手の中の杯を落としそうになったが、注意深く答えた。

「は、はい、陛下……。本当です。ロラティオー砦《とりで》の損失分を補うほどの量には、ならないと思います」

ヴィゴールが口を閉ざすと、代わりに王の叔父《おじ》が言った。

「損失分がなくとも、白帝月《はくていづき》は越せるだろう。プレウラ台地の村落からは、来年倍の徴収を行えばいい」王妃イスメラの母親の弟であるイヨン・ダフォールは、義理の甥《おい》に同意を求めた。

「だろう、ヴィゴール」

だが、ヴィゴールは、元近衛《このえ》騎士だったガリガリに痩《や》せた老騎士に渋い表情を見せた。

「それでは急を要する事態になったときに、兵糧《ひょうろう》が足りないことにもなりかねん。叔父貴が言うこともっともだが、おれとしてはプレウラ台地の村々が賊《ぞく》と結託して、ロラティオーを襲《おそ》ったというのなら、そこから損失分を徴収すべきだと考える。損失分を足した量の取り立てを今年中にすべての農民を対象に実施すべきだな」

そんなことをすれば、山賊と関《かか》わりのない村人たちの中から餓死《がし》者が出るだろうと、そこにいた誰《だれ》もが思った。ロラティオー砦にあった食糧の恩恵に与《あずか》った農民は、そう多くはないはずだからだ。そして、当然ヴィゴールがそれを承知の上で発言したことも、彼らにはわかっていた。

ヴィゴール・マエフにとって、パイゼイン丘陵で働くすべての農民が自分たちと同じ人間ではなく、黒の城砦《じょうさい》を支える兵糧を作り出すための奴隷《どれい》に過ぎなかった。

ヴィゴールの叔父、ダフォールは甥のその冷酷さに、父親だったトル・マエフ前王にはない力強さを感じていた。だが、それ以外のその場にいた者たちにとって、王の非道なまでのやり方は、いつ自分に跳ね返ってくるかもしれない畏怖《いふ》を孕《はら》んでいた。

青褪《あおざ》めた東部総督と蔵相が沈黙《ちんもく》しているので、ヴィゴールは彼らがこの案に納得したと考えた。

「徴収分を出せなかった村からは、パイゼイン丘陵に造る、新しい穀物庫の建設に携わってもらおう。ちょうど良いじゃないか」満足げなヴィゴールに、反対する者は一人もいなかった。

「確かにロラティオー砦《とりで》に代わる新しい穀物庫は入り用だな」彼の叔父《おじ》、ダフォールは笑みを浮かべながら言った。「働き手はそれでいいとしても、蔵相殿がまた金勘定で文句を言うんじゃないか？」

「ダフォール様……」蔵相のタイズは、困ったときにやるように広い額を手の甲で撫《な》で上げた。近頃《ちかごろ》出て行くばかりの国庫の中身を、しきりに気にしているタイズにとって、それは笑って済ませられる話ではない。ちらりとヴィゴールの表情を窺《うかが》っても、王は財布の中身について聴《き》く耳を持っていなかった。どうにかするのが蔵相の務めであり、どうにもできなければ頭を挿《す》げ替えられるだけの問題だったのだ。

為政者達は、それからゲルシュタイン帝国の動向について、蛇の国の権勢を削《そ》ぐためにも、アルケナシュ公国やベトゥラ連邦共和国と連携を強めていくことなどを話し合った。

話し合いが終わると、全員がそそくさと会議室を後にしたが、ヴィゴールは、ずっと黙《だま》っていた魔道具使い《マグトゥール》がゆっくりと立ち上がるまで、室内に残っていた。

魔道具使いボクス・ウォナガンは、どの為政者達よりも小柄だった。最初からずっとその場にいたが、一言も発さず、存在が希薄《きはく》だったので、いないもののように思われた。だが、立ち上がった黒い長衣《ローブ》の老人は、ヴィゴールの鋭《するど》い視線を受けて、にやりと破顔した。その表情はまさしく老狐《ろうこ》と呼ばれるに相応《ふさわ》しいもので、ヴィゴールは一瞬《いっしゅん》、支配されているのが自分のような気がしてぞっとした。

「浮かない表情《かお》をしておるな」魔道具使いは、わざとらしく言った。

「ウォナガン」ヴィゴールは苛立《いらだ》ちを込めて、老人を睨《にら》みつけた。

だが、老いた魔道具使いは続けた。「歳《とし》は取りたくないもんだろう」

「まだそれほど老いてはいないぞ」ヴィゴールが言い返す。

「ふん、ならいいがな」魔道具使いは嘲笑《ちょうしょう》を浮かべたまま、ヴィゴールの横の椅子《いす》に腰掛けた。そこはエイガスの席だった場所だ。「おまえの息子《むすこ》はろくなもんじゃない。おまえが死んだら、おれは魔道具使い協会《ギルド》へ帰るだろうよ」

「おまえより先におれが死ぬと思うのか？」本当に驚《おどろ》いたようにヴィゴールが言う。「序列で言えば、おまえが先だろう」

老人は亀《かめ》のように首を縮めた。「それこそ失礼千万じゃ。おまえの父は、もうちょっとマシな口の利《き》き方を知っとっただろうに」

「武勇王の息子《むすこ》だろうが、エイガスの父親だろうが、おれはおれだ」

ヴィゴールが言い放つと、魔道具使《マグトゥール》いはその不思議に透き通った眸《め》で、ナフタバンナの王をじっと見た。

「ロラティオー砦《とりで》が陥《お》ちたことで、おまえの権威に翳《かげ》りが出たと見る者もおるだろうて」

「他人がどう思おうと、おれが王だ」

ヴィゴールは負けを知らない子供のように、強気で勇ましかった。ボクス・ウォナガンは、楽しそうに微笑した。

「兎狩《うさぎが》りに行くときは、声をかけてくれてもいいぞ」

山賊《さんぞく》を兎になぞらえて言われ、ヴィゴールは呆《あき》れたような表情で、肩を竦《すく》めてみせた。

「いらん。おまえに借りを作ったらどうなるか、身に染《し》みてわかってるからな。年寄りは部屋で編み物でもしていろ」

ボクス・ウォナガンは怒るでもなく、小さく一度、鼻を鳴らして笑った。

2

同じ頃《ころ》、ジグリットはパイゼイン丘陵に並んだ三つの台地の一つ、中央のプレウラ台地の北にあるシギ村にいた。ラジャックの村、カサバ村からは北東へ二十リーグほど離《はな》れている。

「本当にみんな、大丈夫なんだろうな」ラジャックは気が気じゃないといった風に、部屋の中をうろうろと歩き回っていた。

「あの村に残るよりは、安全だよ」食卓《テーブル》の椅子《いす》に座っていたジグリットが言うと、ラジャックはすでにくしゃくしゃの頭髪を、また力一杯、掻《か》き回した。

「本当かぁ!?　ああ、クソッ！」彼はまったく落ち着きがなかった。

それに対し、彼の相棒は居間の奥にある炊事場《すいじば》に立って、自分の家にいるような態度で、夕《ゆう》餉《げ》の準備に勤《いそ》しんでいる。

ラジャックの相棒であるイーレクス人のナーラムヴェルドだ。この北方から来た美貌《びぼう》の民の一人である青年は、振り返りもせず、ジグリットに言った。

「放《ほう》っておけ。どうせ聴《き》いていないも同然だ」陶器のようになめらかな白い手に握った包丁を、イーレクス人は南瓜《かぼちゃ》に叩《たた》き込んだ。そして、突き刺した包丁ごと持ち上げると、まな板の上にガンガンと何度も打ち付ける。

「莫迦《ばか》みたいに硬いな」と言いながら、また包丁を持ち上げ、ようやく振り返った。そして、まだラジャックが唸《うな》りながら、歩き回っているのを見て、ナーラムヴェルドは南瓜付きの包丁を男に投げつけた。「鬱陶《うっとう》しい男だな、少しはじっとしていろ！」

「おおッ！」受け取ったラジャックが眸を瞠《みは》る。「おまえなぁ、危ないだろ！　包丁、投げるな！」

「投げたのは、南瓜《かぼちゃ》だ」しれっとした表情《かお》で、ナーラムヴェルドが答える。

「これは包丁だろう！」

包丁の柄《え》を掴《つか》んで、ラジャックが持ち上げると、ナーラムヴェルドはまるで毒気のない清純な微笑《ほほえ》みを見せた。

「それは付属していただけだ。大体、後ろでむさ苦しい野良犬《のら》みたいなのがうろついていたら、誰《だれ》でもそれぐらいはする」

「しねぇよ！」

「するよな、ジグリット」その純心な笑顔のままでナーラムヴェルドが、ジグリットを見る。

「しねぇって!!」憤慨《ふんがい》しているラジャックは、悪漢のように包丁を振り回している。

「ええっと……」ジグリットは二人の間で、眸《め》を瞬《しばた》かせた。

なぜこのような状況にいるのかというと、蒼蓮華《そうれんげ》の他《ほか》の面々は、ここシギ村から離《はな》れた別の村々に、カサバ村の住人を数人ずつ匿《かくま》ってもらうため出払っているのだった。

ロラティオー砦《とりで》を襲《おそ》ったときに、蒼蓮華が協力してもらった村人達のほとんどは、ラジャックが村長を務めるカサバ村の住人達だった。ラジャックが首謀者《しゅぼうしゃ》と通じていることは、逃げ延びた兵士がすでに黒の城砦《じょうさい》で、ヴィゴール・マエフ王に話しているはずだ。マエフ王がカサバ村を見せしめに攻撃《こうげき》して来る前に、ジグリット達は村人を他の場所へ逃がす必要があったのだ。

ここシギ村には、広めの空き農家が一軒あり、隣家《りんか》とは半リーグ（およそ二・四キロ）近くも離れていたので、蒼蓮華の数十人が身を隠すのには、うってつけの場所だった。顔を知られているラジャックと良くも悪くも目立ってしまうナーラムヴェルドと共に、ジグリットもここで留守《るす》番をしていたのだが……。

ジグリットが見ていると、ラジャックは常にありとあらゆることに苦悩している男のようで、ナーラムヴェルドは見かけによらず、豪胆な性格らしかった。

「おい、ジグリット」押し黙《だま》ったジグリットに気づいて、ラジャックが足を止めて訊《たず》ねた。「どうした、腹が減ったか？」

「いや、まだ大丈夫」ジグリットが答える。

「ならいいけど、遠慮《えんりょ》すんなよ」

親切なラジャックにジグリットが頷《うなず》くと、炊事場からこちらへ歩きながら、ナーラムヴェルドが言った。

「そうそう、遠慮なんて言葉も理解できない良《い》い歳《とし》したおっさんが、子供みたいにぎゃあぎゃあ言ってるけど、気にしないでくれ」

「おまえこそ、臍《へそ》曲がってんの、どうにかしろ！」ラジャックが言い返す。

「ぼくの臍は曲がっていない」ナーラムヴェルドは腰に両手をあてて、腹を突き出すように胸を張った。「見たこともないくせに、適当な嘘《うそ》をつくな」

「へっ！」とラジャックが嘲《あざけ》る。「今のは慣用句《かんようく》だもんねー」言いながら、愉快そうに南瓜《かぼちゃ》に刺さった包丁を手に小躍《こおど》りして見せる。

だが、ナーラムヴェルドは、それを無視して言葉の方に注目した。

「そんな慣用句は聞いたことがない。イーレクスにはない言葉だ」

「臍《へそ》曲がりも知らねぇのか、精霊《せいれい》の民はよ」仕方ねぇなぁ、とラジャックが頭《かぶり》を振る。

「大陸人だって、自分の先祖の名前もろくに覚えてないだろう」

「覚えてますよー。母ちゃんがマセ、父ちゃんがナバニ、ばあちゃんがヨナ、じいちゃんがクディク。ほらみろ！」ラジャックは指折り言った。

「たったそれだけか」ナーラムヴェルドは、嘆かわしいとばかりに溜《た》め息《いき》を漏《も》らす。「おまえに百万の神々の御加護《ごかご》がないのも、当然だな」

「なんだと!?」

「耳の穴搔《か》っ穿《ぽじ》ってよく聴《き》いておけ」イーレクス人は、すうっと深く息を吸い込んだ。それからつらつらと、淀《よど》みなく言い出した。「ディイヴァイズ・ルクセレナ・シャイシェプス・ファイス・メイグラーレ・シュパークス・エンヤサール・アッシラマール・オリゴルゾ・イルリガンテ・ソイアレスト・アエローシス・アルティッケル・エレアムト・ヴァッシャースラスト・ツアーレン・ローディヌス・アマンガス・ヨンガラリム・ザアーリクリフト……」

延々と人の名を呪文のように言い出したナーラムヴェルドに、ジグリットが呆然《ぼうぜん》としていると、隣《とな》りでラジャックが耳に指を突っ込んで、大きな耳糞《みみくそ》を取り出し、そのイーレクス人に爪《つめ》で弾《はじ》いて投げつけた。

「うッ、やめろ！」途端《とたん》に、ナーラムヴェルドは、早口言葉のような呪文《じゅもん》を唱えるのを止《や》めた。

「汚いな、本当に耳を穿《ほじ》るな。それに、耳掃除ぐらいしろ！」

「そんな暇なかったし」まだ耳に指を突っ込んだまま、ラジャックが答える。

「いつもぼけっとしてるだろう。その時間にしろよ！」ナーラムヴェルドは、耳糞を投げつけられたことによっぽど腹が立ったのか、男を指差し怒鳴《どな》った。

「それより、今のは全部名前？」まだ驚《おどろ》いた表情で、ジグリットが二人に割って入るように訊《たず》ねる。

ナーラムヴェルドは、吊《つ》り上げていた眉《まゆ》を落として、ジグリットを見た。

「ああ、ぼくの百万の神々の名前の一部だ」

「……百万の神々………」ジグリットは、イーレクスの民が信奉するバスカニオン教とは違う宗教のことを、あまり知らなかった。ただ、それが自分達の先祖すべてを神の一人一人として崇《あが》めていることは、知っていた。

――だとすると、ぼくは神の名を一つも知らないことになる。

――イーレクスでは孤児は神の加護を受けられないのか。

それはなんだかバスカニオン教よりも、不公平な宗教のような気がした。

そんなことをジグリットが考えているとは思いもせず、ラジャックが口を挟む。

「ジグリット、聴《き》くな聴くな、ろくなこたねぇぞ。バスカニオン教の司祭もびっくりの尻がむず痒《がゆ》くなるような説法が続くだけだからな」

ナーラムヴェルドは、再び険しい表情になると、ラジャックを睨《にら》みつけた。

「ラジャック、おまえには必ず神罰が下るぞ」

「ぬぁーにが神罰だ！　包丁投げてんのは、おまえだろ！」

「いずれ神々が赦《ゆる》しを与えなくなれば、そのときは包丁も刺さる」

「ば、莫迦《ばか》ッ！　おまえが投げなきゃいいんだよ！　何、神のせいにしてんだ！」

ラジャックとナーラムヴェルドが、また睨み合いを始めると、ジグリットは、百万の神々のことを考えるのを止《や》め、ふと自分を助けてくれた商人ブザンソンのことを思い出していた。彼ともこんな風によく言い合いをしたものだった。

「まったく、やってらんねぇぜ」ラジャックが机《テーブル》の上に包丁を叩《たた》きつけると、南瓜《かぼちゃ》がぱきんと音を立てて綺麗《きれい》に二つに割れた。

「こっちこそ、食事前だからって苛々《いらいら》されちゃ堪《たま》らないよ」ナーラムヴェルドがちょうどよく割れた南瓜と机に刺さった包丁を手に取り、炊事場へ戻って行く。

「大陸人の神々は、イーレクスの神々と違って罪深い。忘れ去られていくのが望ましい」ナーラムヴェルドがそう呟《つぶや》くのを、ジグリットは聴いていた。「オグドアスの文明がこのまま消え去れば、御方様《おかたさま》もゆくゆくは故郷へお戻りになるだろう」

彼の言葉の意味するところを訊《き》こうと、ジグリットが席から立ち上がったとき、扉が開いてケルビムとファン・ダルタが入って来た。

「馬用の飼《か》い葉《ば》が足りなくなるかもしれない」ケルビムが扉口で言った。

これから戻って来る蒼蓮華《そうれんげ》の仲間達の馬の分だろう。ラジャックが立ち上がり、厩《うまや》の二階の藁《わら》を下ろしに二人が出て行くと、ファン・ダルタが疲れたようにジグリットの向かい側に来て座った。ナーラムヴェルドに今の言葉の意味を訊《たず》ねる機会を失って、ジグリットは静かにまた椅子《いす》に腰かけた。

3

黄昏月《たそがれづき》の短くなりつつある日が暮れて、すっかり風が冷たくなった夜。ザハやエジーを含めた蒼蓮華の面々が、ジグリット達のいる農家へと戻ってきていた。

農家の縦横十五ヤールほどある居間に、蒼蓮華の中でも主要な団員達が集まっている。蒼蓮華の頭領であるザハを筆頭に、ジグリットなど反乱の戦略を決める者達だ。

カサバ村の住人を方々《ほうぼう》の村に送って行った剃髪《ていはつ》のエジー、処分屋のあだ名のついたチェニ、赤い鬣《たてがみ》のソーザなどが、他《ほか》の村で得た情報を順に話していく。ほとんどが同じような内容の話だ。

淡い水色の額当《バンダナ》てをしたエジーが、無作法に机《テーブル》に片足を乗せたザハを見ながら言った。

「蒼蓮華《そうれんげ》に加わりたいってヤツが増えてるぜ。まぁ、わかっちゃいない子供《ガキ》どもを除いても、結構な数だ」

右眸《め》を髪で隠しているムサも頷《うなず》く。

「一緒に来たいと何人かから申し出があったが、ちゃんと頭領に話した方がいいと思って、保留してきたぞ」

他《ほか》の数人も同じようなことを言うと、ザハは口の端を上げて微笑《うすわら》った。

「そうなってくれなきゃ困るだろうが」彼はジグリットを見て、「なぁ」と返答を求めた。

ロラティオー砦《とりで》を襲《おそ》ったのには、それも考慮《こうりょ》の内に入っていたのだから、当然なのだが、ジグリットは機嫌良くうまくいったと、喜んでばかりもいられないとわかっていた。

「そろそろ山賊《さんぞく》から、ちゃんとした反乱軍を名乗った方がいいな」

それを受けて、ファン・ダルタが付け加える。

「マエフも、そろそろその名目で兵を寄越すだろう」

「だとしたら、早々《そうそう》に数だけでも増やした方がいいってことか」おっとり顔の冥府《めいふ》の紳士こと
ハジュが言う。

「確かに向こうの数には、どうしても敵《かな》わないけど、だからといって誰《だれ》かれ構わず取り込むの

も止《や》めた方がいい」ジグリットは考えながら答えた。「もし向こうに捕まっても、簡単にこちらのことを話さないぐらいの信頼《しんらい》できる人物じゃないと」

「おいおい、そんなこと言ってたら、誰も仲間にできねぇぞ」

なぜか飲み物の杯《グラス》を二つ手にしたラジャックが炊事場の方からやって来て、一つをジグリットの前に、もう一つを隣《とな》りのファン・ダルタの前に置いた。匂《にお》いからして、農家でよく飲まれる野草茶《ハーブティー》だ。

「ありがとう」ジグリットが言って、隣りのファン・ダルタを見ると、彼はお茶にもラジャックにも興味がないのか、足を組んだまま身動き一つしなかった。

ラジャックはまた炊事場へ戻って行く。続いてナーラムヴェルドが出て来て、同じように二つの杯を団員達の前に置いて、すぐ退《さ》がって行った。ラジャックはお茶運びの手伝いをしているのだ。

――さっきは包丁を投げて喧嘩《けんか》していたのに、仲が良いのか悪いのか、わからない二人だな。

ジグリットが可笑《おか》しそうに顔を綻《ほころ》ばせる。

その間も、団員達の話し合いは続いていた。

「ちゃんとした組織として機能するためには、階級分けをした方がいいかもな」エジーが言うと、ザハは面倒臭そうに顎《あご》でジグリットを指した。

「そういうことは、ジグリットと後で相談しろ。どういうヤツを入れるのかが、まずは問題だな。子供《ガキ》は外すとして、年齢《ねんれい》制限が必要だろう。それに女は別にいてもいいんじゃねぇか」

ザハがにやりとすると、団員の半数が釣られたように、にやにや笑いを浮かべた。

「女が混ざると、いらぬ問題も起きやすくなると思うがな」ファン・ダルタの横に座っていたケルビムが助言する。彼は山賊《さんぞく》に入ったというより、タザリア王の妾妃《しょうひ》だったラシーヌの命令で、ジグリットを手伝っているに過ぎなかったが、マエフ王への反乱に協力するのに、異議を唱えるつもりもないようだった。

ザハは小さく舌打ちすると、ジグリットに訊《たず》ねた。「山賊のやり方でやるべきか？」だとしたら、こっちに任せろと言うつもりだったのだろうが、ジグリットは頭《かぶり》を振った。

「いや、村人は正義のために仲間になろうと思っているはずだ」

「まあ、山賊は正義じゃねぇわな」最後の二人分の杯《グラス》を持ってきたラジャックが断言する。

「どうやって選別する？」ザハは再びジグリットに訊ねた。

少し逡巡《しゅんじゅん》し、ジグリットが答える。「年齢は十六歳以上。上限はなしだ。女の場合は情報源として働いてもらうのが最適だろう。やる気があるなら、家族持ちでも構わないんじゃないかな」

「家族持ちを引っ張り出して、死なせちまったら、後味が悪いな」ソーザが言い、全員が険しい表情でこちらを見ていたので、皆が同じように思っていることがわかったが、ジグリットは言い足した。

「集まるのはマエフの軍にいるような訓練を受けた兵士じゃないからな。厳しさに途中で逃げ出すような人間はできるだけ採りたくない。ある程度でもマエフと戦う決意を持っていないと。年齢がそれなりにいっていて、家族を置いても反乱に加わろうとするような人間は、そう簡単に逃げたりはしないはずだ。それに家族がいようといまいと、誰《だれ》でも死なせれば後味が悪い。適材適所を見定めて、戦えそうにない者は前線に出さないようにしないと」

そこでジグリットは、隣《とな》りに座っているファン・ダルタに眸《め》を向けた。見られていることに気づいた騎士《きし》は、嫌な予感に捕らわれて、顔を逸《そ》らしたが遅かった。

「ファン・ダルタなら、兵の訓練をしていたこともあるから、それは彼に任せよう」

騎士は抗議しようとしたが、他《ほか》の団員達に拍手で賛同されて、顔をしかめるしかなかった。

ジグリットは少し苦味の残る野草茶《ハーブティー》を一口飲み、ラジャックとナーラムヴェルドの今後に関してもザハ達と話し合った。彼らにこれ以上の協力を強いるのは、過度ではないかと思ったからだ。

カサバ村の住人達は、ロラティイオー砦《とりで》から奪った穀物を手土産《てみやげ》に、それぞれが引き受け先を見つけることができたため、白帝月《はくていづき》の厳しい雪の時分が過ぎるまでは安全なはずだ。そして白帝月が終わる頃《ころ》には、戦闘《せんとう》も終わっていると、ジグリット達は予測していた。

炊事場から濡《ぬ》れた手を前掛けで拭《ふ》きながら、ナーラムヴェルドはやって来て、団員達を挟んでザハの正面になる机《テーブル》の端っこに座っているラジャックの横に腰かけた。

「おれ達、二人で話し合ったんだがな、ザハ」

ラジャックが口を開くと、ザハはようやく机《テーブル》に上げていた足を下ろしたが、背凭《せもた》れにどっしりと躰《からだ》を預け、腕を組んだまま、いつもの冷たい湖のような水色の眸《め》で机の向こう岸から男を見返した。

「村の連中の心配がいらねぇんなら、おれ達も一緒に行こうと思うんだ」

「どういう事かわかってんのか？」

ザハはラジャックと、その隣《とな》りにいる人外にも思える美貌《びぼう》の民を睨《にら》みつけた。

「もちろんおれは戦ったりするのとは無縁《むえん》だ。重い鎌《かま》一つでよたよたしちまう。けど、文字《もじ》が読めるし、パイゼイン丘陵の村人になら、少しは信頼《しんらい》もある。村の人間なら、どういう人間が信頼できるか、まったくわからないってわけでもねぇ。城に攻め込むとかはできねぇが、裏方なら協力できんじゃねぇかと思ってよ」

ラジャックに続いて、ナーラムヴェルドも言った。

「おまえ達、大陸人は殺し合いがいまだに好きで、どうにもぼくには理解できないが」そこでナーラムヴェルドは自分を見る団員達の気に食わないといった視線に気づいて、咳払《せきばら》いをして切り替えた。「数年ここで暮らしてみて、じゃがいものような村人達が、マエフの取り立てに苦しんでいるのを見てきた。政権が変われば、少しはまともな人間らしい暮らしができるというのなら、協力してもいい。ただし」ナーラムヴェルドの声音《こわね》が低く変わった。「おまえ達に政権が移ったとして、じゃがいも達がまた同じような目に遭うだけなら、ぼくの百万の神々にかけて赦《ゆる》さないからな」

いつの間にか、村人がじゃがいもに変わっていたが、ジグリットはイーレクス人にとって百万の神々がとても神聖な存在だとわかっていたので、ナーラムヴェルドの言葉に真実味を感じた。

「ま、そこまで言うなら、止めないがな」言って、ザハが自分の前の野草茶《ハーブティー》を指差す。「それよりも、おれに二度とこの不味《まず》い茶を出すな。薄《うす》めた麦酒《エール》の方が千倍マシだぞ」

「躰に良いものは、全部嫌いなんだろう、ザハは《おまえ》」ナーラムヴェルドが言うと、ザハの対角にいたエジーがぷっと吹き出した。

他《ほか》の団員も笑いそうになったが、ザハが冷淡な眸を光らせて彼らを黙《だま》らせたので、表立って笑う勇気のある者はラジャックだけだった。

4

黒の城砦《じょうさい》の第四の砦《とりで》に、サーラムは居室を与えられていた。ヴィゴールの父だった武勇王トル・マエフに騎士《きし》に叙任されてからというもの、サーラムはひたすらナフタバンナのために尽くしてきた。そして軍の総司令官を任されてからは、より一層その想《おも》いは強くなった。

だが、父王と違いヴィゴールは、サーラムの忠誠心をまるで信じていないようだ。その証拠に、いま彼の部屋には魔道具使い《マグトゥール》が居座っていた。

一脚しか椅子《いす》のない小さな机《テーブル》の側《そば》にサーラムは佇《たたず》んでおり、隣《とな》りにボクス・ウォナガンが背を丸めて座っている。二人の向かいには、たったいま馬を駆って城砦《じょうさい》に戻って来たばかりの騎士《きし》、アザンが直立不動の姿勢を取っていた。

「すでにカサバ村はもぬけの殻でした」アザンはボクス・ウォナガンに言った。

この二十四、五の若い騎士は、サーラムの部下だったが、総司令官と魔道具使いが並んでいるとき、老狐《ろうこ》の方を上と見ているのは明らかだった。サーラムは落胆しているのを、無表情の内に隠した。そして、ボクス・ウォナガンより先に口を開いた。それだけが彼のできる抗議だったからだ。

「アザン、村人はいいとして、ラジャックの行方《ゆくえ》は摑《つか》んだのか？」

問われてアザンは、ようやくサーラムを見た。

「いえ、サーラム様。申し訳ありませんが、いまだ捜索中です」

本来なら、何をしているのかと叱責《しっせき》するところだが、サーラムは押し黙《だま》った。魔道具使いが側にいるとき、誰《だれ》しもが感じるように、サーラムもまた激しい抑圧を感じていた。感情を表すのを戸惑わせるほど、ボクス・ウォナガンの存在感は大きかった。

老狐は黒い長衣《ローブ》の膝《ひざ》の上に置いていた両手を組み合わせた。

「そう遠くへは行かんだろう」魔道具使いが言うと、アザンの額に汗の粒が浮かんだ。それが冷や汗であることは間違いなかった。

「はい。近隣《きんりん》の村々を捜しているところです」アザンが答える。

すると、老人は組んでいた手を解《ほど》いて、左手で骨ばった自分の細い右肩を掴み、ぐっぐっと揉《も》みほぐしながら言った。

「人相書きを撒《ま》いて、賞金をかけるしかないかの」そこで魔道具使いの眸《め》は、隣りに立っているサーラムに向いた。「仕方あるまい。蔵相殿にお伺いを立ててみるか?」

サーラムは頷《うなず》く以外の返事があるなら、教えて欲しいと思った。だが、素直に返答した。

「はい、それがよろしいと思います」

「じゃあ、おまえはタイズ《蔵相》の所へ。おれは陛下にまだだとお伝えしておこう」

サーラムは手で出て行くように示し、アザンを部屋から出した。続くようにボクス・ウォナガンも出て行く。

早く出て行って欲しいと願っていたサーラムに気づいたかのように、ふと魔道具使いは扉の取手《ノブ》を掴んだまま立ち止まった。サーラムはぎくりとして、硬直した。魔道具使いは人の心までは覗《のぞ》けないはずだ。

振り返ったボクス・ウォナガンの表情には笑みが浮かんでいた。

「そうだ」と彼は楽しそうに言った。「タイズはなかなかうんと言わんだろうが、ラジャックが捕まらなかったときは、おまえが渋ったせいだと言い訳するのにちょうど良いと言ってやれ。陛下へのごますりだけは、立派なヤツだからな。自分の評価に瑕《きず》がつくとなれば、話は別だと思い直すだろうよ」

サーラムが返事をする前に、老いた魔道具使い《マグトゥール》はひょこひょこと部屋を出て行った。開け放されたままの扉を見ながら、サーラムは安堵《あんど》し思った。

——老狐《ろうこ》め、まるで城砦《じょうさい》を徘徊《はいかい》する諜報官《ちょうほうかん》気取りだな。

——ごますりしているのは、貴様の方だろうが。

サーラムは、蔵相のタイズに相談に行かなければならなくなったが、すぐに動く気にはなれなかった。彼は扉を閉めることもせず、窓辺に行き、鎧戸《よろいど》を開けて向かいの第五の砦《とりで》を見た。玄武岩《げんぶがん》の壁《かべ》に、西日が反射している。第四と第五の砦を繋《つな》ぐ一階の細い渡り廊下が、真下に見えていた。数人の巡視兵が、そこを横切って行く。

——それにしても、カサバ村の村人がすべていなくなっていたとは。

何か違和感を覚えて、サーラムは考え込んだ。もしロラティオー砦が襲《おそ》われたとき、裏に山《さん》賊《ぞく》がいたと帰還した兵士が証言しなかったら、カサバ村のラジヤックが企《くわだ》てた一揆《いっき》としか、みなされなかっただろう。季節柄、白帝月《はくていづき》前には一揆が起こりやすい。特に不作の年はそうだ。だが、今年はパイゼイン丘陵もなかなかの作柄《さくがら》だったはずだ。

——山賊が村人を唆《そそのか》したのか。でなければ、不作の年でない限り、村人が砦を襲うなど有り得ないことだ。

サーラムの違和感は余計に増した。何年か前、マエフ王に反乱を起こした山賊がいたが、あのときは、どの村からの協力もなかったはずだ。

――別の山賊なのか、それとも……。

サーラムは、空を見上げて黄昏月《たそがれづき》の夕暮れが燃え尽きるのを眸《め》にした。

――頭《かしら》が替わったか。だとしても、もうおれには関係ない。

サーラムはまだ引退前だったが、すでに心中《かっぽ》は引退したも同然だった。若い騎士《きし》は自分を敬わず、魔道具使いは我が家のように城砦を闊歩し、王はすべての人間に疑念を抱き、未熟な王子に至っては、この乱峰《らんぼう》を統《す》べるなど冗談にしても笑うしかなかった。

すでにかつてこの山峰《さんぼう》を支配した勇壮なる荒鷹《あらたか》は地に堕《お》ち、その残照がかろうじてこの国を照らしているに過ぎないと、サーラムは悲愁の内で思っていた。

第二章

三者三様、乱痴気騒ぎ

さんしゃさんよう
らんちきさわぎ

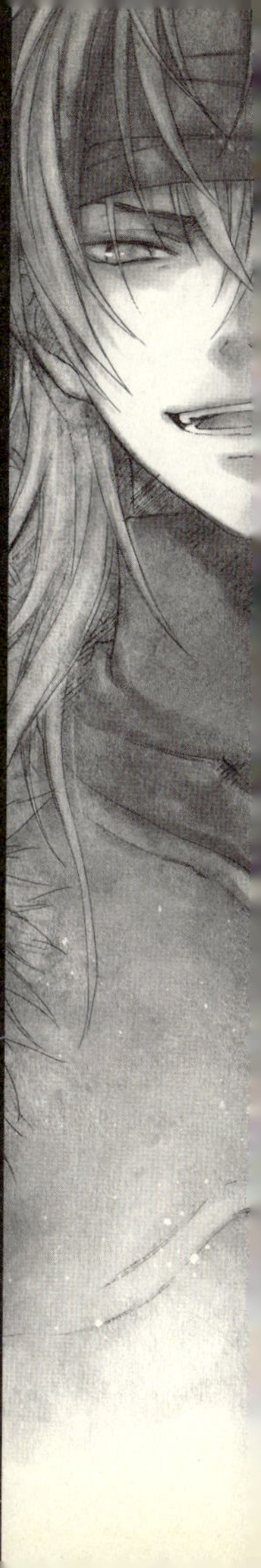

1

パイゼイン丘陵にあるプレウラ台地のシギ村から、ジグリット達はラジャックとナーラムヴエルドを残して、蒼蓮華《そうれんげ》の根城《アジト》であるドライツェーン山に戻っていた。

ラジャック達には、蒼蓮華に仲間入りしたいと申し出た村人の選別を、ひとまず請け負ってもらい、ザハを含めた団員達は、次の作戦の準備に取り掛かる必要があったからだ。

ロラティオー砦《とりで》を陥落させてから、ようやく根城に戻った山賊《さんぞく》達は、久々に落ち着いた表情を見せていた。

ジグリットとファン・ダルタ、ケルビムの三人は、また山賊連中の下っ端《ぱ》に戻ったが、彼らに食事や薪割《まきわ》りなどの用事を言いつけるドニーは、今ではすっかり三人に対して偉そうな態度を取るのをやめてしまっていた。というより、ジグリットのことは遠巻きに、ファン・ダルタにはなぜか怯《おび》え、ケルビムには丁重に接するようになっていた。

それでもジグリットとケルビムは、できるだけドニーの仕事を手伝って、厩舎《きゅうしゃ》の掃除や食事の準備をした。ファン・ダルタは、ジグリットに叱《しか》られた時だけ三人に交じって手伝いをしたが、それ以外では建物の外の広場で、暇を持て余している他《ほか》の団員と象戯《チェス》をしたり、剣の稽古《けいこ》をしたり、昼寝をしたりと、好きなように過ごしていた。

根城に戻った翌日、朝食を終えたジグリットが建物の外で食事で使った皿《ディッシュ》や杯《グラス》を木製の盥《たらい》で洗っていると、広場のいつもの丸椅子《まるいす》からザハが呼んだ。

「ジグリット」彼は人差し指と中指をくいくいと曲げて、こっちへ来いと合図した。

「何？」ジグリットが濡《ぬ》れた手を上衣《チュニック》の腰の辺りで拭《ふ》き、横に置いていた松葉杖《まつばづえ》を手に立ち上がる。

「出かけるぞ。一緒に来い」ザハは丸椅子から腰を上げると、厩舎へ歩き出した。

「今から？　どこへ？」ジグリットも付いて行く。

ザハと厩舎の入り口で近づいたジグリットは、彼が手を首に回して強引に引き寄せたので、転びそうになった。しかし、ザハは胸にジグリットの頭を押し付けるようにすると、耳にこそっと内緒話のように囁《ささや》いた。

「シルマに行くぞ」

ジグリットが不思議そうな表情で顔を上げると、ザハは間近で薄《うす》水色の眸《め》を眇《すが》めて、にやりと笑った。

そのとき、広場の隅の離《はな》れた場所で粗布に木蠟《もくろう》を付け、ジグリットの鎖帷子《くさりかたびら》を手入れしていたファン・ダルタが、手を止めてこちらへやって来た。

「どうかしたのか？」

ジグリットはやって来た騎士《きし》を困惑げに見た。

「ファン、それが………」

ジグリットが答える前に、エジーが厩舎《きゆうしや》の中から二頭の馬を引っ張り出して来る。それを見たファン・ダルタの表情が曇《くも》った。

「どこへ行く？」騎士《きし》は、ジグリットと同じ問いを口にした。

「シルマだよ、シルマ」仕方なさそうにザハが、ファン・ダルタにも教える。

ジグリットはザハから離《はな》れて、後ずさった。そして、蒼蓮華《そうれんげ》の無謀《むぼう》な頭領に忠告した。

「止《や》めた方がいい。おれはまだしも、ザハは顔を知られてるんじゃないのか？」

それを聞いたエジーが、薄《うす》笑いを浮かべる。

「頭領の人相書きなら、シルマの街中に貼《は》ってあるぜ」

「ほら」とジグリットは、ザハに顔をしかめてみせた。「マエフ王の城下に行くなんて、捕まりに行くようなもんだろう。用事なら、他《ほか》の団員に頼《たの》めばいい」

「おれが行かなきゃいけねぇ用事があんだよ。それにな」ザハはもう一度、ジグリットの腕を摑《つか》んで引き寄せ、ひそひそと耳元で言った。「おまえにも大切な用事だぜ」

「何があるんだ？」ジグリットが顔をしかめつつ訊《たず》ねる。

「ああ、面倒臭《くせ》ぇ！」ザハは一々答えるのが嫌なのか、苛立《いらだ》ったように叫んだ。「説明する前に、行った方が早いだろうが！」

そこで今まで剣呑《けんのん》な顔付きでザハを睨《にら》んでいたファン・ダルタが、ようやく口を挟んだ。

「ちょっと待て、ジグリットを連れて行くのか!?」

「だからそう言ってんだろ」ザハは氷のような冷ややかな眸《め》で、ファン・ダルタを見返した。

「さすがにおまえは連れてくつもりはねぇぜ。マエフの元騎士なんて連れてちゃ、目立って仕方がねぇ」

「おまえの人相書きも出回っているんだろう」ファン・ダルタの鋭《するど》い反論は、エジーによって一笑に付された。

「それがな」エジーは可笑《おか》しそうに言った。「頭領の人相書きは、似ても似つかねぇ絵で、誰《だれ》が見ても他人なんだよ」

「そういうわけだ」

勝ち誇ったようなザハに、ファン・ダルタの表情はさらに翳《かげ》る。

「何の用事でシルマへ行くのか答えろ。でなければ、ジグリットを連れて行かせるわけにはいかん」

ファン・ダルタの執拗《しつよう》な反対に、ザハは大仰な溜《た》め息《いき》をついた。

「おまえはこいつの母ちゃんかよ。そろそろ子離《こばな》れしろって」

「その前に、なぜ二人が行くかどうか決めようとしてるんだ?」もっともなことをエジーがようやく口にすると、「そうだよ」とジグリットも同意した。

「まずは、おれの返事を聞くべきだろう」

「おいおい、ジグ」ザハは話の腰を折って、ジグリットの顔を下から覗《のぞ》き込むようにした。「おまえの返事なんか聞くまでもねぇだろ。おまえは行くに決まってんだからな」

そうだろう、と言いたげなザハに、ジグリットは反論できなかった。ザハがわざわざシルマまで行くというのなら、それはやはり重要な用件があると知れたからだ。そして、それに自分を同行させたいと言うのにも、また大事な意味があると思えた。申し訳なさそうな眸《め》でジグリットは、ファン・ダルタを見て言った。

「おれも行ってくるよ」

「ジグリット!?」ファン・ダルタが叫んだ。

「ファン、すまないがここにいてくれ。ザハもエジーもいないとなると、何かあったとき団員を動かせるのは、おまえしかいないだろう」

ジグリットの指摘に、ファン・ダルタの表情《かお》は怒りに歪《ゆが》んだ。

「ちょっと待て——」

自分も共に行くと言いたかったのだろうが、それをザハが無情に遮った。

「そうそう、マエフの元騎士がシルマをうろつくようなことがあれば、黒の城砦《じょうさい》から兵がたくさん出て来て、逆におまえがジグを危険に陥れることになるかもしれねぇぜ」

ザハの言葉は真実以外の何ものでもなかったが、今のファン・ダルタには強烈な嫌味だった。騎士《きし》は腰の剣帯《けんたい》に触れそうになった。しかし、指が掛かる前にジグリットの石のように硬い決意を表した眸に晒《さら》されて、動けなくなってしまった。

「ファン、ぼくなら平気だ。子供扱いするのはやめろ。それとも、ぼくに恥をかかせる気か？　おまえがいないと何もできないなんて誰《だれ》にも思われたくない」

叱《しか》られたファン・ダルタは言い返す言葉もなく、意気消沈したように肩を落とした。ジグリットは守るべき相手であると同時に、タザリア王であった頃《ころ》と変わらぬ強い自尊心の持ち主なのだ。こうまで言われて付いて行くことはできない。

ザハはエジーから手綱《たづな》を奪って、一頭の鹿毛《かげ》の牡馬《おすうま》に飛び乗った。そしてジグリットの腕を取り引っ張り上げる。ジグリットは大人しくザハの後ろに乗り、いまだ萎《しお》れた表情のファン・ダルタを見下ろした。

「すぐに戻るよ」

穏《おだ》やかな声でジグリットが宥《なだ》めようとしたが、ファン・ダルタは返答しなかった。

彼はきびすを返し、元いた場所へ戻って行くと、ジグリットの鎖帷子《くさりかたびら》を手に取り、数分前までやっていたようにまた粗布で磨《みが》き始めた。

「あーあ」とザハがからかうように言った。「自分の思い通りにならないと、すぐに拗《す》ねるのは子供のすることだぜ。母ちゃんはあいつじゃなくて、おまえだったみたいだな」

ジグリットは後ろからザハの肩を小突いた。「やめろ、おまえが挑発するからだ」

「そうそう、頭領は人が悪いんだよ。一日で戻るんだから、そう言ってやりゃいいのに」エジーも黒毛の馬に飛び乗ると、ジグリットに続いて言った。

二頭の馬は、根城《アジト》のすぐ外の平《なら》された斜面を下り始める。ジグリットは、ファン・ダルタの方を振り返ったが、馬の肢《あし》は思ったより速く、騎士《きし》の姿はもう見えなかった。

前を向いたジグリットは、落ちないようにザハの腰を抱え直した。蒼蓮華《そうれんげ》を束ねる頭領は、外見もそうだが、腰周りもジグリットとそう大差ない。ファン・ダルタと本気でやり合えば、素手なら簡単に伸《の》されてしまいそうだが、彼が山刀《ククリ》を持てば、どちらがそうなるか答えることは難しかった。それがこの男の強さであり、自信になっていることは間違いなく、ジグリットは自分の左足を見下ろし、悔しい思いに沈んだ。

両足が揃《そろ》っていれば、ザハと同等とまではいかなくとも、強くなろうとする気持ちは残っていただろう。だが、この躰《からだ》で、もはやそれを望む心は、足と同じで消えいくばかりのようだった。一瞬《いっしゅん》、脳裏に忌々《いまいま》しい女の姿が浮かび、ジグリットは身震《みぶる》いした。

「ザハ」ジグリットは、慌てて気持ちを切り替えた。「本当に何の用で、わざわざシルマまで行くんだ？」

ザハは針葉樹林の中を、エジーの馬を追うように進んでいた。ジグリットが何か考え込んでいるのに気づいていたようだが、それを訊《たず》ねることなく、陽気に答えた。

「買い物だよ、買い物」

「買い物!?」それこそ他人に頼《たの》めば済む話だ。ジグリットは行くと言ったことを、もう後悔し始めていた。

ファン・ダルタを怒らせてまで、来るほどの用事だったなら報われるが、そうでなかったら単なる怒られ損だ。後でどれほどこの事に、騎士がねちねちごねるか考えると、ジグリットは身震いの次に青褪《あおざ》める他《ほか》なかった。

2

蒼蓮華の根城《アジト》があるドライツエーン山の山中からカウエア峠を横断し、堅守の塔を横眸《よこめ》に、ジグリット達は首都シルマへ入って行った。

街は雑多で、人通りが多いものの、相変わらず歩いているのは無法者《ごろつき》の風体をした男ばかりだ。街の入り口にある門には、衛兵が二人一組で立っていたが、エジーとザハが騎乗《きじょう》したまま通り抜けても、ちらりと眸をくれただけで、声をかけもしなかった。

ジグリットは門を潜《くぐ》り抜けた後、振り返って驚《おどろ》いたように言った。

「本当に大丈夫そうだな」

それを聞いたザハが笑った。

「だから言ったろ」彼は当然のように断言した。「人相書きなんて、当てになんねぇんだよ」

前を行くエジーが大げさに肩を竦《すく》めてみせる。「というより、ザハのは酷《ひど》い貌《かお》だからな」

「まるでおれが酷《ひど》い貌《かお》みてぇじゃねぇか」機嫌を損ねたようにザハは馬の肢《あし》を速めて、大通りといっても、大して広くはない通りでエジーの馬に並んだ。

二頭の馬がしばらく並んで歩いていると、一軒の酒場の看板を眸《め》にしたザハが、少し振り向き加減になり、ジグリットに前方を指差した。

「ああ、あれだ」見ろと言ってザハが指した看板の下、汚れた石壁《いしかべ》に大きな板が貼《は》ってある。

ジグリットは身を乗り出し、ザハの背中越しにそれを見た。大きな案内板のようなものに、何枚か羊皮紙が貼ってある。その内の一枚に、ジグリットは眸を止めた。

風雨に黄ばんだ羊皮紙は、どれも角が外れかけて、ばたばた翻《ひるがえ》っていたが、ザハの人相書きはその中では比較的新しかった。最近、貼ったばかりのようだ。

ザハが忌々《いまいま》しそうに舌打ちする。

「新しくするならするで、もっと上手《うま》いヤツに描《か》かせろっての」

ジグリットもその一枚をじっと見つめる。そして、不思議そうに呟《つぶや》いた。

「あれがザハ？」

「そうなんだろ。おれは字が読めねぇから、エジーに訊《き》きな」ザハは眸にするのも嫌なのか、顔を逸《そ》らして言う。

「上に賞金首って書いてあるんだ」エジーが言うように、そうジグリットにも読み取れた。そして、その下には……。

「山賊《さんぞく》、蒼蓮華《そうれんげ》の頭領ザハ」ジグリットは、それを声に出して読んだ。「身の丈六フィート半（およそ二メートル）……?? 目方二百二十ポンド（およそ百キロ）!?」

「な！　あれは頭領ってより、うちのブロムだぜ」エジーは我慢し切れなかったのか、ぶふっと吹き出した。「まぁ当然っちゃ当然なんだよ。山賊の頭《かしら》が細身の小僧《ガキ》じゃ、誰《だれ》も信じるわけねぇし」

「あァ？　誰が小柄《チビ》で、小僧《ガキ》だ、てめぇ！」ザハが横から足を出して、エジーの馬を蹴《け》る。

「そこまで言ってないだろ」

エジーは慌てて馬を離《はな》そうとするが、ザハがわざと寄せて行き、もう一度馬の横腹を蹴り飛ばした。

「次言ったら、馬ごとぶち殺すぞ」

本当に不機嫌極まったように言われて、エジーは微笑を引っ込めた。

二人が言い合っている内に、三人は酒場の前を通り過ぎていた。

「あ、あのさ……それより、本当にこれからどこに行くのか、そろそろ教えてくれないかな?」

ジグリットが訊《たず》ねると、エジーが気を取り直して答えた。

「もうすぐだ。ここらでも指折りの食堂があんだ」

ついでザハが言う。「まずは腹を満たして、ついでに所用も済ませてく」

「所用?」ジグリットが再び訊ねると、二人は今まで険悪だったのが嘘《うそ》のように、顔を見合わせてにやりと笑った。

　シルマの街を突き抜けて、外門から黒の城砦《じようさい》まで走る二本の大通りの内、南の通りをさらに過ぎ、奥まった小路《こみち》の脇《わき》にその食堂はあった。二頭の馬から降りた三人は、入り口の馬留めの丸太に手綱《たづな》を巻きつけ、中へと入って行く。

　食堂は外の通りと比べると、掃除され小綺麗《こぎれい》な方だったが、一階の十五席はある食卓《テーブル》には、やはり外を歩いているのと変わりない大柄で野卑な男連中がひしめき合い、大声を上げて笑ったり怒鳴《どな》り合ったりしていた。

　ザハ、エジー、ジグリットの順で食卓の間を縫《ぬ》うように通って行く。松葉杖《まつばづえ》をつき、前の二人に付いて行くジグリットの耳に、がなり合う男たちの話し声が聞こえてきた。

「おれは前から思ってたのよ、やっぱり蒼蓮華《そうれんげ》は違うってな!」

　髯面《ひげづら》の男が大口を開けて笑いながら言うのを聞き、ジグリットは思わずぎくりとした。だが、前方のザハとエジーは素知らぬ様子で歩いて行く。

「おいおい、そうは言っても賊《ぞく》だぜ。殺し上等ってやつらだろ」

　向かいに座っていたもう一人が顔をしかめると、隣《とな》りの食卓からも別の男が割り込んで言った。

「けど、ロラティオー砦《とりで》から盗んだ食い物は、全部そこらの村にバラ撒《ま》いちまったって聞いたぞ」

「じゃあ、山賊じゃなく正義の味方だってのかよ」さらに別の食卓からも声が上がる。

「おれは信じるね。やつらは義賊だ。くぅう、久々に燃える話だぜぇ」

髯面の男は拳《こぶし》を握《にぎ》り締《し》め、感極まったように腕を振り回す。

ジグリットはどういう表情《かお》をしていいのかわからず、ただ俯《うつむ》いて無心に松葉杖を動かした。

それでも彼らは噂《うわさばなし》話を大声で喚《わめ》き散らしている。

「本気かよ。じゃあ、あれはどうなんだよ。蒼蓮華のザハ、ヤツの右腕が小僧《ガキ》だって話」

そこでジグリットは思わず松葉杖を支える腕ががくりと折れて、前につんのめりそうになった。

「それこそ眉唾《まゆつば》だろ」

「でもおれもそれ聞いたぜ。カウェア峠の入り口の村で。本当なんじゃないか?」

なんとかジグリットが顔を上げると、前を行くザハがこちらを振り返って、にやにや笑いを浮かべていた。この状況を楽しんでいるといった表情だ。

男たちは三人にまったく関心がないのか、それとも蒼蓮華の噂話がよほど面白《おもしろ》いのか、夢中になって話している。

「賊になんだって小僧《ガキ》がいるんだよ」

「知らねぇよ。でもそういう話なんだって」

ジグリットは気を取り直して、ひよこひよこと杖《つえ》をつき、店内をしかめ面で進んで行った。

「ザハが横に置いてるってんだから、何かあるんだろ」

「恐ろしく強いとかか？」

「それはザハのことだろ。蒼蓮華《そうれんげ》自体、強いヤツしか入れないらしいじゃねぇか」

「じゃあ、やっぱりその小僧《ガキ》も強いんだろう？」

「違うって。ただの下っ端《ぱ》だって」

「大体、何だって蒼蓮華はロラティオーを陥《お》としたんだ？　マエフに盾突く気なのか？」

「だから義賊《ぎぞく》なんだって。この国を建て直さんとだな――」

彼らはがやがやと蒼蓮華のことについて、あることないこと話が尽きないようだった。

なんとかジグリットが店の奥まで来ると、先に着いていたザハが仕切り台《カウンター》の向こうの料理人らしき、これまた巨体の顎鬚《あごひげ》の店主に「二階借りるぜ」と階段を指差していた。

エジーも慣れているのか、ザハについてすたすたと階段を上って行く。ジグリットは蒼蓮華の噂話《うわさばなし》に多少、動揺しながらも、二人を追って二階へと上がった。

そこは一階とはまた違って、食卓《テーブル》ごとに個別に席が分けられていた。ザハとエジーはすでに高い格子《こうし》で囲われた奥の一席についていて、他《ほか》の客は一人もいない。

「まだ来てないみたいだな」ザハは言いながら、階下から上がって来る男たちの堪《た》えがたい熱気を外に追い出すように、閉まっていた古い窓の鎧戸《よろいど》を開けた。そして、硬い木製の長椅子《ベンチ》に腰を下ろす。

向かいにエジーが座ると、ザハは再び先ほどのにやにや笑いを浮かべて、噴《ふ》き出すように言った。「聞いたか、あいつらの話」

「ああ」エジーも破顔する。「まあ、虚実入り交じって半分ぐらいだな、本当のことは」

ジグリットはザハの隣《とな》りに腰かけた。すると、ザハが口をにやりと歪《ゆが》ませて顔を覗《のぞ》き込んできた。

「自分のことを噂されるってのは、どうだ？」

ジグリットの眉《まゆ》が寄せられると、ザハはハッと声を出して笑った。

「もっと大々的に宣伝するか？　おまえの名前と人相書き付きでよ」

「冗談じゃない」ジグリットは本気で嫌そうに顔を背けた。「自分が有名になりたいからやってるわけでもないだろ。名乗りを上げてるのは蒼蓮華で、おれ個人じゃない。ザハだってそんなこと言ったら、あの人相書き――」

その続きを言う前に、ザハが慌てて遮った。「あれはいいんだよ、あれで！」

「ほら、やっぱり。自分だって、堂々と名乗りながら歩き回る気はないんだろ」

ジグリットの言う通りだったので、ザハは口を閉じた。

それを見て、エジーが取り成すように言った。「まあまあ、蒼《う》蓮華《ち》が噂されるようになったってのは、良い兆候だろう」

「そうだね」ジグリットが頷《うなず》くと、ザハもそれには応《こた》えた。

「まあな。マエフの足元でおれたちの名前が出るってのは、悪い気分じゃねぇ。これも作戦の内とはいえ、な」

その通り、蒼蓮華《そうれんげ》の名が知れ渡れば知れ渡るほど、ジグリットにとっても喜ばしいことだった。ただ、自分のことがどこからか漏《も》れて噂《うわさ》になるのは、あまり好ましくなかったが……。

ザハは再び腰を上げると、開けた鎧戸《よろいど》の向こうへ頭を突き出し、外の通りを見下ろした。

斜め前のエジーは片肘《ひじ》をつき、ザハとは逆に空を見て溜《た》め息《いき》をついている。

ここのところ曇《くも》り続きで、そろそろ雨が欲しいとラジャックが言っていたことを、ジグリットも思い出した。パイゼイン丘陵は、シルマよりももっと雨量が少なく、旱魃《かんばつ》は毎年のように大きな問題だった。

ザハが窓から離《はな》れて、ジグリットの横にどすんと腰を落とすと言った。

「ここの飯は、それなりにいけるぜ。根城《アジト》に戻る前に、マシなもん食っとけよ」

エジーが食卓《テーブル》の上にあった銅製の呼び鈴を鳴らしながら頷く。

「そうそう、ここ来た時ぐらいだからなぁ。人間らしいもん食ってるなぁって感じるの」

ジグリットもそろそろ焼き魚と石のように硬い大麦麵麭《パン》以外の物が食べたいと思っていたので、二人に倣《なら》って食欲を見せることにした。

店主は呼び鈴を鳴らされる前から料理していたのか、注文を訊《き》くこともなく、さっさと給仕《きゅうじ》が一階から様々な物を運んで来た。一人で三つの杯《グラス》と取り分け皿《ディッシュ》を持って上がって来ると、若い男の給仕は無造作に食卓にそれを置いて降りて行った。そしてまたすぐに四枚の料理の入った皿《ディッシュ》を手に上がって来るといった具合に、行ったり来たりを繰《く》り返す。

ジグリット達の前には、あっという間に料理がずらりと並んだ。ざらめの付いた軟らかそうな白麺麭《しろパン》に、豚の挽《ひ》き肉の胡椒煮《こしょうに》と、かりかりに揚げた肉団子、猪《いのしし》の小口切り肉の入った牛乳煮《ミルク》、パイ皮で包んだ鶏肉《とり》などだ。

ジグリットはそれらを前に、思わず子供の頃《ころ》に返ったような気がした。タザリアのエスタークで身寄りもなく、仲間達とその日暮らしを送っていたあの頃。忘れられるはずもない。初めて騎士長《きしちょう》のグーヴァーとファン・ダルタに出会った日のことをだ。

──酒場でたらふく見たことのない料理を食べさせてもらったっけ。

──テトスとマロシュががっついて、店中の料理を食べ尽くしそうで、グーヴァーと一緒にいた騎士達も慌てて、自分の分を食べていたな。

ジグリットが笑みを浮かべたのを、肉に齧《かじ》り付いていたザハが気づいて忠告した。

「おい、ジグリット。眸《め》で楽しむのもいいけどな、さっさと食わねぇとエジーの底なし胃袋に吸い込まれちまうぜ」

「あ、ああ」ジグリットも慌てて、肉叉《フォーク》を手に取る。

「おい、誰《だれ》が底なし胃袋だよ。おれは普通だろ、頭領。底なしってのは、ブロムとかアディカリとかバースみたいなやつらのことを言うんだぜ」エジーがそれでも、もぐもぐと口を動かすのを止《や》めずに言った。

「バース？」ジグリットは、一つめの肉団子を肉叉《フォーク》で刺しながら訊《たず》ねる。

「そうそう」エジーはよっぽど可笑《おか》しいのか、肉叉をジグリットの眸《め》の前でぶんぶん横に振った。「あいつ小柄なくせに、ブロムぐらい食うんだ。猪《いのしし》一頭ぐらいなら、ぺろりといけるんじゃないか」

ジグリットは肉団子を口に入れながら、バースを思い出して、「想像つかないな」と答えた。

バースは蒼蓮華《そうれんげ》の中でも、ジグリットとそう体格が変わらない。普段からぼうっとしていることが多い少年で、彼の兄のムサが、職人とあだ名される蒼蓮華の中でも指折りの手練《てだれ》な上、背丈もファン・ダルタと同じぐらいあるのに対し、彼は小柄で大人しく、まったく似ても似つかない兄弟なのだ。

そのとき、白麵麭《しろパン》のざらめをがりがりいわせながら嚙《か》み砕いていたザハが言った。

「おまえ、バースのこと覚えてんのか？」

「当たり前だろ」ジグリットが訊《き》き返す。「どうして？」

「いや、あいつどっちかってーと地味だからな。兄貴の方は一度見たら忘れられない貌《かお》してっけど、弟の方はしょっちゅう忘れられてんだよ、うちの連中の中でも」

ザハが言うと、エジーが向かいで、うんうんと頷《うなず》いた。

確かに、兄のムサはその容姿からして、忘れられるものではない。彼の片眸は、マエフ王との戦闘《せんとう》に敗北した後、ずっと空洞なのだ。だが、ムサの印象として、なぜか弟のバースと一緒にいるところを多く眸にしているような気がしていたので、ジグリットにとって二人は一体のような印象があった。

「もう全員の名前は覚えてるよ」ジグリットは言った。「じゃないと、呼ぶとき困るだろ」

ザハはくっと笑った。「偉そうに」彼は肘《ひじ》でジグリットを小突いた。「頭《かしら》に成り代わる気じゃねぇだろうな」

今度はジグリットが笑う番だった。

「それこそ遠慮《えんりょ》願いたいよ。あんな荒くれ連中、仕切れるのはザハだけだ」

ザハがくくっと笑いながら、まだこっちをじっと見ているので、なぜか視線を外すことができず、ジグリットもふふっと笑い返した。

「気持ち悪《わり》ぃなぁ」エジーが言うと、ジグリットはようやくザハの視線から逃れることができて、ほっとした。

「でもま、冗談でなく、おまえがおれの地位を狙《ねら》ってきたら、結構厄介だな」ザハは口元は笑っていたが、薄《うす》水色の冷淡な眸をして呟《つぶや》いた。「そうなると、最初におれと殺《や》り合うのは、あの狼《おおかみ》になるだろうからな」そして、またくくっと喉《のど》を鳴らして笑う。

「やめろよ、ザハ」エジーが窘《たしな》めると、ザハはまだ笑いながら顔を上げた。「地位がどうこうってより、頭領はあいつと戦ってみたいだけじゃねぇか」

ファン・ダルタのことを言われて、ジグリットもザハを探るように窺《うかが》い見た。だが、ザハは答えず、ただ肉の塊を肉叉《フォーク》で刺して、豪快に口へと放り込んだ。

三人が目前の皿をあらかた空《カラ》にしたところで、階下から誰《だれ》かが昇って来る足音が聞こえてきた。ジグリットが階段の方へ眸《め》をやる前に、ザハが蒸留酒《ウィスキー》の杯《グラス》を口につけたまま言う。

「おいでなすったぜ」

ジグリットが見ていると、大柄な男が一人、階段口から三人の席に近づいて来た。

「遅くなった。すまん」男は言って、立ち止まる。

「しょうがねぇよ。城砦《じょうさい》ン中はどうだ？」

ザハが問いかけると、四十前後の男はエジーの隣《とな》りの、ジグリットの真ん前に腰を下ろした。

「あんたが思ってるよりは、落ち着いてるよ」男は答えて、まず料理の片付いた皿を、それからザハ、エジー、最後にジグリットに眸をやった。

男は硬そうな焦げ茶の短髪に太い首と、理性的な鋭《するど》い眸をし、節くれ立ったごつい指を食卓《テーブル》の上で組んでいる。シルマの街によくいる類《たぐい》の体格の良いだけのならず者とも、小柄だが藪睨《やぶにら》みの胡《う》散臭《さんくさ》そうな小《こ》悪党とも違う。もっと地に足のついた雰囲気を纏《まと》っているように、ジグリットは感じた。

「ああ、紹介しておくぜ」ザハがジグリットの肩に手を置き言った。「ジグリットだ。うちの……なんだろうな……」説明する気があるのかないのか、エジーに続きを託す。

「参謀《さんぼう》だろう」とエジーは仕方なさげに答えた。

「まぁ、そんなとこだ」微笑しながら、ザハはジグリットの肩に置いていた手を、今度は男に向ける。「で、こいつは――」

男は眸を丸くして、ジグリットを見て、ザハの続きを遮った。

「参謀だと？　じゃ、じゃあ、噂《うわさ》は本当なのかッ⁉」

言いたいことを邪魔《じゃま》されて、ザハが顔をしかめながら「そうだって言ってんだろ」とぶっきらぼうに答える。

「な、なんと…………」男はまだ驚《おどろ》いているのか、眸をぱちぱち瞬《しばた》かせ、ジグリットを穴が空きそうなほど凝視《ぎょうし》した。「ということは、もしやロラティオー砦《とりで》を急襲《きゅうしゅう》したのも、この少年の企《くわだ》てなのか？」

「ええ」エジーが容易に頷《うなず》き、「まあな」とザハも同意する。

ジグリットは、さっき階下で聞いたような噂話《うわさばなし》をこの男も聞いていたのかと思うと、どういう人物像を思い描いているのか不安になった。

「参謀ってほどではないんですが、まだ蒼蓮華《そうれんげ》に入ったばかりだし」

ジグリットがもそもそ歯切れ悪く言うのを、聴《き》いているのかいないのか、男は座ったままだったが、しゃんと背筋を伸ばして小さく頭を下げた。

「お初にお目にかかります。リーノ・ガロッティと申します」

ジグリットは男の厚い手のひらに、幾つも肉刺《まめ》が並んでいるのに気づいていた。さらに男の腰に下がっている剣には、鞘《さや》に双頭《そうとう》の鷹《たか》が彫り込まれている。

「マエフの騎士《きし》か」ジグリットはそうとわかって慎重に言った。

「な、言ったろ」なぜかザハは楽しそうに、男に同意を求めた。

マエフ王の騎士、リーノ・ガロッティは先ほどにも増して、ジグリットを直視した。

「ロラティオー砦《とりで》を陥《お》としたことは、ただの運ではないと言いたいのか？」男は訊《たず》ねた。

「いえ、あれは運もありました」ジグリットが答える。

「…………」ガロッティが大きな溜《た》め息《いき》をついたのを見て、ザハは嫌味たっぷりに笑った。

「おまえが何考えたか、当ててやろうか？」

「結構だ」男は頭を横に振ったが、ザハは言った。

「コウショク王子のことだろ」

それを聞いてジグリットは、すぐにマエフ王の息子《むすこ》を思い出し、首を傾《かし》げた。

「コウショク？　エイガスって名前じゃなかったか？」

途端《とたん》に三人は顔を見合わせ、エジーとガロッティが思わず苦笑いを、ザハはげらげら笑い出した。

「いや、その通り。王子の名は、エイガス様だ」ガロッティはなんとか表情《かお》を引き締《し》め直し、答える。

だが、ザハは、まだ腹を抱えて盛大に笑っていた。

ジグリットは、何かおかしなことを言ったのかと、少し考え、それからその意味するところに思い至って顔を赤らめた。突然、そんな単語が出てきたので、王子という立場と直結できなかったのだ。大体、マエフ王といえば、硬派な武人として知られている。その息子が好色とは、ちょっと想像できなくても仕方ないではないか。

目尻《めじり》の涙を拭《ふ》きながら、ようやくザハが言った。「ああ、笑った。ほんっと、おまえって貴重な存在だぜ」まだ肩を上下させ、くっくっくっと笑っている。

ジグリットは、早くザハが今のことを忘れればいいと思い、さっさと話を進めようとしたが、ちょうど階下から、給仕《きゅうじ》の青年が昇って来たので、口を噤《つぐ》んだ。さすがにこれは聞かれるとまずい。

給仕人は、ガロッティの分の蒸留酒《ウィスキー》を零《こぼ》れるほど乱暴に食卓《テーブル》に置き、まだ残っている料理の皿を見て、持ち帰る必要がないと察したのか、手ぶらで階下へ戻って行った。

そこでジグリットも手前の杯《グラス》に口をつけ、慣れない蒸留酒に喉《のど》をひりひりさせながら、一《ひと》呼吸おいて、正面の男を見た。

「ガロッティさん、あなたはこちら側の人間なんですか?」

「如何《いか》にも」男が頷《うなず》く。

「不可能だ」ジグリットは、きっぱり言った。「ディギ・ウェルトゥス《真実の指》をどうやって掻《か》い潜《くぐ》ったというんです? あなただけ、魔道具《まどうぐ》の前に立たされなかったわけじゃないでしょう」

当然の質問にザハが答えた。「ジグ、こいつがおれ達の側に付いたのは、つい最近なんだ」

それでもジグリットは不審《ふしん》な面持ちで、マエフの騎士《きし》を見つめた。

「まだボクス・ウォナガンに忠義を問われていないということですか?」

「そうだ。いつ疑いをかけられて、尋問され、処刑されてもおかしくはない」ガロッティが答える。

「それでも、こちら側に付く理由は何です?」ジグリットの問いに、今度はザハが答えた。

「呆《あき》れ返ったんだよ、な!」

「はい」ザハの言葉通りだと言うように、ガロッティが返事する。

「呆れ……返った……?」ジグリットには、理解できなかった。

だが、ガロッティはすぐにその説明をし始めた。

「ヴィゴール様は、変わられた。あの魔道具使い《マグトゥール》によって、疑念の塊と化してしまわれたのだ。ヴィゴール様の父君《ちちぎみ》、トル・マエフ様が生きていた頃《ころ》は、ナフタバンナはもっと毅然《きぜん》とした正義と、何ものにも代えがたい信頼《しんらい》を掲げていた。双頭《そうとう》の鷹《たか》の旗を見たか?」

ジグリットは黒の城砦《じょうさい》の第五の砦《とりで》が窓から見えるんじゃないかと、ザハの奥にある窓の外を見たが、そこからは砦を覆《おお》う外壁《がいへき》の一部しか見えなかった。

思い出しつつ、ジグリットは答えた。「城砦のもっとも高い尖塔《トッリス》にありましたね」

「あれは、武勇王とその息子、ヴィゴール様を指していたんだ。だが、今は違う」ガロッティの表情は、沈鬱《ちんうつ》なものに変わった。「今やあれはヴィゴール様と、彼を操《あやつ》る老狐《ろうこ》の顔となった」

そして、マエフの騎士であるはずの男は、悔しそうに下唇を噛《か》んだ。「やがては、エイガス様と老狐に変わるだろうが、もはやそれをわたしは望まない」

魔道具使いである老狐、ボクス・ウォナガンに対するヴィゴール・マエフの依存が大きすぎるのか、それとも老狐が暴走しているのか。ジグリットはどちらであれ、それが現ナフタバンナ政権を打倒するときに、何かしら有効な手立てを考えるのに使えると思った。だが、眸《め》の前の男の憂《うれ》いを喜ぶわけにもいかなかったので、無表情を装《よそお》っていた。

「わたしに同調する者が、数名いる」ガロッティは腹を括《くく》った表情で言った。「おまえ達が速く事を運べば、わたしも彼らも死なずに済み、城を陥《お》とすのに役立つことができるだろう」

彼の話を聴《き》きながら、ジグリットは幾通りかの筋道を考えた。すべてガロッティが黒の城砦の中にいる前提で、成しえる作戦だ。内側からの攻撃《こうげき》が、難攻不落のあの城にどれほど有効かは考えるまでもない。

「老狐《ろうこ》が、ディギ・ウェルトゥス《真実の指》を次に使うのは、今月の末。遅ければ白帝月《はくていづき》の始めだろうが、いつヤツの気が変わって、明日《あす》にすると言い出すとも限らん」

ガロッティの言葉に、ジグリットはわかっていると了承の意を示した。

「時間がないのですね」

「そうだ」男の視線は、今やジグリット一点に絞られていた。「だが、わたしは決めた。この前のディギ・ウェルトゥスでの尋問に、親友と知り合いを四人失った。彼らは殺されなければならないようなことは、何一つしていない。心の奥で、疑問を抱いただけだ。この国の行く末を憂《うれ》いて、これこそが望んでいた国なのかどうかと」

ザハとエジーもいつの間にか真剣な面持ちで、ガロッティが言うのに聞き入っていた。

「次は自分だと思っている人間は、大勢いるだろう。だが誰《だれ》もヴィゴール様に進言することはできないのだ。それは反逆と取られかねないからな」

何度目かの溜《た》め息《いき》をつくガロッティに、ザハは面倒そうに愚痴《ぐち》った。

「くだンねぇ。とっととンな所、逃げ出しちまえばいいのによ」

だが、ガロッティは反論した。

「家族がいれば、そうもいかん。あんたのように、皆が皆、自由奔放に生きられるわけではないのだ」

「おれが自由だと!?」ザハが弾《はじ》かれたように立ち上がった。「その眸《め》を指で抉《こ》じ開けてやってもいいんだぜ、おっさんよぉ」前のめりになり、凄《すご》みを利《き》かせる。

それをエジーが、前から抑えるようにして、両手のひらを翳《かざ》して止めた。「ザハ、やめろって」

だが、ザハは立ち上がったまま、ガロッティの頭上に唾《つば》ごと吐《は》き捨てた。

「おれやおれと一緒にいるろくでもねぇ莫迦《ばか》どもが、揃《そろ》って自由に生きてるように見えてんなら、てめぇは結局、この国が見えてねぇ！」

ジグリットは隣《とな》りからザハが烈火の如《ごと》く怒るのを、黙《だま》って見ていた。こういう時にこそ、人間の本性が現れ出ることを、ジグリットは知っていた。

「ご立派な騎士《きし》さんよ、村のやつらが何を望んでいるか、マエフの金でおれらを虐《しいた》げているおまえらに、本当にわかんのか!?」ザハはぞっとするような冷たい眸で嘲《あざけ》った。「どの親も子供のための最低限の物さえ与えられず、自分を情けなく思って生きてんだ。望んでいることは、ただ普通の暮らしができればいいと、そう思っているだけだ。ウァッリスやアルケナシュの子供達のように、普通の暮らしをさせてやりたいだけだ。なぜそれができない!?　子供に汚れていない服を着せてやって、野良《のら》仕事じゃなく外で友達と遊ばせ、将来仕事が手にできるように勉強をさせる。ただ、飢える心配のない毎日を送りたいだけだ」

ザハは手を伸ばし、ガロッティの胸倉を引っ摑《つか》んだ。

「生きるために、てめぇは何を犠牲《ぎせい》にできる!?　おれのところに来るようなヤツはなぁ、家族すら犠牲にしなけりゃ生きることさえできなかったんだ！　腹が減って、自分の指を嚙《か》み切った子供を見たことがあンのかよ！」

止めるのを忘れて、呆然《ぼうぜん》としていたエジーがはっとしたように眸《め》を瞬《しばた》かせ、ガロッティの短着《ベスト》を摑《つか》んでいるザハの腕を叩《たた》いた。「やめろ、ザハ」

だが、ザハは強引に立たせたガロッティの顔に、まだ激高《げっこう》を浴びせかける。

「てめぇは、自分の子供を殺す親の表情《かお》を見たことがあンのか!!」

「やめろ！　ザハッッ!!」エジーは今にも腰の山刀《ククリ》に手を伸ばしそうなザハを、眸を覚まさせようとでもするかのように、肩を摑んで揺すった。

ジグリットは怒り心頭に発しているザハから、血の気が失《う》せたように青い貌《かお》になったエジーに眸を移し、その剃髪《ていはつ》の青年の手が震《ふる》えているのを見た。ザハの言ったどの部分がエジーの神経に障《さわ》ったのかはわからないが、その内の一つは彼のことだったのかもしれない。

ナフタバンナの情勢については、ジグリットもエレモス島からここに来るまで、それとなく聞き及んでいたが、蒼蓮華《そうれんげ》と行動を共にするようになってからは、それが他国に流れているよりも、さらに深刻な状態だと日増しにわかってきて、やるせない気持ちにならざるを得なかった。

クレイトス王なら、もっと無辜《むこ》の民に心を配った統治をしたはずだ。タザリア王国に、不幸な者がいなかったわけではない。だが、飢えて死ぬ者は、いないわけではなかったが、そう多くはなかった。ナフタバンナでは、それは豊作の年であろうと、凶作の年であろうと関係なく日常化し、首都シルマに蔓延《はびこ》っている無法者《ごろつき》によって、盗みと暴力が当たり前に浸透していることは、誰《だれ》の眸から見ても恐るべき状態だった。

それでもなお、マエフ王が何の手立ても講じず、城砦《じょうさい》内部の自分の身内の忠誠心にばかり気を揉《も》んでいるというのは、ジグリットには信じ難《がた》いことだが、それがどうやら事実らしかった。

「……すまない。軽率な発言だった」ガロッティは気圧《けお》された表情《かお》で、ザハに陳謝した。

怒りに歪《ゆが》んだ顔を背けて、ザハがどすんとジグリットの横に腰を落とす。とりあえず頭領が気を静めることにしたようだとわかり、エジーも数秒おいてから、ゆっくりガロッティの隣《とな》りに座った。

二人の山賊《さんぞく》は、まだピリピリした空気を撒《ま》き散らしていたが、ガロッティは俯《うつむ》きながら恐る恐る言った。

「だが、わたしやわたしが声をかけた人達は、あんたらとは違っても、この国を建て直したいと思っているんだ。わかって欲しい」

そこで長い沈黙《ちんもく》が訪れ、今まで聞こえなかった階下の客達の喧騒《けんそう》が大きく響《ひび》いた。ジグリットがザハを横眸で窺《うかが》うと、彼はまだ苛《いら》立っているように左の踵《かかと》をカツカツと小刻みに床石に打ちつけている。幾ら待っても、ザハがガロッティに話しかけそうにないので、ジグリットは正面を向いて、マエフの騎士《きし》である男に言った。

「同じ目的を持っているなら、あなたもまた仲間です」ザハの反論がなかったので、ジグリットはそれを赦《ゆる》しと取って、ガロッティに続けた。「あなたが命を懸《か》けて、城砦《じようさい》の中にいてくれるというのなら、おれ達はできるだけ早くそこまで辿《たど》り着くように戦います」

リーノ・ガロッティは、ずっと口をつけていなかった蒸留酒《ウイスキー》の杯《グラス》を手に取ると、ぐいと一気に喉《のど》に流し込んだ。そして、何とも言い難《がた》い眸《め》で、ジグリットを見た。それは、笑うとも泣き出すともつかない複雑な表情だった。それをジグリットは、確かに過去に眸にした記憶があったので、思わず心臓が押されたように、どきりとした。

タザリアの炎帝騎士団《えんていきしだん》の騎士長《きしちよう》だったグーヴァーが、かつてこんな表情をしていたことがある。ジグリットを——というよりは、タザリア王を——守るために、フツと戦ったときだ。

——そして、彼は死んだ。

ジグリットは、ガロッティが本気であることを、感じ取ることができた。それは、老狐《ろうこ》が扱う魔道具《まどうぐ》など必要としなくとも、人間の本質を知ることが可能だと示していた。

3

マエフの騎士、リーノ・ガロッティとの顔合わせを済ませた三人は、食堂を出て大通りに向かって歩いていた。東の方に幾つか白雲の塊がある以外、空はすっきり晴れている。馬は食堂の馬留めに繋《つな》いできたので、ジグリット達は徒歩だった。

「胸糞悪《むなくそわり》ぃ」唸《うな》るように、前方でザハが言う。

「頭領が勝手に暴走したんだろ」

その隣《とな》りを行くエジーが苦笑すると、ザハはぎろりと睨《にら》み返した。

「おれが悪いのか？」問いかけるザハは、否定したくともできないような獰猛《どうもう》な表情《かお》をしている。

ジグリットが二人の後ろから、事の顚末《てんまつ》を予想していると、思った通りエジーがさっさと引き下がった。

「……いや……頭領は悪くない……かな」

「あァ、やめやめ！」ザハが奮い立ったように、頭を激しく振った。「気分換えに、どっか寄ってこうぜ」

そのとき、偶然にもザハは左右に揺らした視線の先に、黒い物体が動くのを見つけた。直後、にやあっと不気味な笑みを浮かべる。

「おい、ジグ。おまえ、あっちの方はどうよ？」ザハは急に振り向いて寄って来ると、ジグリットの肩に腕を回した。

「あっち？」ジグリットが訊《き》き返す。

「あっち、こっち、あっち〜〜」妙な歌を歌い出しながら、ザハは進行方向を大通り沿いから、なぜか暗い路地に向けて歩き出した。

引き摺《ず》られるようにして、ジグリットもザハの行く方へ連れて行かれる。

「おい、頭領……まさか……」エジーは何かに気づいたらしく、見ると困惑げだ。

どこへ行くのかもわからないまま、数分歩かされたジグリットは、大通りから数回角を曲がって、食堂とは別のもっと入り組んだ小路《こみち》へと入って行った。そして、一軒の木造二階建ての店の前で、ザハの足が停《と》まる。

「ザハ、ここって……」ジグリットは建物を見上げて、二階の軒にぶら下げられた看板を眸《め》に、顔をしかめた。

「頭領、まだ真っ昼間だぜ」エジーも言う。

「昼も夜も関係ねぇの。こういう所は、いつでも夜だぜ」ザハが楽しそうに宣言すると、エジーは言い返す気力が失われたかのように、肩を落とした。

ジグリットは目前の店の看板と、入り口の扉横に椅子《いす》を置いて座っている大柄な用心棒、それから茫然《ぼうぜん》としている二人を置いて、跳ねるような軽快な足取りで中へ入って行くザハの後ろ姿を見ていた。

ずっと立っているわけにもいかず、エジーがジグリットを促して、二人も後から中へ入る。

「いらっしゃいませ」玄関広間に繻子《サテン》の寝巻きのようなものを着た女性が出て来て言った。

「何名様ですか?」

綺麗《きれい》に腰まで伸ばした黒髪の女性は年嵩《としかさ》で、この店の女主人と思われる。シルマの街ではほとんど女性の姿は見かけないが、こういう所にはちゃんといるのが、ジグリットに複雑な心境を齎《もたら》した。

「三人ね」ザハが答える。「もうちょっとしたら四人になるかもしんねぇけど」

クヒヒヒとザハが笑うのを見て、ジグリットとエジーだけでなく、女性も訝《いぶか》しそうな表情になる。

「ザハ、おれやっぱりこういう所は……」

ジグリットが言うと、ザハは振り返って、満面の笑みを見せた。

「おっ！　ジグは初めてか？　やっぱなぁ」

先ほどまで、機嫌が底辺を這《は》いまわっていた人間とは思えない変わりようだ。

実はジグリットは、物心ついた頃《ころ》からタザリア王に引き取られる十歳になるまで、遊里の近くに住んでいたせいか、こういう場所に慣れていた。むしろこういった店の女達の中には、孤児に同情して食事を恵んでくれたり、病気になると看病に来てくれる優《やさ》しい人が稀《まれ》にいることも、知っていた。

そこに、奥に見えている階段の上から、一人の少女が下りて来た。

「いらっしゃいませ」少女が三人に微笑《ほほえ》みかける。

歳《とし》は十六、七歳ぐらいだろうか。ふわふわとした金髪《ブロンド》を背中の中央まで垂らし、すらりとした躰《からだ》に、胸元に薄《うす》いレースの付いた茜色《あかねいろ》の亜麻布《リネン》の上下衣《ワンピース》を着ている。彼女の頬《ほお》は花梨《マルメロ》の花のように淡紅色《たんこうしょく》に色づき、表情《かお》は溌剌《はつらつ》とした陽気に満ちていた。

ジグリットは少女を眸《め》にした瞬間《しゅんかん》、はっと息を呑《の》み、時間が止まったかのように感じた。一気に過去へ立ち戻って、ここがアルケナシュ公国のフランチェサイズ大聖堂にある果樹園で、まだ何も恐ろしい未来について知るはずもない、ジュースの影としてしか存在価値のないジグリットが、唯一心穏《おだ》やかに過ごせたあの少女といたときのように思えた。

「アンブロシアーナ……」ジグリットは呟《つぶや》いた。

だが、あまりにその声が小さかったので、隣《とな》りにいたエジーにも聞こえなかった。

ジグリットが焦がれてやまない一人の少女と、階段を下りて来た少女は、どこか似ていた。見る者を穏やかにさせる笑顔と、実はおてんばだと示している興味津々《しんしん》の大きな眸。ジグリットが瞬《まばた》きするのも忘れて、少女が近づいて来るのを見ていると、彼女は視線に気づいて、くすっと笑った。

「ああ、ジエリ。お客さんの一人は若そうだから、おまえ相手しておやりよ」女主人は少女に振り返り言った。

「いいの？　女主人《おかみ》さん」ジエリは嬉《うれ》しそうに両手を合わせる。

「いいよいいよ」女主人が承諾《しょうだく》したことを手を振って伝えると、ジエリはとととっと足早にジグリットに近づき、「じゃあ行こう」と腕を取った。

「早速かよ、やるなぁジグ」ザハが引っ張って行かれるジグリットの背中を、ばしんと勢いよく叩《たた》く。

だが、当のジグリットはというと、突然の事態に混乱して「えっ、あの……でも……」と、廊下の奥へと連れて行かれながら、おたおたしていた。

ジェリはジグリットより、三インチほど背も低く小柄なので、乱暴に突き飛ばすわけにもいかない。そのくせ力は、ジグリットと同じぐらいありそうだった。

「いいからいいから」と言って、ジグリットが面食らっているのも構わず、引っ張って行く。

「気張らずにな、坊主」エジーが後ろから、可笑《おか》しそうに言うのが聞こえたが、ジグリットは転んで少女に怪我《けが》させるわけにもいかず、必死で松葉杖《まつばづえ》をつきながら、なぜか廊下の奥へと進むしかなかった。

「ちょ、ちょっと待ってって……」

廊下の奥から二番目の部屋の扉の前まで来ると、ようやくジェリの足が止まったので、ジグリットは彼女の腕から逃れた。

ジェリは扉を開けて、中へ入って行く。だが、ジグリットが廊下に突っ立ったまま、入って行く気配を見せずにいると、また出て来て腕を引っ張った。

「何してるの？　早く早く」ジェリは慌てたように言った。

「だから、ちょっと待ってくれ」ジグリットも釣られて早口で答える。

「何がよ」ジェリは子供のように、口を尖《とが》らせた。

そうすると、さらに彼女はアンブロシアーナに似て見えた。ジグリットは、どうすべきか考えたかったが、頭が真っ白になっていた。ただ眸《め》を瞬《しばた》かせて、弱々しく頭を横に振る。

本当に眸の前の少年が、うろたえているのがわかったのか、ジェリは不機嫌を装《よそお》うのをやめた。今度は心配そうに、ジグリットの顔を覗《のぞ》き込む。

「あなた、大丈夫？　具合悪いの？」

ジグリットは、玄関まで戻ると口にしたかった。ザハとエジーのところに戻って、もうドライツエーン山に帰ろうと提案したかった。

だが、玄関の方から足音がしたので見ると、エジーが綺麗《きれい》に化粧した二十歳《はたち》そこそこの女性を腕に抱いて歩いて来るところだった。

「おい、まだこんなとこでいちゃついてんのか？」エジーは呆《あき》れたように言った。

「ああ、ほら言われちゃった」ジェリが再びジグリットを引っ張る。「せめて部屋に入ってちょうだい。じゃないと、他《ほか》のお姉《ねえ》さん達が準備を終えて出てきちゃう。そしたらきっと、あなたのこと取られちゃうわ」彼女は悲しそうに言った。「滅多《めった》にあなたみたいに綺麗で若い子って来ないのよ。競争になったら、あたし勝てないもの」

ジグリットはそれを聞いて、ぐるぐる考えていると、もっと酷《ひど》い状態が待っているとわかり、どうしようもなく溜《た》め息《いき》を漏《も》らした。おかげでジェリは、観念したジグリットを、難なく部屋に入れることに成功した。

「ねぇねぇ、お名前なんていうの？」部屋の扉を閉めると、ジェリは狭い五ヤール四方ほどの部屋を横断して、燭台《しょくだい》に火を灯《とも》す。

「ぼ、ぼく？」ジグリットはまだ戸惑いながら、部屋を見回していた。

「うん」ジェリは部屋の半分以上を占めている寝台《ベッド》の上に裸足《はだし》で乗り上げ、ぽんぽんと歩いて来ると、ジグリットの前に飛び降り、翠《みどり》色の丸い大きな眸を向けてきた。

「ジ、ジグリット……」名前ぐらいならと答えると、少女はにこりと微笑した。

「あたしはね、ジェリっていうの」明るく弾《はず》んだ声は、ジグリットの覚えているアンブロシアーナのものよりも若干低かったが、それでも一度、彼女を重ね合わせてしまうと、印象はそう簡単に覆《くつがえ》りそうもなかった。

「ジェリ、悪いんだけど、おれ」ジグリットが、松葉杖《まつばづえ》をついて一歩後ずさる。

「あたしじゃダメだった？」ジェリは悲しそうにうな垂《だ》れた。

「いや、そうじゃなくって」眸を逸《そ》らしたまま、ジグリットはまた一歩後ずさる。

「もっと年上の人がいい？」ジェリの明るかった声が沈んでいく。

「そ、それも違うんだ」

「？　じゃあ何？」本気で理由がわからないと眸で訴えるジェリに、ジグリットは言葉に詰まって、黙《だま》ってしまった。

やっぱり部屋を出て行こうと松葉《まつば》杖《づえ》を上げたとき、向かいからジェリが、手を伸ばしてきた。

「ね、ジグリットの髪、葉っぱがついてるよ」彼女はジグリットの錆色《さびいろ》の髪から、一枚の枯れ葉を取って言った。「あたし、洗ってあげる」それならいいでしょう、と扉の手前にある別の戸を開ける。

どうやらそこが浴室になっているらしい。

「え!? い、いいよ! いいって!!」ジグリットはさらに慌てて、手と首を目一杯振って遠慮《えんりょ》する。

「任せといて。あたし、洗うのはうまいんだから」ジェリはさっさと上下衣《ワンピース》の袖《そで》を捲《まく》り上げ、膝《ひざ》小僧が見えるほど裾《すそ》を豪快に上げ、腰紐《こしひも》に挟み込んだ。

その剝《む》き出しになった細く真っ白な足は、さらにジグリットを混乱させた。

「む、無理!」ジグリットは、今度は部屋の奥へ後ずさった。

「大丈夫。洗ってあげるだけ。恐いことしないよ?」にこやかなジェリが、硬直しきったジグリットを浴室の前に立って手招く。「初めてのお客さんも結構いるのよ。何もしなくてもいいの。全部、あたしがしてあげるから、ね」

優《やさ》しくお姉《ねえ》さんぶって言われると、なぜか居《い》た堪《たま》れない気持ちになる。

「そうじゃなくって……さ」

何をどう説明すれば、この状況を打開できるのか、さっぱりわからない。いつもなら、どんな場面でも切り抜ける方法を考えつくはずの頭が、まるで死んだように動かないのだ。ジグリットはアンブロシアーナに似た少女を前に、すっかり動転していた。

そんなわけで、呆気《あっけ》に取られて困惑しているうちに、ジェリは寄って来るとジグリットの革の短着《ベスト》の釦《ボタン》を外し、下に着ていた上衣《チュニック》を捲り上げ、引っこ抜くようにして脱がせてしまった。

「あ、あのさ……ジェリ……」

あっという間に上半身裸になってしまったジグリットが、まだおろおろしていると、ジェリは腕を摑《つか》んで引っ張って行って、浴室に押し込むように背中をどんと押した。

二人入ればぎゅうぎゅうになる狭い浴室には、床に素焼きの陶板《タイル》が張ってある。そこに小さな雨浴器《シャワー》が置かれていた。ジェリはジグリットの背中を押して、丈の低い簡素な椅子《いす》に座らせる。

「はーい、じゃあ洗髪始めまーす」

「ちょっと待っ――」

そこで突然、頭上から生温い水がかけられ、ジグリットは強制的に口を閉ざされた。

4

ジグリットが今までの人生にないほど、うろたえているとき、店の玄関先では別の騒《さわ》ぎが起ころうとしていた。

「お、お客さん、困ります！」女主人の制止の声も虚《むな》しく、男は外にいた用心棒を一撃《いちげき》で伸《の》して、ずかずかと店に入って来る。

「ここにいるのはわかっている！」男の凶悪な容貌《ようぼう》もさることながら、地を這《は》うような低い声に、何事かと二階から降りて来た店の女達も震《ふる》え上がっている。

「ちょっと、ちょっと、お客さんッ!!」一人、女主人だけが抵抗して、店に上がりこんで廊下を行く男の後ろを追いかけていた。

そのとき、廊下の中ほどの部屋の扉が開き、ザハが顔を覗《のぞ》かせた。

「遅かったな」男の鋭《するど》い眼光を前に、ザハは薄《うす》笑いを浮かべて言った。

「ザハ、貴様、ジグリットを連れ出して、こんな所へ来るのが目的だったのか!?」

黒貂《くろてん》の外衣《マント》に、丁寧に磨《みが》かれた黒い鋼《はがね》の鎖帷子《くさりかたびら》、そして黒髪に同じ黒の双眸《そうぼう》をした男は、山《さん》賊《ぞく》の頭領を射殺しそうな眸《め》で睨《にら》みつけた。

「だったら、何だよ」ザハはまったく悪びれず、扉に背を凭《もた》せかける。

「見下げ果てたぞ！」

怒り狂っているファン・ダルタを前にしても、ザハは落ち着いた表情で諭《さと》すように言った。

「あのなぁ、子守しなくても、大丈夫だって。アイツもう十七だぞ」

「それが何だ！」ファン・ダルタが即座に言い返す。

「好きにさせてやれって」

ザハの呆《あき》れた様子に、ファン・ダルタは考える余地もないといった表情だ。

「もういいッ！　貴様は後で、叩《たた》き斬《き》る！」言って、ザハの部屋の前を通り過ぎようとする。

「おいおい」ザハはゆっくり扉から背を離《はな》した。「どこ行く気だよ」

「退《ど》け！　でなければ、容赦しないぞ」

前に立ちはだかったザハと、ファン・ダルタが睨み合う。

「おまえが今行ったら、さしものジグも」ザハは真剣に怒っているファン・ダルタをおちょくるように、ジグリットの声音《こわね》を真似《まね》しながら言った。『非道《ひど》い、ファン・ダルタ。盛り上がってたのに』ってなことになって、おまえ、本気《マジ》でジグに嫌われんぞ」

「ジグリットを貴様と一緒にするな」

ファン・ダルタの硬すぎる頭と表情に、なんら変化はない。

「あー、どうしたらいいンだ、この阿呆《あほう》は」生来、短気なザハも段々苛立《いらだ》ってきて、どすどす足を踏《ふ》み鳴らす。

そのとき、ザハの背後の部屋の扉の一枚が開いた。

「ザハ、何を騒《さわ》いで……」顔を出したのは、エジーだ。「アッ！　狼《おおかみ》!?　なんでここに？」

当然の如《ごと》くエジーは驚愕《きょうがく》し、部屋から出てきたが、頬《ほお》と口元にべったり女の口紅が付いていた。

「エジー、こいつジグの邪魔《じゃま》しに行く気だぜ。どうよ」

ザハに言われても、エジーはまだこの混沌《こんとん》とした事態を把握できていない。

「……ええっと………何がどうなって、彼がここにいるのかもわからないし、なんでジグリットの邪魔しに行くのかもわからないんだが」

「おまえも阿呆《あほう》だな」ザハは疲れたような溜《た》め息《いき》を漏《も》らした。「だがま、ジグにはこれからきりきり働いてもらうつもりだから、ここで恩の一つも売っておくぜ、おれは」

向かいのファン・ダルタが反論する。

「ジグリットが、こんなことを恩に感じるわけがないだろう」

ついにファン・ダルタの手が剣帯《けんたい》に掛かると、ザハの眸《め》の色が変わった。

二人の男の間に冷たい空気が流れ出し、尋常ではない殺気がびりびりと広がり始める。

「や、やめろよ！」エジーもこれが一大事だとようやく気づいた。「二人共、刃物は出すな、なっ!?」

こんな所で騒ぎを起こしたくないエジーを余所《よそ》に、ファン・ダルタの手は鞘《さや》を握り、ほぼ同時にザハも腰に下げている山刀《ククリ》の柄頭《つかがしら》に触れる。

「可愛《かわい》い子には旅をさせろって言うだろうが」ザハの薄《うす》水色の眸は、じわじわと苛立《いらだ》ちに染まりつつある。

「旅の場所が問題だ」最初から怒り狂っているファン・ダルタが答える。

「いつかはそうなるんだから、今でもいいじゃねぇか」

「それは自然にそうなるべきだ」

ああ言えばこう言うで、まったく受け付けようとしない男に、ザハは血管がぶち切れそうになっている。

「それはてめぇの勝手な理想だろ！　アイツがどうかはまた別だ」

ジグリットの意志を尊重していないと告げるザハに、ファン・ダルタは顔色一つ変えず、言い返した。

「貴様のような汚れがジグリットに付くのは避《さ》けたい」

騎士《きし》が言った直後、眸で追えないほどの速さで、山刀がザハの腰から放たれた。

「誰《だれ》が汚れだ、細切れにすンぞッ!!」怒号と剣がぶつかり合う音はほぼ同時だ。

胸の前で剣戟《けんげき》を受けたファン・ダルタは、ザハの刃《やいば》を力で押しやり、長剣《ちょうけん》を平手にすることなく、翻《ひるがえ》して叩《たた》き込む。まったく容赦のない一撃《いちげき》だ。

「やめろって!!」エジーが頭を抱えて叫んでいるが、両者とも聞こえていない。

騎士《きし》の剣先を見切ったザハは、一歩飛び退って、山刀《ククリ》を構え直す。

ファン・ダルタの後ろに追いついた女主人は、男二人が店の廊下で剣を振り回し始めたと知り、完全に血の気が失《う》せ、泡を食ったように眸《め》を白黒させている。

その間にも、ザハは山刀をファン・ダルタの貌《かお》に向け、引っ掛けるように突き出し、それを騎士が剣で払い退《の》ける。すぐさま互いに距離《きょり》を取り、睨《にら》み合っている。


廊下でそんなことが繰《く》り広げられていた頃《ころ》、ジグリットはすっかり観念して、ジェリの思うがままになっていた。盥《たらい》のぬるま湯を手桶《ておけ》で頭にかけて、石鹼《せっけん》を洗い流してもらっている最中だ。だが、なぜか聞き覚えのある鋼《はがね》と鋼のぶつかり合う音が聞こえた気がして頭を上げた。

「なんだか廊下が騒《さわ》がしくないか？」

ジェリも、言われて騒ぎに気づいた。

「本当ね。ちょっと見て来る」彼女は浴室から出て行ったが、すぐに戻って来ると、眸を大きく見開いて言った。「大変だわ、ジグリット」

ジグリットは濡《ぬ》れた前髪を手で搔《か》き上げ、上半身裸でびしょ濡《ぬ》れのまま立ち上がった。

「何があったんだ？」

ジェリは外に出るのが怖いのか、部屋の扉の前から、廊下を指差している。ジグリットは彼女を追い越して、半開きの部屋の扉をさらに大きく開いた。そして、ジェリとは違った驚《おどろ》きで眸を瞠《みは》った。

「ファン・ダルタ!?」

ジグリットの驚愕《きょうがく》の声が、緊迫《きんぱく》した廊下に響《ひび》く。

長剣《ちょうけん》を持ったファン・ダルタと、山刀を手に今にも彼に飛びかかりそうなザハの後ろ姿が見えた。

「ジグリット、無事だったのか」

ファン・ダルタの安堵《あんど》の表情は、ザハが斬《き》りかかって喉仏《のどぼとけ》を突こうとしたことで、一瞬《いっしゅん》で引き締《し》められた。切っ先を僅《わず》かな動きで避《さ》けると、今度は長剣で反抗するかのようにザハの肘《ひじ》を狙《ねら》って、流麗《りゅうれい》な動きを見せる。だが、ザハはそれを同じ速度で躰《からだ》を翻《ひるがえ》して避け、一定の距離に後ずさった。

ザハもジグリットに気づいて、眸は騎士に向けたまま呼びかける。

「おいおい、出て来んなって。部屋に戻って楽しんでりゃいいぜ」

そこでファン・ダルタの後ろで茫然《ぼうぜん》自失になっていた女主人が、気を取り戻したように叫んだ。

「お客さん、困りますッッ!!　警吏を呼びますよ!」

一番ジグリットに近い場所で傍観していたエジーも振り返り、どうしようもない男二人を指差した。

「ジグリット、狼《おおかみ》を止めろ!」

そんな場面をジグリットの背後から、扉に隠れて見ていたジエリが訊《たず》ねる。

「ジグリット、この人達、なんで戦ってんの?」

「……………さぁ」

何がどうして、ザハとファン・ダルタが戦っているのか、一番訊《き》きたいのは自分だと思いながら、ジグリットも首を傾《かし》げた。

その間にも、ファン・ダルタの剣がザハに襲《おそ》いかかる。ザハは曲がった山刀《ククリ》の背で、騎士《きし》の刃《やいば》を撥《は》ね飛ばし叫んだ。

「おまえが過保護にし過ぎるから、ジグがいつまで経《た》っても、おれ達に馴染《なじ》めないんだぜ、わかってんのか、てめぇ」

だが、騎士の言葉はにべもない。「おまえらと馴染ませる気はない」

ザハは腰を屈《かが》めたかと思うと、山刀を持った腕を後ろに引いた。「だぁから、それが——」

言いながら、ありえない敏捷《びんしょう》さで二歩前へ出て、爪先《つまさき》だけで伸び上がると全身で飛びかかるようにして上へ、そして腕は半円を描くように横方向から斬《き》りつける。「独り善《よ》がりって言ってんだろうが、よ!」

ガンッ、と互いの剣が折れそうなほどの音を立てた。

受けたファン・ダルタは、ザハの全体重を乗せた一撃《いちげき》に、両手だけでは支え切れず、前後に開いた足の膝《ひざ》が一瞬《いっしゅん》、震《ふる》えた。だが、それでもがら空きになっていたザハの横腹に、足を床から引き剝《は》がして蹴《け》り入れる。

ザハもそうくると読んでいたのか、ファン・ダルタの出した足に自分の足を乗せて、器用に後ろへ飛び退《の》いた。ちょうど廊下に置かれていた、四つ脚の飾り棚にザハがぶつかる。その衝《しょう》撃《げき》で、載っていた花瓶が落下し、砕け散った。

「貴様こそ、ジグリットを利用してるだけのくせして、偉そうにほざくな！」ファン・ダルタが膝をついたザハに、剣先を突きつける。

「利用して何が悪い！」ザハが立ち上がり、山刀で後ろにいるジグリットの方を指した。「ジグの方から、そうして欲しいっておれに擦り寄って来たんだぜ」

「おまえなんかに擦り寄るわけがないだろう」ファン・ダルタが否定する。

そこに、女主人がへなへなと座り込みながら叫んだ。

「お、お店が壊《こわ》れちゃうじゃないのさ！」

さすがにジグリットも、これがまずい状況だとわかって、とにかく止めに入ろうと廊下へ出て来た。

「ザハ、ファンも、もうやめろ」歩くたび、濡《ぬ》れた髪から雫《しずく》がぽたぽたと落ち、廊下の藤《ふじ》紫《むらさき》の色をした絨《カーペ》毯《ット》に染《し》み込んでいく。

「下がっていろ、ジグリット」じりじりとザハとの間合いを詰めながら、ファン・ダルタが言う。

「ジグ、離《はな》れてろ」同様に、ザハも騎士《きし》に詰めていく。

「ファン・ダルタ、やめろ！」ジグリットは駆け寄りたい気持ちだったが、近づきつつあるザハの背中から噴《ふ》き出す殺気がそうさせなかった。「ザハもやめろって！」いきなり真後ろに立ったりしたら、斬《き》りつけられるのは自分かもしれない。しかも、ジグリットは完全に丸腰だった。

熱《いき》り立ったザハが、長い爪《つめ》のような山刀《ククリ》を振り、飛び出す。

「ぶっ殺すッ!!」と山賊《さんぞく》の頭領が腹の底から断言すると、騎士は冷ややかな笑みを返した。そして剣を鋭《するど》く引き、体勢を整える。「上等だッ!!」

その瞬間《しゅんかん》だった。

ザハの眸《め》に、錆色《さびいろ》の頭部が映り、頬《ほお》に水滴がぴしゃりと当たった。同様に、ファン・ダルタの眸にもよく見知ったジグリットの横顔がちらりと横切った。

「――――――いい加減にしろッッッ!!」

声と共に、ザハはファン・ダルタの脇《わき》をあらぬ力で吹っ飛ばされ、廊下の側面に突っ込み、薄《うす》い板壁《いたかべ》をぶち抜いた。そして、騎士は眼前にジグリットの憤《ふん》怒《ぬ》に吊《つ》り上がった双眸《そうぼう》を見たかと思うと、こめかみの辺りを松葉杖《まつばづえ》で強打され、その場に崩れ落ちた。

「ああ……お店が………」女主人はそう呟《つぶや》き、ついにぱたりと倒れた。

「女主人《おかみ》さん！」ジェリが部屋から出て来て、駆け寄る。

ファン・ダルタは、気絶こそしなかったものの、一瞬《いっしゅん》気が遠くなった。そろそろと躰《からだ》を起こして、突っ立っているジグリットを見上げる。

「ジ、ジグリット!?」

さらに壁を突き抜けたザハが、なんとか自力で起き上がると、腰を押さえて恨《うら》めしげに振り返った。

「ジグ、てめぇ……男の宝である……こ、腰を……」

だが、ジグリットはまだ松葉杖を手に、黙《だま》っていた。内心は頭から湯気が出そうなほど怒っていたが、見た目はまったくの無表情だ。

こんなところで、くだらない喧嘩《けんか》の仲裁に、タザリアの至宝の魔道具《まどうぐ》といわれたニグレット《黒き》フランマ《炎》を使うことになるとは、腹立たしいを通り越して、自己嫌悪を覚えるほどだ。

「エジー」ようやく口を開いたジグリットに、ずっと見ていただけのエジーが、夢から覚めたような呆《ほう》けた表情《かお》で返事した。

「は、はい!?」

「おれは先に戻る。この二人に店を片付けさせてから、根城《アジト》に戻るよう言え」ジグリットの声には、まったく抑揚がない。

「は、はい……」エジーはこくこくと頭を上下させ、聞こえているはずの二人の男をちらりと見た。

ザハは壁際《かべぎわ》に凭《もた》れたまま、口をあんぐりと開けて、ジグリットを見ており、ファン・ダルタはこめかみを手で押さえたまま、声をかけようとしていたが、言葉が出ないらしかった。

ジグリットは冷淡な表情で、ジェリの部屋に一度戻ると、自分の服を素早く着て、さっさと廊下に出て来ると、誰《だれ》にも声をかけられず、店を出て行った。


怒り心頭で、大通りの方へ歩いていくと、ジグリットは樫《かし》製の松葉杖《まつばづえ》にひびが入っているのに、ようやく気づいた。ファン・ダルタを殴ったせいだ。ニグレット《黒き》フランマ《炎》を使っていたので、怒りに我を忘れるわけにもいかず、手加減はしたつもりだったが、あのファン・ダルタが朦朧《もうろう》としていたということは、多少やりすぎだったかもしれない。

でも、とジグリットは思い直した。

——やめろと言っているのに、全然聴《き》かないあいつらが悪いんだ。

——余計な騒《さわ》ぎを起こせばどうなるか、少しは考えるべきなのに。

ニグレットフランマの後遺症とでもいうべき、倦怠感《けんたいかん》と苛立《いらだ》ちがじわじわと募りつつあって、ジグリットはまだ濡《ぬ》れていた前髪が視界を遮ったので、掻《か》き上げながら心の中で悪態をついた。

すでに大通りは夕暮れ前で、街を出て行く行商の馬車や、呑《の》み屋街へ直行する男達の姿が目立ち始めている。黒の城砦《じょうさい》へと登って行く坂道へ眸《め》を向けたジグリットは、唯一、人通りの少ない大手門から見知った貌《かお》の男が出て来るのに気づいた。

「バック？　まさか……な」

見間違いだと思ったのも当然で、一緒にいるのは金茶の軍服を着た兵士だ。男は兵士と親しげに話しながら、こちらへ来る前に、別の路地へ曲がって行ってしまった。

「気のせいか……？」

バックがシルマへ来ているかどうかは、わからない。蒼蓮華《そうれんげ》の団員達は、それぞれ割り振られた仕事がない時は、好きに過ごしていいことになっているからだ。

それに、バックがジグリットを毛嫌いしていることを考慮《こうりょ》しても、蒼蓮華を裏切るとは思えない。もし裏切ったとわかれば、バックにとって今でも充分、畏怖《いふ》の対象であるはずの山賊《さんぞく》の頭領ザハに、どんな目に遭わされるか、知らないはずはないのだ。

ジグリットの睫毛《まつげ》を、髪から落ちた水滴が震《ふる》わせた。眸を瞬《まばた》かせて、頭をぶるぶると左右に振って、豪快に水気を飛ばす。それから、前髪を掻き上げると、ジグリットは馬を留めている食堂へとまた歩き出した。

第三章 五万五千の争乱《ごまんごせんのそうらん》

1

アスキアの総人口は、この年の時点で四十二万人で、うち半数が女子供だった。しかも現役として戦える十七歳から四十五歳までの男は十五万人。その上、他国の兵士と戦ったことのある者はその三分の一に満たなかった。

対する砂漠からやって来た銀青色の軍団は、歩兵四万に騎兵《きへい》一万五千の五万五千だったが、彼らは全員訓練された平時の戦闘員《せんとういん》であり、アスキアの使いものにならなくなった魔道具使い《マグトゥール》レードリアンと違って、冷酷無比な秀麗《しゅうれい》の若き女魔道具使いを連れていた。

数だけ見ると圧倒的にゲルシュタインが不利に見えたが、彼らの一万五千の騎兵に対し、アスキアの騎兵は一万を超えなかった。さらにアスキア軍の戦闘形態は昔も今も重装歩兵であり、起伏の激しい山岳の戦闘向きに仕込まれていた。

何よりもアスキアの装備は、ゲルシュタインの大部分を占める碑金属《レブロイド》からすると、鋼《はがね》の剣に対して木剣《ぼっけん》で挑むようなものだった。

ゲルシュタインはアスキアの戦力を高く見積もっても、自分達と同等かそれ以下と見ていた。彼らにとって、この戦争は完全に勝つことを前提とした侵攻だったのだ。

ジグリットがナフタバンナで奮闘《ふんとう》している間、ゲルシュタイン軍はアスキアに侵攻していた。アスキアの領土であるスコロペンドラ山脈南端、岩砕山《ブランクタイ》から天空《トラゴ》の山羊岳《スだけ》までの間の麓《ふもと》に到達したゲルシュタイン軍は、僅《わず》か十五日でアスキア全土を支配した。

十万の老若男女が殺され、家を焼かれ、人々は行き場を失い、逃げ惑った。総人口四十二万のアスキアの民、四人に一人が殺された。さらにゲルシュタイン軍は、役に立ちそうな人間を集め、彼らを捕虜として帝都ナウゼン・バグラーへ送った。

残った人々は、山の麓のウルケウス河西に広がる盆地まで下りることを強いられた。着の身着のまま、ほとんどの者が裸足《はだし》で、また重傷の者を手伝い、山羊《やぎ》や牛を連ねて、長い山道を歩き続けた。途中、死んだ者は家畜と同様に放置され、逃げようとした者はゲルシュタイン兵に殺された。彼らは山々に囲まれたなだらかな盆地で、ゲルシュタインのための穀物を作るよう命じられた。彼らは農奴にされたのだ。

盆地には元から幾つかの集落があり、今ではすべてゲルシュタインが占拠していた。山から下りた者達は、年齢・性別・職業などから振り分けられ、村々に新たな住居を造り住むよう言われた。それぞれの村には、ゲルシュタインの常駐兵《じょうちゅうへい》とは別に、部族長が農奴監督官《かんとくかん》として配置された。

アスキアには建国以前から、十二の部族があった。アスキアの民は、自分の部族を何よりも重んじ、血筋を誇りとしてきた。その長が、今度は仲間達を監視《かんし》し、田畑で働くよう言わなければならなかった。逆らう者は身分にかかわらず、容赦なく殺された。

どの集落の広場にも、ゲルシュタインの鎖蛇《くさりへび》の戦旗が、眸《め》に見える高所にいつでもはためいていた。その足元には、毎日入れ替わりのように幾つものさらし首が並べられ、アスキアの〝尾を上げた百足《むかで》〟の旗印は今や地に落ち、破られ、泥にまみれていた。

そんな中、傭兵隊長《ようへいたいちょう》として第二陣で戦闘《せんとう》に参加していたフツ・エバンは、疵《きず》一つついていない戦馬《デストリアー》に騎乗《きじょう》して、破壊《はかい》されたアグロスの街にいた。

アグロスはアスキアにとって首都といっても差し支えない王の座所だが、他《ほか》の国と比べて物資の届き難《にく》いこの高地では、大きな農村とそう変わりなかった。ただ、他の村と違って、狭いながらも要塞村《ようさいそん》として二重の堀が造られていたが、それもゲルシュタイン軍の攻撃《こうげき》には、さして役に立ってはいなかった。

いま、フツの眸の前に広がる街という言葉すら不似合いなこの農村地帯は、壊滅的《かいめつてき》な状態に晒《さら》されていた。

木工技術に優《すぐ》れたアスキアらしく、ほとんどの家々は、樺《カバ》の木の樹皮などで葺《ふ》いた屋根を持ち、調理の際の火花で火事が起きないよう陶板《タイル》を周辺に張った煙突と、壁《かべ》は土台に小枝を編んで並べた枠に泥を被《かぶ》せた簡素なものでできていた。それでも充分、厳寒に耐えられるように設計されていたが、ゲルシュタイン軍による破壊《はかい》までは考慮《こうりょ》していなかったらしく、それらは完全に叩《たた》き潰《つぶ》されているか、焼け落ちてしまっていた。

すでに、アスキアのナスク五世王とその妃《きさき》と嗣子達は全員処刑され、病の途にあった悲運な魔道具使い《マグトゥール》レードリアンは、同じ魔道具使いのツザーによって、とどめを刺されていた。魔道具使いを殺せるのは、同じ魔道具使いだけだという話を、フツも聞いたことがあったが、本当にそうなのかは知らなかった。だが、レードリアンが死んだことは確かで、フツはその年老いた女が大通りの脇《わき》の広場に、屍体《したい》となってナスク王の隣《とな》りに並べられているのを見ていた。

フツは悲惨な街の光景を、感情を押し殺した眼差《まなざ》しで見つめていた。数え切れないほどの屍体を馬で跨《また》ぎ、放火され焼け落ちた家々を、兵士達はいまだに金目の物と生きた人間を求めて丹念に探っている。ゲルシュタイン皇帝アリッキーノがアグロスの街の人間は、一人も残さず始末して来いと言ったためだ。

アスキア自体に価値はないと、ほとんどの者は考えていた。税の取り立てがいもなく、貧しいばかりの山岳地帯だ。だが、アリッキーノにとっては、人間もまた、食糧《しょくりょう》や木材と同様に貴重な財産だとみなされた。

他の村の人間達は抵抗しない限り殺されることはなかったが、このアグロスだけは例外なく、一人残らず虐殺されていた。

ゲルシュタインはアスキアを蹂躙《じゅうりん》し尽くした。彼らは非情な虐殺を行ったが、これは意図的な戦術であり、アスキアの民に底知れぬ恐怖を植え付けることに成功した。

フツは、彼の慕っていた温厚で誠実な王、クレイトス・タザリアならこれほど無情な仕打ちは決してしなかっただろうと、ふと思い、それは愚かな考えだと自虐の笑みを作った。

——おれは莫迦《ばか》か。死人に国など、もはや無用の長物。

——すでに、時代は変わった。平穏《へいおん》で退屈な近衛《このえ》隊《たい》のおれは死に、ここにいるのは、残忍な傭兵《ようへい》隊長だ。

彼は高い馬の背から、屍体《したい》が途切れることなく積み重なっている通りを眸《め》にした。

——蛇の領土が広いに越したことはない。

——それは、すなわちすべてリネア様の領土ということだからな。

五十ヤールほど前方の、崩れ落ちたナスク王の居城だった残骸《ざんがい》から、子供の細く短い腕が突き出していた。すでに死んでいるにもかかわらず、もがくように瓦礫《がれき》の間から立ち上がっていたその腕は、突風に煽《あお》られると、ようやく力尽きたように、ぱたりと倒れた。

——アイツはどうしているだろうな。

フツは、白い仮面の少女を想《おも》った。爛《ただ》れた彼女の瘢痕《ケロイド》の頬《ほお》に指を這《は》わせたときの感触と、熱く滾《たぎ》った感情を顕《あら》わにした眸を。褐色《かっしょく》の髪と肌をした、ナターシのことを思い出すと、フツは馬上で嘲《あざけ》りではない、柔らかな微笑を漏《も》らした。

別の戦いへと飛んで行った彼女が、こんな光景を見ることがなくてよかったのかもしれない。たとえ憎むべき相手を殺しに行ったのだとしても。なぜなら、罪もないアスキアの子供を手にかけるなど、彼女にはきっとできないに違いないのだ。

アグロスの街は、アリッキーノが統治する限り、再建されることはないだろう。血と肉と灰のすべてが土に還《かえ》り、人のいた痕跡《こんせき》は失われていくだろう。それが時代の移り変わりというものだ。

フツは戦馬《デストリアー》の手綱を引き、ナスク王の居城の前で方向転換すると、まだ金目の物を探して、屍体を漁《あさ》っている傭兵達に集まるよう号令をかけた。

それに重なるように、長く低い遠吠えが幾つも響《ひび》き始める。どこからか血の臭《にお》いを嗅《か》ぎつけた狼《おおかみ》の群れが、山々の尾根の向こうで、互いに獲物《えもの》があることを報《しら》せ合っているのだ。

——人間もさして変わらんな。

傭兵隊長は、自分自身を嘲《あざけ》るように、口を歪《ゆが》めて冷笑した。

2

ゲルシュタイン帝国の首都、ナウゼン・バグラー。伝令の馬がアグロスを含めたアスキア全土から吉報を持って、オス砂漠の南を駆け抜けていた頃《ころ》。アリッキーノ一世皇帝は、血の城の謁見の間で真鍮《しんちゅう》の玉座に座り、いつもとそう変わりない時間を過ごしていた。

薄墨色《うすずみいろ》の鋭《するど》く冷淡な眸で、向かいに跪《ひざまず》いている騎士《きし》を手招く。

皇帝よりも十《とお》以上歳《とし》のいった騎士は、碑金属《レプロイド》の甲冑《かっちゅう》一式を身に纏《まと》い、腕に蛙《かえる》の口形をした兜《ヘルム》を抱いて、すでに準備万端整っていた。見事な銀青色の鎧《よろい》で、元から立派な体格をしている騎士《きし》の胸板はさらに厚く膨《ふく》らみ、腰に下がった碑金属《レプロイド》の大剣は通常の物よりも大振りで、彼を厳《いか》めしい巨人のように見せている。

アスキア侵攻のために、半数以上の騎士が出払っている中、この男が残されたのには重大な意味があった。

五年前、前ゲルシュタイン皇帝に傭兵《ようへい》から騎士に叙任されたガヴィ・サウザードは、日に焼けた巨軀《きよく》と長くのたうつ黒髪、睨《にら》まれれば誰《だれ》もが竦《すく》みあがってしまうほどのぎらついた鋭利《えいり》な双眸《そうぼう》を持った男で、無作法で身分が低いながらに、剣の腕だけで重宝されているという一風変わった経歴の持ち主だった。

アリッキーノは、このサウザードを〝涸谷《ワジ》の薔薇《ばら》〟と渾名《あだな》される諜報《ちようほう》機関の長、ジラルド・ジャンスの片腕に任命していた。常日頃《つねひごろ》からジャンスの命で、各国を飛び回っているサウザードだが、横柄で腹黒いところは上司にそっくり、そのくせ剛力の持ち主で、アリッキーノの腰回りほどもある太い腕をしていた。

アリッキーノは真横に立っていた中年の小男、ジラルド・ジャンスに、袖机《そでづくえ》に置いていた書類の束を手渡した。丸めた書簡には、鎖蛇《くさりへび》の封蠟《ふうろう》が施されてある。ジャンスは、それを丁寧に円筒形の筒に入れ、サウザードに持たせた。

「いいか、サウザード。それを確実にベトゥラ家の当主に渡すんだ。おまえの手でな」ジャンスは、言い聞かせるためか、強い口調で言った。「他《ほか》の人間には指一本触れさせるな」

サウザードは大きく頷《うなず》いた。

「返事はひと月待つと伝えろ。おまえが手渡した日から、ひと月だ」

サウザードがまた頷く。

「ひと月後、おまえは返事を持って、ここへ戻って来るんだ。陛下はより良い返事を期待なさっているぞ」言って、ジャンスはアリッキーノを振り返った。

だが、アリッキーノの視線は、跪《ひざまず》いているサウザードに注がれていた。その冷徹な皇帝の眸《め》は、笑みを浮かべたときですら、非情さを損なわない。失敗すればどうなるか、サウザードは理解していた。

ジャンスが普段持ってくる任務も、誰にも言うことのできないものばかりだったが、これはゲルシュタイン皇帝が直々《じきじき》に命じている仕事なのだ。

「必ずや良い報《しら》せを持って戻ります」サウザードは緊張《きんちよう》した重々しい声で告げ、頭《こうべ》を垂れた。

ジラルド・ジャンスとガヴィ・サウザードが、いそいそと謁見の間を出て行くと、アリッキーノはただ一人玉座の背に凭《もた》れて、口元を緩《ゆる》めた。

楽しいことは、一つずつよりも、一度にやってしまうのがいい。象戯《チエス》と違い、現実では駒《こま》は同時に幾つも動かせるのだ。当然、相手が動くのを待つ必要もない。

扉口に立っている四人の衛兵が、外の廊下の方を向いたので、アリッキーノも眸をやると、ちょうど近臣のラドニクが入って来るところだった。

アスキアを陥《お》としたなら、次はナフタバンナだと、ラドニクは言うだろう。金茶の眸《め》と褐色《かっしょく》の肌をした若き騎士《きし》、ラドニクはいつでも正しい。荒れ果て、放恣《ほうし》に流れるだけの山間《やまあい》の国など、アスキアとそう変わらないと、彼は言うはずだ。

だが、アリッキーノは、ヴィゴール・マエフ王の黒の城砦《じょうさい》が、ウアッリス公国のフェアアーラの平野に立つ二院議会の凡庸な建物より、よっぽど堅固で攻め難《がた》いことを知っていた。

——あれこそまさに、難攻不落。

——ヴィゴールが、というより、武勇王トル・マエフの知見だな。

前ナフタバンナの王、トル・マエフがカウェア峠の西、テュランノス山脈の山肌に城砦を造ったというのは、大陸でも有名な話だ。それ以前の王は、もっと東よりのパイゼイン丘陵に居城を構えていたという。

アリッキーノは薄笑《うす》いを浮かべた。

——それでも、やり合えば結果は見えているか。

ナフタバンナの烏合《うごう》の衆と見紛《みまご》う兵など、ゲルシュタインの砂漠の軍団と比べるまでもない。やって来たラドニクは、アリッキーノの機嫌が良さそうなので、自らも嬉《うれ》しそうに微笑した。そして玉座の一段下で、深々と頭を下げる。

「陛下、アスキアからの伝令が続けざまに戻って来ております。引見して戴《いただ》けるでしょうか?」

「認める」アリッキーノが答える。

そして、ゲルシュタイン皇帝は、ラドニクを指先一本で呼び寄せた。

「何でしょう、陛下？」

不思議そうな表情で近づいて来たラドニクの耳を、アリッキーノは強引に摑《つか》んで、口元へ引っ張った。

「次はベトゥラだ」皇帝は言った。

ラドニクの耳を放すと、騎士として騎兵部隊《きへいぶたい》に配属されているはずの青年は、子供のようにまん丸に見開いた眸を瞬《しばた》かせた。

「陛下、アスキアの占領もまだ始めたばかりですよ？」

「そんなことは、わかっている」アリッキーノは珍しく、くっくっと声に出して笑った。

「なぜ次の手を、ナフタバンナにしなかったのです」

ラドニクが不服そうに言うと、アリッキーノの笑いはさらに増した。思った通りの反応だったからだ。

「ラドニク、あそこはウアッリスと接している。そう簡単な話ではないんだぞ」

「…………」ラドニクは、考えるために黙《だま》った。だが、やはり合点《がてん》がいかないのか、言い募った。「ですが陛下、ナフタバンナは現在、混乱していると聞きます。反乱が大規模になってきているそうじゃないですか。この機に乗じて攻めれば、」

「おまえは、参謀《さんぼう》に向いていないな、ラドニク」

アリッキーノに笑い返され、ラドニクは顔をしかめた。

「ナフタバンナを先に陥《お》とせば、ウァッリスの頭の硬い学者どもに、不必要な恐れを与えるだけだ。あの国の真の支配者は、二院議会でも学士院でもないからな」

そこに至って、ラドニクはハッとしたように言った。

「魔道具使い協会《ギルド》ですね!」

「どの国もそれぞれやりようによって、一番楽に崩せる方法があるってことだ」

アリッキーノの手は、ラドニクの腰から、素早く短剣《ダガー》を抜き取った。ラドニクが返して貰《もら》おうと手を伸ばすと、アリッキーノは刃先を彼の心臓に向けた。

「ウァッリスの西、タザリアをすでにおれが支配したことで、二院議会は戦々恐々だ。さらに北のナフタバンナを押さえて、挟み込めばどうなるか、おまえでもわかるだろう」

短剣を手で弄《もてあそ》びながら言われ、ラドニクは刃《やいば》から眸《め》を離《はな》さず答える。

「ウァッリスが奮起するということですか」

「まあ、そこまで争いに長《た》けたやつらじゃないが、魔道具《まどうぐ》と歪力石《コピアストーン》は使いようによっては、こちらが不利になる。それに一番大事な御馳走《メインディッシュ》と手を組まれると厄介だ」

ラドニクが短剣を取ろうと、アリッキーノの手を摑《つか》もうとするが、するりと躱《かわ》されてしまう。ラドニクは、自分の考えを口にするのと、アリッキーノの手から危険な短剣を奪い返すのとで、頭がいっぱいではち切れそうになった。だが、主君が求める返事を優先した。顔を上げ、短剣から眸を離して答える。

「ウァッリスが、アルケナシュと友好関係を結ぶことは、確かに考えられます」

「そういう事だ」アリッキーノは、ようやく短剣で彼をからかうのをやめ、腰の剣帯《けんたい》に抜いたとき同様、なめらかな動きで戻した。「先ほど、サウザードをベトウラにやった。おまえは魔道具使い協会へ向かえ」

「ど、どういう事ですか？」アリッキーノに二度と取られないよう、腰の剣帯を手で押さえながらラドニクが訊《たず》ねる。

「書簡を届けに行くだけだ。だが、重要な書簡だ。サウザードが運ぶ物より、ずっとな」

その言葉は、ラドニクには深い意味があった。ジラルド・ジャンスの部下である騎士《きし》、サウザードを、アリッキーノが重用していることを、ラドニクは依然から苦々しく思っていたのだ。

「……わかりました。わたしが行って参ります」一歩、玉座から退き、跪《ひざまず》いて命を受ける。

「ラドニク」アリッキーノは玉座に腰かけたまま、前屈《かが》みになった。

「はい」緊張《きんちよう》した面持ちで、ラドニクも答える。

だが、アリッキーノは、にやりといやらしく微笑した。

「今度は長剣《ちようけん》で遊んでやるからな」

主君の冗談とも本気とも取れない言動に、ラドニクの表情が引き攣《つ》る。

勘弁して下さいと言いそうになったが、なんとか堪《こら》えて、ラドニクは溜《た》め息《いき》をつくに留《とど》めた。

3

血の城の数ある部屋の中でも、特に可憐《かれん》にして優美な装飾を誇る一室。リネアは何度も訪れた皇女《おうじょ》ノナの居室の長椅子《ソファ》に座り、真紅《しんく》の眸《め》をした十二歳の少女と向かい合っていた。

アリッキーノの妹であるノナは、眸を大きく見開いていたが、見ているものは正面の義姉ではない。遥《はる》か遠く離《はな》れた、行ったことすらない地を見ているのだ。

ノナは生まれ持った視跡《ハーメント》の力という特殊な能力を使い、一度でも会ったことのある人物なら、どこにいても相手がいる場所を覗《のぞ》き見ることができた。そして、今まさにその力を駆使して、義姉であるリネアの頼《たの》みで、とある少年を探索しているところだった。

ノナの傍《かたわ》らには、いつものように八本足の爬虫類《はちゆうるい》の人形が、不気味なぎょろついた眸で鎮《ちん》座《ざ》している。リネアは気味の悪いその蜥蜴《とかげ》、ドゥエちゃんをちらりと見て、顔をしかめた。蜥蜴がこちらを見て、にたりと笑った気がしたからだ。気のせいだと思い込もうとしたリネアに、視跡の力を使っているノナが向かいから話しかけた。

「ねえ、おねえさま」訊《たず》ねる少女の真っ赤な眸は、人形のように見開かれたまま固定されている。

「どうかした？」リネアは答えながら、蜥蜴から少女に視線を移したが、ノナの表情もまた奇異で造り物の人形のようだった。

「きょうのジグリットは、どこかへでかけているみたい」そこでノナは、楽しそうにくすくす笑った。「いつものやまのなかじゃないわ。いっしょにいるのは……」よく見ようとしてか、身を乗り出す。

リネアはノナに見えているものが、自分にも見えればいいのと、何度思ったかわからないが、いつもと同じように落胆した。

ノナが使う視跡の力は、突然変異的な産物だ。視跡の力に似た魔道具《まどうぐ》も存在するが、血の城の魔道具使い《マグトゥール》ツザーによれば、ノナほど高性能ではなく、またそういった魔道具は手に入れることも難しいらしい。だからこうして、リネアは仕方なくノナに頼《たよ》らざるを得ないのだ。

ジグリットが血の城を逃亡してからというもの、長い間リネアはその消息を摑《つか》めずにいたが、蛍藍月《けいらんづき》に入った頃《ころ》からまた視跡の力によって、彼を見ることができるようになっていた。

どうやらノナの視跡の力を妨げていた魔道具を、ジグリットが失ったか、もしくは手放したかしたのだろう。

最初はどこか南の方の見たことのない国にいると、ノナは語ったが、毎日のように覗《のぞ》き見てもらっている間に、周りの景色《けしき》などから、リネアはジグリットがどこにいるのか推察することができた。

最初は南のエレモス島。それから帆船《ガレオン》に乗り、大陸に戻って来てからは北上して、今はナフタバンナ王国にいると思われた。

当初、行動を共にしている男について、リネアは思い当たる人物がいなかったが、黄昏月《たそがれづき》になってから黒の城砦《じょうさい》でファン・ダルタと再会したことを、彼女は知っていた。

――冬将《とうしょう》の騎士《きし》が生きていたことも驚《おどろ》くべきことだけれど、ジグリットにとって彼がそれほど信頼《しんらい》している人間だったなんて、タザリアにいた頃《ころ》は気づかなかったわ。

ジグリットが、自ら冬将の騎士に会いに行ったということが、どういう事なのか、リネアは勘付いていた。恐らくファン・ダルタはジグリットが偽りの王だったことを知っていたか、もしくは再会したときに知らされたはずだ。それでも、いまだジグリットと一緒にいるのなら、それは彼の偽称という大罪を赦《ゆる》すと決めたことになる。

その後のジグリットの行動についても、リネアは驚愕《きょうがく》せずにはいられなかった。山賊《さんぞく》の仲間になった上、あろうことか彼らを煽動《せんどう》して、ナフタバンナの砦《とりで》の一つを陥落させたのだ。

――あの子が何をしようとしているのか、本当に理解している人間がどれだけいるかしら。

リネアは、ジグリットがただの善意で、山賊に荷担しているとは考えていなかった。そこを基盤《きばん》にナフタバンナを手に入れるつもりなのだと勘付いたのだ。

そのとき、ノナが向かいから微笑しながら言った。

「おねえさま、おもしろいことになってるわ」少女は両手をバタバタ振って、隣《とな》りの蜥蜴《とかげ》を強く鷲摑《わしづか》んだ。「ジグリットったら、おんなのこにひきずられていくわ」

リネアは物思いから覚めて、一点に固定されたまま動かない少女の眸《め》を見返した。

「あ！　おんなのこにいいよられているみたい」ノナは興奮して、ドゥエちゃんを振り回す。胴を千切れそうなほど摑《つか》まれて、蜥蜴の人形のぎょろついた眸は、飛び出したようになった。

「山賊に女はいなかったはずでしょう」リネアは冷静なまま言った。

ノナが首を傾《かし》げる。「うんとね、ここは、どこかのまちのおみせみたい。いっしょにいるのは、さんぞくがふたりよ」

ジグリットがナフタバンナにいることは、随分前からわかっていたことなので、リネアはそこが首都のシルマか、どこか別の場所に移動したとしても、まだナフタバンナ国内のはずだと思った。

「おんなのこがジグリットをへやにおしこんでる」ノナの実況が続いている。「おっきなベッドがあるわ」不思議そうに言うノナに、リネアの表情は翳《かげ》った。

だが、もちろん視跡《ハーメント》の力を使っているノナには、たとえ正面にいるとしても、義姉の顔は見えていない。

代わりのように蜥蜴のドゥエちゃんが、ノナの手に握られたまま、可笑《おか》しそうに上半身をぐらぐら揺らしながら、リネアを眺めている。

「ジグリットったら、すごくこまってるみたい」ノナはくすくす笑って、蜥蜴を持ったまま、両手で口を隠すような仕草をした。「あーあ、おんなのこのほうがつよいわ。ジグリットはいいなりね」

ノナの言葉から連想している内に、リネアは苛立《いらだ》って強い口調で訊《たず》ねた。

「一体、そこはどこなの!?」

だが、それに気づかないノナの返事は、対照的に明るい。「わからないわ。ちょっとうすぐらい」そこでノナは、またよく見ようとしてか、前のめりになった。「あ！　ジグリットのふくをおんなのこがぬがしてる」

リネアは思わず、長椅子《ソファ》から立ち上がった。ジグリットがいる場所がどこなのか、十二歳の少女に見当がつかないとしても、リネアに思い当たらないわけではなかった。

見たくもない汚《けが》らわしい女がジグリットに触れると思うと、リネアの躰《からだ》はぶるぶる震《ふる》えた。想像するだけでも、胸の内が煮え滾《たぎ》るようだった。気分が悪い。ぐらぐらする頭に、彼女は眩暈《めまい》を感じた。それから吐《は》き気《け》と、感じたことのないほどのおぞましさだ。

――ジグリット……本当ならここにいるはずなのに……。

リネアは自分の視界が赤く歪《ゆが》むのに任せた。そして自分の左手小指に嵌《は》まった白い指輪に、震える指先で触れた。ジグリットが残した彼の一部だ。その冷たく滑らかな感触は、いつもなら安らぎと落ち着きを与えてくれるのに、今のリネアにはまったく効果がなかった。むしろ苛立ちが募って、リネアは淡紅色《たんこうしょく》の唇を強く噛《か》んだ。容赦なく、力一杯。ぶちっと肉が弾《はじ》ける音がして、生臭い血の味が口内に広がる。

——あの子、山賊《さんぞく》なんかに入ったせいで、余計なことにまで感化されているんだわ。

——生まれが卑《いや》しいと、どんな場所でも適応できてしまうものなのね。

だが、そんなリネアの心情に気づくわけもなく、ノナはまだジグリットを覗《のぞ》き見ていた。

「もっとちいさなへやにつれていかれるわ」ノナは興味津々《しんしん》といった様子だ。「よくしつみたい。タイルがはってあるもの」

「もういいわ、ノナ」それを遮るように、リネアがゆるゆると首を横に振った。

ノナが見たままを話す。「あ、あたまにみずをかけられたわ」

「やめてちょうだい」リネアの声に、苛立ちから怒りが混じり始める。

「かみをあらってもらってるのね。でもどうしてかな」それでもノナは見るのを止《や》めない。

「やめて、ノナ。もう見なくていいわ」リネアは、自分を映すことのない少女の顔を睨《にら》みつけた。これ以上聞いていると、義妹に八つ当たりをしそうだった。それも非道《ひど》いことを。

リネアの唇から垂れた血が、汚れたことなど一度もない絨 毯《カーペット》にぽとりと落ちた。それは黒い染《し》みを作り、リネアはなぜか、それが涙のようだと思った。

——有り得ない。

彼女は手の甲で唇を強く擦《こす》った。

なぜ涙なんて思ってしまったのか考えて、リネアは激しい怒りの中で微笑《ほほえ》んだ。冷ややかに、見る者がいればぞっとせずにはいられない鮮《あざ》やかさで、彼女は自分の気持ちに気づいて笑った。その微笑みは、どす黒く渦を巻く胸の内を表していた。それはまさに、憎悪だった。ジグリットに触れる女への憎悪。ジグリットへの憎悪。そして、自分自身への。彼女は傷つけられたように感じていた。ジグリットに。手酷《てひど》く、想像だにしなかったやり方で反抗され、為《な》す術《すべ》なく立ち尽くしているような、屈服させられたような恥辱感。いまやリネアは、それを自分に与えられるのがジグリットだけだと知っていた。そして、それを癒《い》やせるのも、またジグリットだけだと。そんな自分にも、リネアはおぞましさを感じていた。

――取り戻さないといけない。

――このままでは、わたしは病にかかったようなもの。

――わたしは不完全な状態だわ。

もう一度、絨　毯《カーペット》を見下ろすと、やはりそれは血に違いなかった。

――ジグリットがいれば、この感情をすべて取り除ける。

――早く。早く。一刻も早く、あの子をここへ取り戻さないと。

ジグリットの骨で造った指輪を嵌《は》めたまま、彼女は指先でくるくるとそれを回した。ジグリットに最初に見せたときより、指輪は緩《ゆる》くなっていた。

そのとき、ノナが「あ……」と何かに気づいたような声を上げた。「おんなのこがどこかにでていくわ。なにかあったみたいよ」

リネアは物思いから覚め、ノナを見下ろした。ジグリットとどこの誰《だれ》かもわからない女の話よりは、状況がまともになりそうな気配だ。

「ろうかにだれか、」ノナは少し腰を浮かせて、なぜか右を見るように頭を傾けた。「さんぞくのひとと、あれは……」そこで思い当たって、破顔する。「くろいきしだわ」

握っていた蜥蜴《とかげ》のドゥエちゃんを胸に抱き、真《ま》っ赤《か》な眸《め》を輝《かがや》かせている。何が起こるのか、楽しくて仕方ないといった感じだ。

「さんぞくのとうりようとくろいきしがたたかってるわ！」

だが、ノナの話を聴《き》いているだけでは、想像にも限界がある。リネアは両肩を落として、

「さっぱりわからないわ」と愚痴《ぐち》った。

「あたしもよ」ノナが頷《うなず》く。「でも、くろいきしはすごくおこってるみたい。いつもこわいかおだけど、きようはもっともっときようあくなの」

ファン・ダルタが怒っていると聞いて、リネアはなんとなくだが、ジグリットがそんな場所にいることに、彼が怒っているのかもしれないと思った。

タザリアにいた頃《ころ》から、冬将《とうしよう》の騎士《きし》といえば、寡黙《かもく》で沈着、その上冷徹《れいてつ》な強面《こわもて》で、言い寄ってくる女を歯牙《しが》にもかけないと噂《うわさ》されていた。炎帝騎士団《えんていきしだん》の中でも、硬派の筆頭ともいえる男

だったのだ。それを思えば、ジグリットが遊里なんかにいようものなら、軽蔑《けいべつ》して撲《は》り飛ばすぐらいはしそうだった。

「ジグリットがへやからでてきた」ノナが待ってましたとでも言いたげな表情で飛び上がる。

「あ！　まだふたりがたたかってる」

「ちゃんと説明してちょうだい、ノナ」高揚している義妹にリネアが言う。

「すごいすごい！　さんぞくとファン・ダルタ、ほんきだわ」持っているドゥエちゃんを、全開で振り回し、ノナは一人夢中になっている。

「あッ!!」そこでノナが大声を上げた。

「どうしたの？」リネアが訊《たず》ねると、ノナは真紅《しんく》の眸《め》をぱちぱちと瞬《しばた》かせた。

「ふたりともふっとんだ」

リネアはノナの両肩にそっと触れ、前屈《かが》みになっていた少女を落ち着かせ、自分も長椅子《ソファ》に座り直した。

「ノナ、わかるように話してちょうだい」

「ええっと、はやすぎてよくみえなかったけど」ノナが右手の指を二本立てて、左手の一本立てた指で、その二本を順に押し倒した。「ジグリットがさんぞくをふっとばして、つぎにファン・ダルタをつえでなぐったみたい」

「なんですって!?」リネアが驚《おどろ》いて、問いかける。

　だが、ノナは肩を小さく震《ふる》わせ始めた。

「くふふ、もう……ダメ……」そこで、もはや我慢できないとばかりに、キャハハハハッと大声で笑い出した。「さんぞくもくろいきしもぼうぜんとしてるわ。ジグリットってすごい！　おこってみせをでていくわ」

　だが、リネアは笑えなかった。遊里を出たのはいいとして、片足のジグリットになぜそんな力があるのだろうかと、彼女は思った。

　ナフタバンナのしがない山賊《さんぞく》とはいえ、頭領を張るような男と、冬将《とうしょう》の騎士《きし》であるファン・ダルタを、ジグリットが吹っ飛ばしたり、杖《つえ》で殴ったりできるだろうか。彼女が困惑しているのに気づかず、ノナはまだ笑っている。

「ああ、もうダメ……。わらいすぎちゃった。ちからがぬけちゃう」

　ノナは持っていた蜥蜴《とかげ》を脇《わき》に置いて、いつもの締《し》め括《くく》りの儀式《ぎしき》を始めた。古代文明の呪文《オグドアス・スペル》を呟《つぶや》き、視界をナフタバンナのジグリットの許《もと》から、自分のいる血の城の居室へと戻していく。

　そうして、真紅の眸が正常に戻ったことを確かめるように、二、三度瞬《まばた》かせると、顔を上げてリネアを見た。しかし、その表情には疲れが色濃く、ノナは深い溜《た》め息《いき》を吐《は》き出した。

「ながくみるとつかれちゃう」少女は言った。

「そうね。ノナ、ありがとう」リネアが微笑《ほほえ》みかける。「しばらくは視跡《ハーメント》の力を使わなくてもいいから、ゆっくり休めるはずよ」

ジグリットが今後もナフタバンナに拠点を置いて、活動することはわかっている。すでに追跡班も、ナフタバンナに出発していた。今日、ノナに視跡《ハーメント》の力で覗《のぞ》いてもらったのは、定期的に見てもらうことにしたためだった。

本当なら、リネアは毎日でもノナに視跡の力を使って、ジグリットがどうしているのか見て欲しかったが、それでは彼女の躰《からだ》に負担がかかりすぎ、その小さな心臓は壊《こわ》れてしまうかもしれなかった。ノナの躰を慮《おもんぱか》ってというよりは、この少女にしか、ジグリットを探索できないのだ。まだ壊れてもらうわけにはいかなかった。

リネアはノナに挨拶《あいさつ》をし、長居した部屋を退出した。廊下に出ると、鎧戸《よろいど》の開け放たれた窓から夕陽《ゆうひ》が赤い砂岩の壁《かべ》に、黒く濃い影を斜めに走らせて伸びている。侍女のアウラの姿はなかった。待っていなくていいと、リネアが言ったからだ。

侍女には侍女の仕事がある。アウラが元から要領の良い女で、自分の仕事を他人に割り振って、楽をしていることをリネアも知っていたが、それでもここゲルシュタインでは、タザリアにいた頃《ころ》のようにはいかないことも確かだった。

窓に近づき、リネアはいまだに慣れない血の城の乾燥《かんそう》した熱気の中、庭園に熱帯性の植物が生い茂っているのを見下ろした。環境《かんきょう》に馴染《なじ》めないとき、自分の母親がしたように、内に篭《こも》るようなことを、彼女は望んでいなかった。

何をどうすれば、この状況を自分の望むようにできるのか、彼女はすでに知っていた。誰《だれ》もが自分の視点で、持っている駒《こま》を動かすものだ。だが、敵の駒でさえ、本当は動かすことができると知れば、より遊戯《ゲーム》は楽しくなる。

リネアはジグリットが自分を思い返して、表情《かお》を歪《ゆが》めるところを想像し、血の滲《にじ》んだ唇のまま、優雅に微笑《ほほえ》んだ。

4

翌日、リネアの侍女であるアウラは、血の城の北側にある侍女や侍従達の宿舎がある一角へ足を踏《ふ》み入れていた。彼女はリネアが連れて来た侍女として、特別に皇妃《こうひ》の隣室《りんしつ》を与えられていたため、本来はそこへ赴くことはない。だが、今日に限っては別だった。

アウラは寮《りょう》の入り口で、まだ入城して間もない十二、三歳の下働き見習いの少女を捕まえると、一人の侍女を呼び出してもらっていた。

休みの日などほとんどない侍女達にとって、寮は唯一、心安らげる場所だ。日付が変わろうとするこの時間、広間は侍女達の憩《いこ》いの場と化していた。大勢の侍女達が、置かれた長椅子《ベンチ》に腰かけ歓談している。

アウラは壁際《かべぎわ》に空いている長椅子を見つけ、そこで相手が来るのを待った。肩ほどの暗緑《あんりょく》色《しょく》の髪を手櫛《てぐし》で整えているところに、先ほどの下働き見習いの少女と、アウラと同じ年頃《としごろ》の黒髪を後ろでおさげにした女がやって来た。

侍女達のかしましい声を掻《か》き分けるようにして現れた二人の内、侍女を連れて来てくれた少女に、アウラは犬にするような仕草で手を振り、礼も言わずに追い払った。そして、残った侍女に眸《め》をやる。

ゲルシュタイン人にしては白い肌に、髪と同じ黒い眸をした少女は、どこか物憂《ものう》げにすら見える。彼女は不安げな眼差《まなざ》しで、アウラを見返していた。歳《とし》は十八と聞いていたが、背がすらりと高い上、尖《とが》った細面をしているせいか、二十四、五に見える。

「フォリー、あなたの部屋へ行きましょう」アウラは唐突に言った。

それというのも、あまりに広間に人がいすぎて、互いの声が聴《き》き取れるかわからないほどだったからだ。

「はい、アウラさん」彼女は素直に頷《うなず》いた。そして進行方向を腕ですっと示すと、「こちらです」と言って、先に歩き出す。

二人は広間から出ると、玄関脇《わき》にある幅の広い階段を上って行った。侍女の部屋は、三階の階段の隣《とな》りだった。

アウラが部屋に入ると、蠟燭《ろうそく》の火を消したばかりのような臭《にお》いがした。先ほど部屋を出るときに消したためだろう。それを侍女が再び点《つ》ける。

部屋を見回し、アウラは室内を占領している二段寝台《ベッド》と、樫《かし》製の化粧棚が一つ置いてあるのを眸にした。どうやらここは二人部屋らしい。彼女はゲルシュタインの侍女達の寮《りょう》に入ったことはなかったが、二人部屋を与えられるのは、長年仕えている身分の高い侍女だけだと知っていた。先ほどフォリーを呼びにやらせた下っ端《ぱ》の少女などは、この寮ではなく、別の大寝室と呼ばれる場所で寝泊まりしているはずだ。

侍女は化粧棚から座布団《クッション》が敷いてある椅子《いす》を引っ張ってくると、アウラに勧めた。そして自分は、寝台の縁《へり》に腰掛ける。

アウラはその椅子《いす》を一瞥《いちべつ》し、座布団の汚れに眉《まゆ》を寄せたが、一々文句を言っても始まらないと思い、渋々座った。そして言った。

「フォリー、あなた以前から皇妃《こうひ》様に付くことを望んでいたわよね」

フォリーが緊張《きんちょう》しきった面持ちで頷く。「は、はい」

「リネア様から言付かってきたわ」アウラは上衣《チュニック》の襟《えり》の合わせ目から、巻いた羊皮紙を取り出した。それにはきちんと、皇妃だけが使う封蠟《ふうろう》、炎に巻きつく鎖蛇《くさりへび》の印が施してある。

手渡すと、フォリーは恭《うやうや》しくそれを両手で受け取った。「ありがとうございます」

嬉《うれ》しそうな彼女の表情に、アウラは中身を知っていたため、苦笑したくなったが堪《こら》えた。それに気づかず、フォリーは丁寧に封蠟《ふうろう》を剝《は》がし、羊皮紙を広げていく。

そこに書かれている内容に、彼女が眸を通している間、アウラは自分の主《あるじ》を思って、その恐ろしさに何度目になるかわからない身震《みぶる》いをした。

皇妃《こうひ》リネアが何を考えているのか、すべてを知ることはアウラにも不可能だ。だが、リネアがやろうとしていることは、一人の少年を追い詰めるには度を越していた。それは前からだったが、ナターシを追跡班の一員としてナフタバンナへ派遣したことと、これからフォリーがやらなければならないことは矛盾しているような気がしたのだ。ジグリットを取り戻したいだけなら、追跡班だけで充分に思える。

——リネア様の本当の目的は、もしかしてジグリットだけではない？

アウラが物思いに沈んでいると、寝台《ベッド》に座ったフォリーが声を上げた。

「こ、これは……!?」

ようやく内容を把握したらしい。アウラは驚《おどろ》いているフォリーに、読んだ通りだというように頭を縦に振った。

「あなたにウアッリスへ行ってもらいたいとのことよ」

「わたしに……ウアッリスへ……」まだ理解し難《がた》いのか、フォリーは困惑げに呟《つぶや》く。

「あなた、確か母親がウアッリス公国の出身よね」

リネアに頼《たの》まれて、フォリーの身辺を調べたアウラは、彼女のことをよく知っていた。

「え、ええ。でもわたしはウアッリスへ行ったことがなくて」

戸惑っているフォリーに、アウラは冷ややかな眸《め》を向けた。

「断るなら、別の人に頼むしかないけど」言って、残念そうに彼女から視線を外す。「リネア様はあなたならと信頼《しんらい》しておられるわ」

「…………」フォリーは弱り果てたようにアウラを、それから手の中にある皇妃からの親書を見つめた。

アウラは、以前よりフォリーに皇妃様付きになるには、どうしたらいいかと相談を受けていたのだが、リネアはゲルシュタイン人に身の回りのことを任せる気がまったくなかった。彼女は蛇の国に嫁いだとはいえ、いまだ彼らを信用できないと考えていたからだ。

だが、アウラは大まかな仕事は、フォリーのような侍女頭《がしら》を目指す野心の強い女にやらせて、いずれ皇妃に口利《くちき》きしてあげると言ってきた。それがこんなところで役に立つとは思わなかったが。リネアが信頼できる侍女を一人使いたいと言ってきたとき、すぐにフォリーのことを教えたのだった。

「わかりました。わたし、行きます」しばらく考え込んでいたフォリーが、ようやく決心して顔を上げた。

アウラはにっこりと微笑《ほほえ》んだ。「よかった。リネア様もお喜びになるわ」

「でも、あの……、この仕事って……」

フォリーが内容について訊《き》こうとすると、アウラはそれを遮った。

「皇妃様の下で働きたいなら、余計な質問は禁忌《タブー》よ」

「……はい」

「仕事の内容は、いたって簡単でしょう。これで高いお給金が貰《もら》えるんだもの。代わりにわたしが行きたいぐらいよ」

それはアウラの本心だった。内容だけ見れば、これほど簡単な仕事はない。自分が挙手して行きたいぐらいだ。だが、皇妃《こうひ》が何もかもを知っている自分を手放さないことは明らかだし、アウラ自身、リネアの側《そば》を離《はな》れるつもりもなかった。

皇妃は、これからまだまだ上へ伸《の》し上がっていくはずだ。蛇の子を産めば、その子はやがてゲルシュタインの皇帝になるのだから。その頃《ころ》には、タザリア、アスキアに次いで、他《ほか》の諸国すら領地に取り入れてしまっているかもしれない。大陸全土をアリッキーノが支配することができれば、その子供もまた大陸の王となるのだ。

アウラは眸《め》の前のフォリーのことをすっかり忘れて、ほくそ笑んだ。それを、フォリーは自分を羨《うらや》んでのことと勘違いしたのか、慌てたように言った。

「そ、そうですね。わかりました。それで、いつ出発すれば……」

アウラもハッとして、目前のフォリーに眸を向け、にこやかに答える。

「リネア様は、できるだけ早急《さっきゅう》にと。明日《あす》中に行けるわね」言って、椅子《いす》から立ち上がる。

「あ、明日ですか⁉」フォリーも釣られたように寝台《ベッド》から立ち上がった。「わかりました。明日中に出発します」

「いろいろ準備もあるでしょうから、もう帰るわ」

アウラは部屋を出る際、振り返って大事な事を忘れていたとフォリーの許《もと》に戻った。

「わかっているとは思うけれど、くれぐれもこの事は他言《たごん》しないように。あなたは表向き、侍女を辞めたという扱いになるわ。でも仕事をきちんと続けている限り、リネア様はあなたに相応の待遇をしてくださるから、心配はいらないのよ」

わかっているとフォリーは頷《うなず》いた。そして、アウラの手を取って微笑《ほほえ》んだ。

「はい。いろいろとありがとうございます。必ず皇妃様のお役に立てるように、頑張ります」

「そう願っているわ」アウラも手を重ね、微笑み返す。

そして、部屋を出たアウラは、廊下で大きな溜《た》め息《いき》をついた。

――これが何の目的で為《な》されていることなのか、本当に考えるのはわたしだけなんだわ。

ジグリットに対するリネアの気持ちを知っているのが、自分だけであるように、とアウラは思った。

アリッキーノがもっとまともな男なら――寝台《ベッド》を共にした女を殺してしまうようなことのない男なら――皇妃に無理やりにでも蛇の子を産ますことができたかもしれない。だが、二人を同じ部屋にすることからして、こうも難しいと、まだしばらく物事が動き出すには時間がかかるだろう。

アウラは階段を下り、寮《りょう》の騒々《そうぞう》しい広間の横を通って、廊下を過ぎて行った。彼女はまだ迷っていた。戻って、フォリーにこれも皇妃様からの命令だと言って、ジグリットを殺させるよう仕向けることができるはずだった。何度も考えた末、いつも至る終着点に彼女は落ち着くしかなかった。

——ジグリットを殺しても、リネア様が蛇の国を我が物にしようと考えているとは思えない。あの方がそう思うためには、もっと他《ほか》の何かが必要だわ。

アウラは難しい表情《かお》をしたまま、リネアの居室へと足を速めた。

皇妃《こうひ》の部屋では、リネアはもう続きの寝室で、就寝前の薄絹《うすぎぬ》の寝巻きに着替えているところだった。

「リネア様、フォリーが承諾《しょうだく》しました」戻ってすぐに、アウラは成果を話した。

「そう」答えるリネアは、先ほどアウラがフォリーの部屋で見たものの、四倍近くの大きさがある寝台《ベッド》に腰かけている。

眠そうな眸《め》で先を促すリネアに、アウラは続けた。

「明日《あす》中にウァッリスへ発《た》つことになりました」

「ありがとう、アウラ。あなたが優秀で嬉《うれ》しいわ」眠いせいか、リネアはいつもに増して、しとやかな表情をしている。

アウラの頬《ほお》が赤らんだ。「そ、そんな……、有り難《がた》いお言葉です」怒っているときは、恐ろしさに身が竦《すく》むが、リネアは本来、誰《だれ》から見ても上品で可憐《かれん》な女性だ。アウラは、タザリアの頃《ころ》から変わらない優雅な彼女の微笑に眸を奪われた。褒《ほ》めることなど滅多《めった》にない皇妃の言葉に、はにかんでしまう。「フォリーがうまくやってくれるといいんですが」

アウラが言うと、リネアは口を手で覆《おお》って、小さく欠伸《あくび》をした。

「書いた通りにしてくれればいいだけよ。きっとうまくいくわ」

リネアが羊毛《ウール》の布団《ふとん》に潜《もぐ》り込む。アウラは寝台の横にある燭台《しょくだい》の火を、小さい鉄鐘《てっしょう》を被《かぶ》せてそっと消した。

「条件は二つだけ。元ナフタバンナの黒の城砦《じょうさいづ》付きの人間で、悲惨な過去を持つ者。いかにもジグリットが気に入りそうでしょう。あの子って、可哀相《かわいそう》な人間には同情的だから」リネアがふふっと微笑する声が暗闇《くらやみ》に響《ひび》く。「同情というより、自分を重ねてしまうのかしらね。卑屈な孤児だものね」

アウラは返事を求められていないことに気づき、一礼してから、隣《とな》りにある自分の部屋へ静かに立ち去った。

——夜はまだ続きそうだわ。

侍女は覚悟して、寝る準備を始めた。

第四章 乱雲の序

らんうんのじょ

1

ジグリットが、ザハとファン・ダルタに怒りの鉄槌《てっつい》を喰《く》らわせた翌日。彼らは蒼蓮華《そうれんげ》の根城《アジト》であるドライツェーン山に戻っていた。

珍しくこの夜は、パイゼイン丘陵のクラニオン台地にある村から羊を戴《いただ》いたということで、蒼蓮華の団員たちはその解体を見ようと、炊事場のある左端の建物に殺到していた。ついでに焼けた肉の一片でも多くもらえると思っていたのだろう。

大して興味のないジグリットは、自分たちの寝床がある右端の建物にいた。ファン・ダルタとケルビムも一緒だ。

部屋の中央に置いた古い松材の机《テーブル》の上にこの一帯の地図を広げて、ジグリットはすでにザハと詰めた戦略をもう一度、二人と見直していた。

ザハと話し合って、すでに次に行うべきことは決まっている。ジグリットは、黒の城砦《じょうさい》にいるマエフ王を追いつめるために、もっとも有効な手を使おうとしていた。あの難攻不落と呼ばれる城砦の欠点を衝《つ》くのだ。

それも徐々に。じわじわと。マエフ王が焦《あせ》ってあの城砦から、魔道具使い《マグトゥール》を伴って飛び出してきたりしないよう、注意深く。

黒の城砦の利点は、何を措《お》いてもあの地形にある。背後から攻めることもできず、前方からの攻撃《こうげき》をしようにも、入り口が狭く険しい岩肌に立つ城砦。だが、ジグリットがシルマの街で見上げたとき、それは黒の城砦の利点でもあったが、同時に不利にも働くものだと感じた。

シルマの街は荒れ果てていた。街をうろつく無法者《ごろつき》たちは、ろくに働いているわけでもなく、昼間から酒びたり、真っ当な商売人にしても、数少ない商品をなんとか店に並べているだけで、そこは何一つ生み出さない流通の墓場となっていた。それが意味するところは、一つだ。

かつてタザリアの王として、ジグリットは国内で行われる商取引の流れをすべて把握していた。そこで培《つちか》われたものがある。流通経路には、行き止まりがあってはならないのだ。タザリアの城下であったチョザの街では、外の国から持ち込まれたありとあらゆる物が、北や南の街へと流れていた。他《ほか》にも、チョザの城壁《じょうへき》の外では農民たちが麦や季節ごとの野菜をアンバー湖沿いの広い畑で栽培し、チョザの街の中ですら、その流れは活発に巡っていた。

だが、このナフタバンナにおいて、シルマの街とその上に聳《そび》え立つ黒の城砦は、何も生み出すことのない行き止まりだ。低木すら根付かない高地で育つ作物はそうない。急な傾斜を吹き下ろしてくるテュランノス山脈の冷たい風が、またそれを強く阻《はば》んでいた。

シルマが、そしてそのさらに高い場所に立つ黒の城砦が、その苛酷な地で踏《ふ》ん張っていることができるのは、ひとえに豊かなパイゼイン丘陵やイフィ山脈、そして外のウァッリスやアルケナシュといった国々から、絶え間なく食糧《しょくりょう》や日用品などを運び続けているからだった。

──補給を断つこと。

これこそが黒の城砦《じょうさい》のもっとも弱い部分、急所なのだ。だが、それは時間のかかる戦術で、あまりに短慮《たんりょ》だった。当然、兵糧攻《ひょうろうぜ》めだけで、黒の城砦は陥《お》とせない。補給を断たれたと気づいた時点で、マエフ王は魔道具使《マグトゥール》いを使うか、軍を差し向けてくる。

だから、これはまだ第一戦を見越した前哨戦《ぜんしょうせん》といったところだったが、それでも重要な始まりに違いなく、ジグリットはこの取り掛かりに全力を注いでいた。

だが、今夜のジグリットはすでに疲れていた。午前中は、蒼蓮華《そうれんげ》が通信に使っている木の葉を使った暗号を、さらに多くの事柄を伝えられるように改良し、ザハを含めた団員たちに覚えさせ、午後は近隣《きんりん》の村へ馬用の飼《か》い葉《ば》を受け取りに出かけていたからだ。

おかげで、ジグリットは思案している最中だというのに、大きな欠伸《あくび》を漏《も》らしてしまった。

「ジグリット、疲れたのか？」地図上に鋭《するど》い眸《め》を向けていたファン・ダルタが、それに気づいて心配そうに訊《たず》ねた。

眸をぱちぱちさせて、ジグリットが首を振る。「いや、大丈夫」

だが、ここで二人を相手に虚勢を張るのも莫迦《ばか》らしく、ジグリットは力を抜いて苦笑した。

「ちょっと眠気覚ましに頭を冷やしてこようかな」

ケルビムが頷《うなず》きながら「それがいい」と言うと、ファン・ダルタも「だったら今日はここまでにしておこう」と羊皮紙の地図を丸め始めた。

ジグリットは、机《テーブル》に立てかけていた松葉杖《まつばづえ》を手に取ると、ゆっくりとその建物から出て行った。外の広場には夕食前ということもあって、五、六人の団員たちが、それぞれ話し込んだり、馬の手入れをしたりしている。その他《ほか》は、左手の建物にぎゅう詰《づ》めになっているのか、大声で騒《さわ》ぎ立てていた。

羊の解体には時間がかかる。ジグリットはレイモーン王国の草原で、歓迎行事の一つとして、ジューヌ皇子《おうじ》の横に座って、それを見たことがあった。もう随分、昔のことのように思えたが、粗野な男たちが血が飛び散ったと大騒ぎしているのを耳にすると、あの内臓の何とも言えない臭《にお》いを思い出して気分が悪くなってしまった。思い切り顔を歪《ゆが》めて、絶対にあそこへは近づかないと決める。

広場の中央を見ると、ザハがいつもの丸椅子《まるいす》に腰かけて、鍛冶屋《かじや》のエラダカと話し込んでいた。エラダカはイガ岳《だけ》の麓《ふもと》にある村の鍛冶屋で、時折ザハに呼ばれて根城《ここ》に通っている。山賊《さんぞく》ではないが、蒼蓮華の一員と数えてもいい働き手だ。後ろへ撫《な》で上げた髪を後頭部できゅっと一つ括《くく》りにし、すらりと痩《や》せているのに腕だけは筋肉質な四十前後の男は、ザハが何か言いながら背中をバシンと叩《たた》くと、苦笑いで数歩よろめいた。

――また、とんでもないこと頼《たの》んでるんじゃないだろうな。

ジグリットは訝《いぶか》しげにそれを見た。ザハは、エジーが試行錯誤《さくご》しても直せないような物があると、それを一切合財エラダカに押しつけることにしていたからだ。

だが、ジグリットは彼らに近づかず、そこを素通りにして、赤い髪をした男の許《もと》へ行った。

「バックは？」ジグリットが訊《たず》ねる。

問われたカルラは、アディカリという体格の良い男と向かい合って、長靴《ブーツ》の裏の鉄鋲《スパイク》の間に挟まった泥を落としているところだった。

カルラは顔を上げて、なぜジグリットがそんなことを訊《き》くのかと、不思議そうな面持ちで答えた。「さあ、最近いたりいなかったりだな」

同じバックの手下でもあるアディカリが、にたりといやらしく笑いながらジグリットを見た。

「街の女にでも入れ揚げてんじゃねぇか」

だが、カルラの口調は重かった。「そう……」と彼は何か思い当たる節があるかのように、口ごもり、「だといいけど」と続けた。

シルマの街でバックを見かけたような気がしてからというもの、ジグリットはなんとなく彼の動向が気になっていたのだ。だが、それ以上カルラに突っ込んで訊くことはできなかった。

「おい、ジグ。ちょっと来いよ」

広場の中央でエラダカと話してたはずのザハが、ジグリットを呼んだからだ。

ジグリットは松葉杖《まつばづえ》で方向転換し、ザハに近寄って行く前に、視線だけを飛ばした。

「何？」そこから訊き返す。その表情は至って、冷ややかだ。

にべもない様子の硬い口調に、ザハは参ったように顔をしかめた。

「そんなおっかない顔すんなって。まだ怒ってんのか？」来い来いというように、手を振っている。

「別に。もう怒ってない」ジグリットが淡々と答える。

「顔が怒ってんだよ、顔が！」

逆切れしてきたザハに怒鳴《どな》られ、ジグリットは呆《あき》れた表情で、トントンと杖《つえ》をつきながら彼に近づいた。エラダカは用事を済ませたのか、もう姿が見えなかった。

ジグリットがザハの丸椅子《まるいす》の真ん前に来ると、ザハは逆切れして吊《つ》り上げていた目尻《めじり》を多少、下げて言った。「悪かったって。今度はあの堅物がいないときに連れてくからよ」

〃堅物〃というのはファン・ダルタのことで、〃連れて行く〃というのは、シルマの遊里のことだ。ジグリットはシルマでザハとファン・ダルタが店の中で暴れたことを、本気で怒っていた。だが、ザハはジグリットの怒りの原因を完全に勘違いしていた。

「……わかってない」ジグリットが冷淡な声で呟《つぶや》く。

「え？　違う？　どこが？」

本気で理解していない様子のザハに、ジグリットは、ハアと大きな溜《た》め息《いき》を漏《も》らした。

「でも、おまえ、あの子気に入ってたろ？　出てきたとき上半身裸だったしよぉ」ザハが手を伸ばし、ジグリットの上衣《チュニック》を下からぺろんと捲《まく》り上げた。

「髪が汚れてたから、洗ってもらってただけだ」ジグリットがその手をぴしゃりと叩《はた》き落とす。

「え？　ちっともその気なかった？」

答えに窮《きゅう》するようなことを言われて、ジグリットは顔をしかめた。一応、男なので、そういうことでもなかった。だが、それを告げるのも癪《しゃく》で、ジグリットは沈黙《ちんもく》した。

ザハが勝ち誇ったように、薄《うす》水色の明るい眸《め》で微笑《ほほえ》む。「ほらなぁ。だから、いいんだって。あの堅物はおれがどうにかしてやっから、心配すんなって。また行こうぜ」

なんだか悔しい気がして、ジグリットは話を無理やり変えて、反抗した。「店をあんなにしといて、よく言うよ。ちゃんと直してきたのか？」

今度はザハが窮する番だった。「ああ……ええっと……」

本気で眸を泳がせているザハに、ジグリットも驚《おどろ》く。

「まさか……」

あの状態の店を放置して来たとしたら最低だ。壁《かべ》に大穴を空けるほどザハを投げ飛ばしたのは自分だが、それは全面的に彼が悪かったのだ。

ザハはしどろもどろになりながら両手を上げて言い訳した。

「いや、ほら、おれってあんまりそういうの得意じゃないし、エ、エジーがさ……」

「………」ジグリットが、じっとザハを睨《にら》みつける。

「で、でも店はちゃんと直ってるはずだぜ。エジーはそういうの得意だし、おれと違って」

つまり、いつもの如《ごと》く、すべてエジーに押し付けたのだ。ジグリットは心底呆《あき》れて、もう溜《た》め息《いき》も出なかった。

ザハはそれに気づいて、慌てて口走る。「でもおまえ、あのとき妙《みよう》に動きが速かったよな」

これには、ジグリットもぎくりとした。「そ、そうかな……」

「そうだって。本気《マジ》で反応遅れたぜ、おれ。おまえ、あの堅物もぶちのめしてたし」

それは当然だ。ジグリットはあの瞬間《しゆんかん》、魔道具《まどうぐ》の黒《ニ》グレット炎《フランマ》を使ったのだ。ザハがどれだけ素早く反応しようと、この胸の内の魔道具の前では、緩慢《かんまん》な動きにしか見えない。

「ま、まぐれだよ……まぐれ！」ハハハハ、とジグリットが空笑いを漏《も》らす。

「おまえが火事場のなんとやらで本番に強いのは確かだけど、もしかしてなんか秘密があったりしてな」

にやりと笑うザハが何か気づいているのかと、ジグリットは恐れつつ首を振った。

「ないよ、何も」

「そうかぁ？」丸椅子《まるいす》から立ち上がり、ザハが真正面から顔を近づけてくる。

「ないって」

作り笑いで応戦しようとしたジグリットを、ザハが素早い動きで腕を首に巻きつけ、絞め上げてきた。

「や、やめっ……ザハ……ッ！」

いきなりだったので、ジグリットは完全に捕まってしまった。

「本っ当〜に、おれに隠し事してないだろうなぁ、ジグ」

真横から凄《すご》んだ眸《め》で問いかけられるが、ザハの表情は笑っている。ジグリットは彼が本気じゃないとわかって、両手でザハの腕を外そうともがきつつ、「し、して……る……」と苦しげに答えた。

「おいおい、してんのかよ。何を隠してんだ？」

「い、言わない……」

ふふん、とザハが横眸で享楽的に笑うのが見え、ジグリットがまだ何かされるのか、と構えていると、左手の建物からガンガンと鉄鍋《てつなべ》を叩《たた》く音が響《ひび》いた。

「メシだぞ——お」鍋を叩きながら、エジーは広場の真ん中にいるザハとジグリットに気づいて、一瞬《いっしゅん》ぎょっとしたように眸を見開いた。それから、気を取り直したように言う。「おいおい、頭領もジグリットも猫みたいにじゃれあってないで、夕飯《めし》だぜ」

そこでザハがようやくジグリットから腕を離《はな》した。

「お、羊が焼けたか、エジー？　おれには腹の一番美味《うま》いところを頼《たの》むぜ」

嬉《うれ》しそうに彼の方へ近づいて行く。ザハの興味が余所《よそ》に移って、ジグリットはホッとしたと同時に、いつの間にか松葉杖《まつばづえ》を落としていたので、その場にかくりとへたり込んでしまった。

ザハと共に食堂のある建物へ入って行く直前、エジーは一度だけ振り返り、ジグリットを見た。

──ただの小僧《ガキ》。見てくれは、ただの小僧だよな。

もちろん、エジーはジグリットが自分や頭領のザハ以上に、広い知見と計略を巡らすことに長《た》けているのは、すでに知っていたが、いま見て驚《おどろ》いたのは別のことだった。

その剃髪《ていはつ》の男の胸の内は、驚嘆《きょうたん》と危惧《きぐ》の間で揺れ動いていた。

野生の獣《けもの》のように、どんなときでも緊張感《きんちょうかん》を忘れず、仲間であろうと時には眉《まゆ》一つ動かさず斬《き》り捨てることができる冷徹《れいてつ》なザハが、あんな風《ふう》に自然に笑っているのをエジーは初めて眸《め》にした。

──丸くなった……のは良いことなのか。それとも……。

それはどちらとも言えない思いをエジーに抱かせた。

蒼蓮華《そうれんげ》の頭領は、その山刀《ククリ》に刻まれた銘のとおり、憐《あわ》れみのない無慈悲さがなければならない。

そのとき、右手の建物から黒髪の男が出てきた。ファン・ダルタだ。広場の中央にいるジグリットを、それからそのジグリットを見ていたエジーを、男は順に見た。そして、エジーの眸に浮かんでいる感情を読んだかのように、恐ろしい形相で睨《にら》みつけてきた。

エジーは背筋がぞわっと粟立《あわだ》ったように躰《からだ》を震《ふる》わせ、顔を背けると仲間たちのいる食堂へと急いで入って行った。

──ただの小僧《ガキ》に狼《おおかみ》が付くわけがねぇ。もしかしてザハのヤツ、とんでもないのを蒼蓮華《うち》に入れちまったんじゃねぇのか。
だが、その懸念《けねん》をエジーは誰《だれ》にも言うことができず、結局彼は一人悶々《もんもん》とするしかなかった。

2

その後、蒼蓮華《そうれんげ》はさらに活動の幅を広げていた。すでにカウェア峠を通り、マエフ王に荷を届ける隊商だけでなく、カウェア峠の南から出るテュランノス山脈東側の山腹の砦《とりで》や、シルマから離《はな》れたパイゼイン丘陵の北側の補給基地などを襲《おそ》うようになっていた。急襲《きゅうしゅう》して、敵の武器と食糧《しょくりょう》を手に入れることが、今の蒼蓮華の最大の目的だった。

ザハは蒼蓮華の根城《アジト》に鍛冶《かじ》屋《や》のエラダカを責任者として残し、ジグリットと共に北側に位置するエタヤン岳《だけ》の北斜面、山中に別の拠点を構えていた。

ジグリットはザハと何度かぶつかりながらも、戦略を練り込んでいる最中だった。ひと月も経たないうちに、蒼蓮華は革命軍として、仲間の数が五倍に膨《ふく》れ上がり、ザハとジグリットだけでは、すべてを仕切れないようになっていたので、二人は新たに指揮権を持つ人物を五人選出し、彼らにそれぞれ拠点を持たせた。

五人の内、四人は元から蒼蓮華にいた者達だ。〝処分屋〟と呼ばれるチェニ、〝赤い鬣《たてがみ》〟ことソーザ。笑顔の絶えない〝冥府《めいふ》の紳士〟ハジュ。そして片眸《め》の〝職人〟ムサだ。

蒼蓮華の表立ったこれらの男達は、ザハより皆年上で、二十代前半から三十代前半、中には所帯持ちの者もいた。

その他《ほか》にザハは、ロラティオー砦を陥《お》とすのに協力してくれたカサバ村のラジャックを取り立てていた。相棒であるイーレクス人のナーラムヴェルドと共に、彼らはパイゼイン丘陵周辺の集落から、革命軍に入りたい者を集め、また僅《わず》かでも食糧やその他の物資を手に入れると、ドライツェーン山の彼らに荷担する村や隠された補給場所へ運び入れていた。

黄昏月《たそがれづき》に入り、本格的な戦闘《せんとう》が迫る頃《ころ》には、ほとんどの人間が自分の役割を認識していた。ザハは蒼蓮華の頭領から、革命軍の総指揮を執るようになり、ジグリットは一歩引いて、彼に助言する副官として働いていた。

ファン・ダルタは、相変わらずジグリットと共に行動していたが、彼は彼で甲冑《かっちゅう》を着込んだ騎士《きし》や兵士と戦った経験のない者に剣術を教えたり、無法者《ごろつき》だった彼らに軍隊式規律を叩《たた》き込み、できる限り統制が取れ、歯車として彼らが動きやすく、またザハやジグリットが扱いやすいように指導したりしていた。

ケルビムはエジー同様、ザハとジグリットの手伝いに奔走していた。首都シルマからの敵軍の動きを伝える連絡が遅ければ確認に行き、チェニやハジュといった指揮権を持つ別の部隊に用があれば馬で駆けて行き、武器や食糧の搬入を確認しと、目まぐるしく働いていた。

そんな中、ザハ達はシルマの動向を探り、マエフ王が新たにアルケナシュから隊商を呼び寄せたことを聞きつけた。穀物の自給生産がほぼないシルマでは、荷馬車は毎日、何十台とカウエア峠を行き来しているが、その中でも黒の城砦《じょうさい》へ入る隊商に狙《ねら》いを定めて、ジグリット達は北側のカウェア峠より手前に先回りすることにしたのだ。

自分達の拠点であるエタヤン岳《だけ》に近かったせいもある。ザハはパイゼイン丘陵の農村から来たばかりの新入りを含めた仲間五十人で、麓《ふもと》の森を下りることに決めた。

五十人という人数から、ジグリットはザハに助言して、彼らを五つの小隊に分け、それぞれ別行動を強いていた。ザハの小隊とジグリットの小隊、ケルビムとナム、新入りのアジズの小隊といったように彼らは分かれていた。

ジグリットは足の不自由さを補うため、ザハの隊から一人借り受け、十人がそれぞれ交代でこの若い小隊長を背負うことになっていた。本人が松葉杖《まつばづえ》で山道を行軍するより、その方がずっと速かったからだ。小隊の進む速度は、もっとも足の遅い者の速度と同じだ。初めはファン・ダルタが一人でずっとジグリットを背負うと言ったが、それは無謀《むぼう》な話だった。戦闘《せんとう》が今日中に終わるとは限らない。三日三晩、ファン・ダルタがジグリットを背負い続けることになれば、さすがの彼でも疲労する。

仲間の一人に背負われて、ジグリットは急勾配《きゅうこうばい》の松林を下りているところだった。

「ジグリット」ファン・ダルタが先陣を切って歩いていたが、振り返って右手の木々の間を指差した。

　ジグリットはその方向を見て、晴れた昼間でも雨の日のように暗い林の中に、褐色《かっしょく》の大きな獣《けもの》がいるのを見た。山獅子《クーガー》だ。この間、ファン・ダルタが肢《あし》を斬《き》りつけたヤツよりも、さらに大きい。四十ヤール以上離《はな》れていたが、山獅子は立ち止まり、十一人の男が山を下って行くのをじっと見ていた。

　今のところ襲《おそ》ってくる様子はないその獣を、ジグリットは夜の暗闇《くらやみ》以外で初めて見て、その美しさに眸《め》を瞠《みは》った。肉食の恐ろしい獣らしいが、貌《かお》は猫のように鋭《するど》く小さく、手足は細く長い。そして褐色の胴は動くたびに筋肉が波打つようだった。

　——少しザハに似ている。

　ふと、ジグリットはそう思った。

　髪の色や外見ではなく、彼の放っている雰囲気が、この獣に似通っていた。

　山獅子が十一人の行軍を何を思って見ているにせよ、その鋭敏《えいびん》そうな眼《め》つきには、この事態をひとまず偵察しようとしているのが窺《うかが》えた。案の定、その獣は十一人の右側後方を並行して、ひたひたと付いて来た。

「おい、どうするよ」しんがりから二番目の男が、中ほどにいるジグリットに言う。「ヤツが追って来てるぜ」

　それをファン・ダルタが先頭から、振り返りもせず答えた。「心配するな」騎士《きし》は一人速度を緩《ゆる》めて六人に自分を抜かせ、ジグリットを背負っている男の真横に並んだ。「襲《おそ》ってきたら、また斬《き》るだけだ」彼は冷然とした態度で言った。

「おお、そりゃすげぇ」「山獅子《クーガー》を斬ったのか⁉」仲間達が感嘆に沸くと、ファン・ダルタは眉《まゆ》を少し寄せた。「殺してはいない」

しかし、その間も山獅子は、彼らの右手斜め後ろを二十ヤールほど離《はな》れて、付いて来ていた。

ジグリットは背負われたまま、ごそごそと自分の背嚢《リュック》を手探りした。

「ジグリット、何か取って欲しいのか？」ファン・ダルタが手を貸そうと、横から背嚢の口紐を開いてくれる。

「ああ、干し肉を一枚取って」ジグリットは言った。

「何するんだ？」ジグリットを背負っている男が訊《たず》ねる。

ファン・ダルタは言われた通り、布に包んであった食料の中から、五枚ある干し肉の一枚を抜き取った。「ほら、これでいいか？」

ジグリットは背負われているので、うまく躰《からだ》が動かせなかった。なので、ファン・ダルタに頼《たの》んだ。「それをあいつに投げてやってよ」

ファン・ダルタも、それから他《ほか》の男達も、怪訝《けげん》そうな顔つきで一斉にジグリットを見る。

「いいから、早く！」

ジグリットに言われて、ファン・ダルタは渋々、干し肉を山獅子の方へ力一杯投げた。肉は山獅子のかなり手前に落ちたが、ちょうど進路上だった。

十一人の人間達は全員、山獅子がどうするかを見ていた。そいつは肉が投げられたことを、匂《にお》いで感じ取っているはずだが、駆け寄るでもなく、無関心を装《よそお》っている。干し肉に肢《あし》が届く距離《きょり》に来ても、山獅子はそれを見ようともしなかった。何も落ちていないような素振りで、肉の横を通り過ぎる。

「うわあ、勿体《もったい》ねぇ」「なんで喰《く》わねぇんだ？」「やっぱり生きた肉しか喰わないんじゃないか？」男達が議論している間も、山獅子は彼らを追って来ていた。

ジグリットが振り返り見ると、山獅子の耳がぴんと立っている。それに先だけ曲がった長い尾が別の生き物のように左右に動いていた。

松林の中を山獅子に出くわして二百ヤールは下りただろうか、そこで獣《けもの》はぴたりと肢を止めた。

「おい、止まったぞ」一人が言って、また全員が振り返る。

山獅子は斜面の途中に立って、まだこっちを見ていた。

「もう追って来ないよ」ジグリットは言った。

「なんで、わかるんだ？」ジグリットを背負っている男が訊ねる。

「あいつの縄張りから出たから」

「あの地点までが縄張りってどうしてわかるんです？」後ろを歩いている男が言うと、その後ろの男も頷《うなず》いた。

ジグリットは彼らに説明した。「野生の獣《けもの》には、大抵縄張りがあるだろう。栗鼠《りす》や兎《うさぎ》でさえ、行動範囲《はんい》は決まっているぐらいだ。何より、あの獣はかなり賢《かしこ》い。多分、干し肉に毒なんて入っていないことは、通り過ぎたときにわかっていたはずだ」

「でも喰《く》わなかったぞ」男が不思議そうに言うと、ジグリットはにこりと笑った。「戻って食べるさ」

山獅子《クーガー》は十一人の男達が見えなくなるまで、その場に立っているつもりらしかった。振り返って、もう獣が片手で掴《つか》めるぐらいの大きさにまで離《はな》れた頃《ころ》、ジグリットは思った。

——自負心《プライド》の高い動物だな。やっぱりザハに似ている。

——それに、力の差を見極めるのに長《た》けている。

あの獣は、十一人の人間相手なら、勝ち目がないことを知っていた。この間、バックとジグリットが森にいたとき襲《おそ》ってきたのは、他《ほか》の人間が寝ていたからだろう。

ジグリットは、自分もこの先、あの獣のようでありたいと願った。そして、ザハもあの獣のようであってくれれば、ナフタバンナの双頭《そうとう》の鷹《たか》と真っ向から戦《や》り合うことができるだろうと、強い確信を抱いていた。

3

ジグリット達が山獅子に出くわしている頃、ザハは別の経路からエタヤン岳《だけ》を下っていた。彼はエジーと他の七人共々、馬に乗っていたので、五つの小隊の中で一番先に目的地に着く予定だった。

シルマに潜《ひそ》ませている情報源と、アルケナシュ公国との国境付近の村人から得た話はぴったり符合している。黒の城砦《じょうさい》のための食糧《しょくりょう》を運ぶ隊商は、屋根付き馬車が三台に、無蓋《むがい》馬車が十五台。

今まで山賊《さんぞく》としてやっていた仕事と、今回の仕事はそう変わりはない。しかし、ザハはこれだけ大規模の隊商を襲ったことは、数えるほどしかなかった。蒼蓮華《そうれんげ》の団員が足りなかったせいもあるが、何よりこれだけの隊列なら、かなり手強《てごわ》い護衛が付いているはずだ。さしもの蒼蓮華でも、本物の騎士《きし》や兵と戦うのは、避《さ》けるべきだとわかっていた。

ザハ達はエタヤン岳の北斜面に造った拠点を早朝に発《た》って、正午には山をほぼ下り切り、街道には出ずに森の中を西へと進んだ。カウエア峠の北口には、ヴィゴール・マエフ王の父で、前王のトル・マエフが建てたというダーナン監視哨《かんししょう》がある。そこには必ず、見張りの兵士が何十人かいるはずだ。ザハは今のところ、彼らと戦うつもりはなかった。

ジグリットと計画した通り、やつらが聞きつけても、すぐには駆けつけられない程度の距離《きょり》はとっておく予定だ。

ダーナン監視哨の手前四リーグ（およそ一九・二キロ）の地点で、ザハは最初の網の役割を果たすことになっていた。かなり近いように感じられる距離《きょり》だが、ダーナン監視哨《かんししょう》と彼らとの間には、ドライツェーンの山々を駆け下り、北海《ほっかい》へと向かう水量の多い大河ケスンがあった。ケスン河は、ドライツェーンのすべての山から来る支流と、ダーナン監視哨の下流三リーグの地点でぶつかっている。

もっとも狭い場所でも河幅は、五百ヤールあり、橋は渡されていなかった。代わりに東岸に村があり、人馬用の渡し舟と荷馬車用の筏《いかだ》が運航されている。

ザハ達が選んだ一つ目の網の場所では、エタヤン岳《だけ》から下って来た支流の一つナイゼル川が東に望《のぞ》め、さらに北へ十二リーグ行ったところで、彼らの西を流れる大河ケスンと交わろうとしていた。彼らはナイゼル川とケスン河に挟まれた場所で隊商を襲《おそ》うつもりだった。中州にも似たこの平野は、見通しが良く、戦闘《せんとう》が始まれば、次の網を担う仲間達が見えそうだった。まず間違いなく見えるだろうと、ザハは考えていた。

しかし、ジグリットの考えでは、この戦闘に適した広い野っ原ではできる限り早く仕事を終わらせ、素早く荷を奪い、彼らは背後のエタヤン岳の森に戻らなければならなかった。

「ザハ」網を張る場所へ着くと、槍《やり》を背負ったエジーが寄って来て言った。「そろそろおれらは出発するぜ」

「おう」ザハは戦闘前で上機嫌だった。「エジー」彼は話しながら、外衣《マント》と毛皮の短衣《ベスト》を脱ぎ、長袖《ながそで》の上衣《シャツ》姿になった。「へマすんなよ、てめぇ」言いながら、分厚いなめし革《レザー》の短衣を着る。

矢に対しては毛皮よりなめし革が有効なのだ。それからまた外衣を羽織る。

「はいはい、了解しました」ふてぶてしい激励にも慣れたもので、エジーは腹も立てない。

彼は馬に騎乗《きじよう》すると、新入りの少年一人と、蒼蓮華《そうれんげ》の団員である巨漢のブロムを引き連れて、東へ出発した。少年は隊商を見つけたら、すぐに引き返してザハに伝えるための伝令で、エジーとブロムには別の任務があった。

エジー達三人が、木々の間に消えると、ザハは「口うるさいのがいなくなって、楽しくなってきたぜ」と心底、嬉《うれ》しそうに言ったが、残された五人の男達にとっては、少しも楽しくなかった。

これから先、歯止めの効かないザハが野放しになるのだ。戦闘が始まったら、できるだけ離《はな》れていようと、五人全員が決心していた。

4

正午を二時間ほど過ぎた頃《ころ》、ジグリット達がエタヤン岳を下り終え、ケスン河が目視できる最後の網を張る場所へ辿《たど》り着いた。ここからマエフの兵がいるダーナン監視哨までは、北西に三リーグ。ザハの一番目の網との距離は北東へ一リーグ半。多少、南へ寄り過ぎているのだが、エタヤン岳の森がここで途切れているため、仕方なかった。

ジグリット達の小隊は、ここで五人と六人に分かれることになっていた。五人はケスン河の東岸の村へ行き、六人がこのまま森に潜《ひそ》んで、隊商の残りを浚《さら》う。ジグリットは、足のこともあるので、ここに残ることになっていた。村へ行く五人の方が責任は重大だが、それは任せる他《ほか》ない。

ふう、とファン・ダルタは何度目かの溜《た》め息《いき》をつきながら、ジグリットに寄って来た。

「じゃあ、おれはいくぞ」彼は止《や》むを得ないといった表情《かお》で言った。

「ああ」だが、ジグリットは松葉杖《まつばづえ》の脇《わき》に挟む部分が歪《ゆが》んできたので、それを直すのに必死になっていて、空返事のように「がんばって来いよ」と顔も向けずに応《こた》えただけだった。

ファン・ダルタは眸《め》を眇《すが》め、さらに一歩近づき、ジグリットの襟首《えりくび》を猫の子にするように摑《つか》んで持ち上げた。

「お、おいッ!」驚《おどろ》いたジグリットがバタバタと暴れる。「何する、下ろせ!」

「もう生きて会えないかもしれない」憂鬱《ゆううつ》そうに、ファン・ダルタが言う。

「グッ……おまえは、大げさ……なんだよッ!」ジグリットは、ぶら下げられたまま、外衣《マント》で首が絞まって苦しくて堪《たま》らず、もがき続けた。

「何が大げさだ。おれ達はこれから、戦うんだぞ」片手でジグリットを持ち上げていたファン・ダルタだが、ジグリットの顔が次第に赤らみ、ついに真っ赤になったのを見て、慌てて地面に下ろした。「わ、悪い」

ジグリットがぜぇぜぇ息を吐《は》きながら、涙眸《なみだめ》で騎士《きし》を見上げる。

「おまえ、ぼくを殺す気か!?」

「すまない」ファン・ダルタは、本当にすまなそうに謝《あやま》った。

「ったく、今からこれじゃ、先が思いやられるよ」外衣《マント》の留め具を弛《ゆる》め、ジグリットが首を左右に動かす。「大体、まだマエフ王の軍隊と殺《や》り合うわけじゃないってのに」

「軍隊だろうが、護衛兵だろうが、おれには同じだ。おれにとっては、おまえが死んだら、そこですべて終わりなんだ」騎士は懸命《けんめい》に言った。

ジグリットは、ファン・ダルタが頑固で生真面目で嘘《うそ》がつけない性格であることは、熟知していたが、この男の最大の長所であり、唯一の欠点ともいえるこの一本気な忠誠心には、時々耐えがたい気持ちになった。

「おれは一度ならず二度、おまえから眸を離《はな》した。結果、一度目はおまえはその名を捨てなければならず、二度目は足を失った」

騎士のあけすけな言葉に、ジグリットの表情《かお》が、一瞬《いっしゅん》だが怯《ひる》んだ。

「それはおまえのせいじゃない」平常を装《よそお》うとしたが、陰鬱《いんうつ》な声が出た。

「いいや、おれの責任だ」ファン・ダルタは、率直に言った。「側《そば》にいない人間が、どうやったって守ることはできない。おれはそれを嫌というほど思い知った」

ジグリットがきゅっと口を閉じると、騎士は屈《かが》んで、その尖《とが》った唇を親指と人差し指で挟んだ。

「痛《イ》い《ハ》！」

「よく聴《き》け！　おまえが一人で逃げられないと思ったら、できるだけこの近くに隠れていろ。おれは必ず戻って来る」ファン・ダルタは早口で言い、ぱっと指を離《はな》した。

ひりひりする唇を、ジグリットは指先で押さえた。そして、上目遣《うわめづか》いに騎士《きし》を見た。

「わかった。あんまりぼくの心配ばっかりするな。おまえの方が大変なんだから」

ファン・ダルタはそれを聞いて、ようやく少し安心したように表情《かお》を緩《ゆる》めた。

5

ザハの所から、二の網であるアジズの小隊、三の網のナムの小隊、そして四番目の網、ケルビムの小隊と斥候《せっこう》が順に伝達して来ることになっていたが、ファン・ダルタがケスン河東岸の村へ発《た》ってから、若い新入りの使いが走って来るまで、ジグリットは仲間五人と、平野の望めるエタヤン岳《だけ》の森の際《きわ》に潜《ひそ》んでいた。まだ西のケスン河の方でも、北東の網にも動きは感じられない。

ジグリット達から見える平野は、見渡す限り多年草が青々と茂っていた。中にはそろそろ葉が枯れてきたものが交じっていたが、間を跳ね上がる飛蝗《バッタ》は巨大で、まだ大多数の葉のように緑色だった。上空には二羽の鳶《とび》が舞《ま》っている。そして前方は、遥《はる》か向こうまで、青緑に覆《おお》われていた。

——この先に北海《ほっかい》があるんだ。

ジグリットは潮の香りがしないかと嗅《か》いでみたが、草と土の匂《にお》いしか感じられなかった。そのとき、背後の木々の間で枝を踏《ふ》み折りながら、走って来る足音が聞こえた。

「やっと見つけた」と穴だらけの大きめの外衣《マント》を着た少年が言いながら、近づいて来る。

ジグリットは、彼に見覚えがあった。ケルビムの隊の少年だ。

「隊商がナイゼル川に到達したようです」彼は走って来たせいで、激しく肩が上下していた。ジグリットの真ん前まで来ると、額から幾つも汗の滴がぽたぽたと垂れ落ちた。

「ご苦労」ジグリットは杖《つえ》をついて立ち上がった。「少し休んでから、ケルビムの所へ戻れ」

「はい」彼はやり遂げた感で、満足そうにその場にへたり込んだ。

すぐにジグリットが、五人の内の一人、十八歳のヨタを、ファン・ダルタのいるケスン河東岸へ報《しら》せるよう遣わせる。そして休んでいる少年を置いて、四人を連れ、ジグリットは草の原に姿勢を低くして進み出した。

ジグリット以外、四人共が手製の弓と斧《おの》を背負っている。それが、彼らが少しずつばらけていくに従って、草の上部にちらちらと見え隠れした。背の高い青草は、彼らの胸の中ほどまで伸び、ちょうど良く姿を隠してくれたが、北へ移動し始めると、ジグリット達は土を固めただけの広い街道に出た。

二人が街道を横切り、向こう側の草の間に隠れる。ジグリットは残りの二人と南側の街道脇《わき》にしゃがみ込んだ。あたかも頃合《ころあ》いを見計らったかのように、彼らの東の先で、突然、木造の家が押し潰《つぶ》されたかのような、激しい雷鳴にも似た音が鳴り響《ひび》いた。続いて、強風のときに聞くような轟々《ごうごう》という音が聞こえ始めた。それは徐々に、馬の嘶《いなな》きになり、人間達の叫びになり、怒号になった。午後の穏《おだ》やかな平野に、騒然《そうぜん》とした気配が立ち込め始める。

ジグリットは緊迫《きんぱく》した空気の中で一人、大きく深呼吸し、眸《め》を閉じた。興奮に満ちた辺りの気配から、自分を切り離《はな》すのは容易なことではなかった。それでも、じっと左胸に意識を集中させる。

ニグレット《黒》フランマ《炎》は、移植された人間の身体能力を引き上げる。それは運動機能だけでなく、五感すべてにもいえた。ジグリットは耳を澄《す》ました。

突如、北東の先、見えるはずのない遠方の草の間で、男の断末魔《だんまつま》の声が漏《も》れるのが聞こえた。それから車輪が草と土を絡《から》め取りながら、ここよりずっと北の海寄りを西へ向かって遁走《とんそう》している音。さらに耳を澄ますと、馬の蹄《ひづめ》の音が東に幾つか感じられたが、それはあまりに小さかったので、気のせいかもしれなかった。

ジグリットは馬車の車輪の音にだけ集中した。やはりずっと北を走っている。街道を大きく外れているのだ。ハッハッ、と激しい息づかいを繰《く》り返す馬が二頭、その距離《きょり》に僅《わず》かに差があるため、ジグリットは一頭立ての無蓋《むがい》馬車が二台だと推測した。

聴《き》き違いなどではないと確信したジグリットは、その場に立ち上がり、姿勢をまっすぐにして北側の草の間に眸を眇《すが》めた。胸まで伸びた青草が延々と続いている。その青い絨毯《カーペット》のずっと向こうに、ジグリットの錆色《さびいろ》の虹彩《こうさい》は猛禽類《もうきんるい》が小さな齧歯類《げっしるい》を見つけるときのように、急速に視界の中で一部を選び取り、大写しにした。

馬の頭部が草の波の間を激しく上下しているのが見えた。

「全員、急げッ！　北だッ‼」ジグリットは叫んだ。

馬車は見えず、何の音も聞こえない仲間たちにとって、ジグリットの突然の命令は奇妙に思えたに違いなかった。だが、四人ともがしゃがんでいた躰《からだ》を起こし、顔を見合わせると、ジグリットがじっと北を窺《うかが》っているのを見て、全員北へと走り出した。ジグリットも松葉杖《まつばづえ》で懸命《けんめい》に四人を追いかける。

そのとき、東の方からケルビムの小隊が「しまった、北だッ！」と叫んでいるのが、ジグリット以外の仲間にも聞こえてきた。北へ向かっていた四人の足がさらに速まる。

直後、四人の眸の前に、東から無蓋馬車が一台、草の間から突っ込んできた。

横をすり抜けようとしている馬車の後方車輪に、一人が手斧《ておの》を叩《たた》き込む。馬車は馬もろとも不安定になり、左側へ傾《かし》いで草の上で滑るように横倒しになった。積んでいた荷が辺りに散乱する。前に乗っていた御者《ぎょしゃ》は荷と共に外へ投げ出され、気絶した。

　さらにもう一台が、その後ろからやって来ていたが、人間たちに追いまわされ、恐怖に怯《おび》えた馬が御者《ぎょしゃ》の言うことを聞かず、悲鳴を上げて横倒しの馬車の後ろで停《と》まった。御者が慌ててジグリットたちとは反対側から下りると、一目散に逃げて行く。ジグリットは放《ほう》っておくよう指示して、一人にケルビムの小隊を呼びに行かせた。だが、その必要はなかった。ケルビムは仲間を引き連れてすぐに走って来た。

「ジグリット、大丈夫か?」ケルビムは息を切らしていたが、倒れているのとその後ろの二台の馬車を前に驚《おどろ》いている。

「ああ、平気だ」ジグリットは微笑《ほほえ》み返した。

「しかし、どうして北だとわかったんだ?」ケルビムが感心したように訊《たず》ねる。

　ジグリットは「耳がいいんだ」と答えたが、ケルビムは冗談だと思ったらしく、ハハッと笑った。

　ケルビムとジグリットの小隊を合わせた全員が、馬車の荷を運ぶための準備を始める。

　ジグリットは馬を一頭借りて、ケスン河の東岸の様子を見に行くつもりだった。すでに、フアン・ダルタは村に潜入《せんにゅう》して、ダーナン監視哨《かんししょう》の兵がこちらに応援に来られないよう、舟と筏《いかだ》を沈めているはずだ。

「ケルビム、ナムの隊から連絡が来たか?」ジグリットは、馬車に引っ張られて倒れた馬の引き綱を解《ほど》き始めたケルビムに、近づきながら言った。ナムの小隊は、ケルビムより一つ手前の網を張っている。

「ああ」ケルビムは、興奮している馬をなんとか立たせた。それから、訊《き》かれたことに大きく頷《うなず》いてみせた。「連絡係なら送ったから、そろそろ戻って来るだろう」

「そうか。じゃあ、もう荷を集めるだけだな。悪いが、おまえにここは任せる。この馬を貸してくれ」ジグリットが言うと、ケルビムは眉《まゆ》を寄せた。

「どうする気だ？」

「ケスン河の方を見てくる」ジグリットは西の方角を指差した。「そろそろダーナン監視哨のやつらも騒《さわ》ぎ始めているだろうからな」

ケルビムは、渋い表情をした。「冬将《とうしょう》のが、怒るぞ。あいつ、ジグリットは森に隠れてた方がいい派だったからな」

「そんなの知らないよ」ジグリットは、ケルビムから馬の手綱《たづな》を奪い取った。

「仕事を終えたら、森に戻れとかなんとか、言われなかったのか？」

「言われなかった」平然と嘘《うそ》をつく。

「んン、じゃあいいか」ケルビムは、今まで懸命《けんめい》に走って来て汗ばんでいる馬の背中に、ジグリットを持ち上げて乗せた。「落ちるなよ」

その通りで、馬はまだ興奮していたので、ジグリットを振り落とそうとした。だが、ジグリットは強引に手綱を操《あやつ》り、馬の頭をケスン河の方角へ向けると、すぐに走り出させた。

作戦のほとんどはうまくいっていた。一つ目の網を担《にな》うザハの小隊は、できるだけ荷馬車を仕留めるのはもちろんのこと、東のナイゼル川に架かる橋を、回り込んで隊商の荷馬車が渡り終えてから落とす役目を果たしたのだろう。

面倒臭がりのザハのことだから、エジーとブロムあたりに行かせただろうが、ジグリットにとっても、その方がよかった。エジーはザハと違い、几帳面《きちようめん》で落ち着いた男だ。ザハのようにせっかちでは、隊商の荷馬車が全部渡り切れるまで待っていられるか、怪しいものだ。

だが、ジグリットはあえて、ザハに細かいところまでを指示しなかった。彼は縛《しば》られるのを嫌う。ああしろこうしろと言って、彼にやるべきことを順序立てて押し付けても、半分以上は無視されてしまうか、途中で飽きてしまうに決まっている。

ジグリットの馬は、走りやすい街道へ戻り、進路を西へ驀進《ばくしん》して行った。

第五章

草陰の蓬乱《くさかげのほうらん》

1

ファン・ダルタを含めた五人の男達は、森の中をできる限りの速度で突き進んでいた。彼らはジグリットの隊が網を張る場所から、北西へ三リーグも離《はな》れたケスン河東岸の村を目指さなければならないため、のんびり歩いているわけにはいかなかった。

最後の網が動き出すのと、ほぼ同時に村に着くのが最良だが、果たしてそううまくいくのかわからない。とにかく今は、森の斜面を滑るように走り続ける。地面から飛び出した木の根や、転がっている枯れた大木に注意を払いながら、時折、振り返って遅れている四人を、ファン・ダルタは叱咤《しった》した。

森の中を西へ進み、大河ケスンに突き当たれば、そこから北へ進路を変えなければならない。ケスン河までかなり長い間、森の中を走り続けたが、怪我《けが》する者もなく、彼らは河の緩《ゆる》やかな流れが見える場所までなんとか辿《たど》り着いた。ファン・ダルタ以外の四人は、水面《みなも》が真下に見える切り立った岩壁《がんぺき》に座り込み、荒い息を吐《は》いていた。

「後少しだ」ファン・ダルタは元気づけるように言った。「流れに沿って行けば、一リーグもないだろう」だが、頑健な騎士《きし》の額にも、汗の粒が浮いていた。まっすぐな道を二リーグ走るのと、森の中を同じ距離《きょり》走るのは、まったく別もので、その何倍にも感じることだった。

さらに、全員が背中に重い斧《おの》を背負っていた。堅牢《けんろう》な鉄の塊は、彼らの行進にずっしりと圧《の》し掛かり、何が何でも足を引っ張ろうとしているようだった。

「ったく、この斧がなけりゃあなぁ」

仲間の一人が言うと、元から蒼蓮華《そうれんげ》にいたラースという眉《まゆ》の太い男も頷《うなず》いた。

「ああ、この斧の重いことのなんのって。おれの女房《かみさん》より重いぜ」

すると、聞いていた全員がどっと笑った。

「おいおい、おまえの女房ってな、あの団子みたいな丸い顔の子だろ」「そうそう」「さすがにあの子を背負うくらいなら、おりゃあこの斧の方がいいぜ」

さらに男達はげらげらと笑い合った。

ファン・ダルタは一人、河に張り出した狭い岩棚の上にいて、彼らの笑い声だけを聞いていたが、やがて戻って来ると、手を叩《たた》いて言った。

「全員立て！　休みは終わりだ」

男達はまだ微笑を浮かべていたが、水袋を背嚢《リュック》に入れると、重い腰を上げた。

ファン・ダルタは北に流れるたっぷりとした水をもう一度眺め、何か嫌な予感がして、ぐっと気を引き締《し》めた。

彼らは再び、出発した。ケスン河に沿って、北上していく。しかし、目的地である東岸の村が見え始めると、ファン・ダルタ達の足は止まった。

青灰色《せいかいしょく》の屋根が並ぶ小さな村は、高い木製の柵で囲われていた。狼《おおかみ》や野犬、それに山獅子《クーガー》などの獣避《けものよ》けのためだろう。数えられるほどの家しかなかったが、細い通りにはたくさんの人が出ていて、何か騒《さわ》がしくしている。

ファン・ダルタは眸《め》を眇《すが》め、大河に迫《せ》り出した桟橋を見た。大きな筏《いかだ》がちょうど着岸するところだ。二頭の馬と、見覚えのある制服を着た男達が四人乗っている。さらに小振りの舟が、対岸から何艘《そう》もこちらに向かっているのが見えた。小振りといっても筏とは違い、人間が何倍も乗れるものだ。当然、何十人もの兵が一度にこちらへ向かっているところだった。

村の中に眸を戻すと、ファン・ダルタより先に、仲間のビドゥンが指差した。「あれを見ろよ」彼は新入りだったが、三十前の髯《ひげ》の濃い男で、剣の腕が立つため、五人の中に入っていた。ビドゥンが言った通り、五人の騎兵《きへい》が村の通りを、外に向かって進んでいた。彼らは村のこぢんまりとした門から、どこかへ行く様子だ。

ファン・ダルタの脳裏に、選択肢は二つしかなかったが、この時点で一つに絞られた。騎士《きし》は横にいたトゥルシアドに言った。

「報《しら》せに行け！　戻って報せるんだ！」

ファン・ダルタの次に足の速い小柄なトゥルシアドは、大きく頷《うなず》いた。彼は走り出そうとしたが、ファン・ダルタに止められた。

「斧《おの》はもう必要ない。置いていけ」

長い道のりを苦労して背負ってきた斧を置き去りに、彼は来た道を折り返し、河沿いの垣のように続いている岩の向こうに、あっという間に掻《か》き消えた。

ファン・ダルタは、どうすべきか考えていた。村の様子を見る限り、ダーナン監視哨《かんししょう》の兵にしろ、黒の城砦《じょうさい》からの警護兵にしろ、人数では向こうが断然有利なのは明らかだ。彼らがケスン河を渡れないよう手回しするはずが、思わぬところで先に渡られてしまった。マエフ王は、余程に隊商の荷を待ちわびているらしい。

「どうする？」

ラースが訊《たず》ねると、ファン・ダルタは選択の余地がないことを彼に告げる他《ほか》なかった。

「おれ達も戻るぞ」

「えっ⁉　戻るの？」「筏とか舟とかいいのかよ？」ラースとビドウン、それに斧を振るうのに長《た》けている、元は樵夫《きこり》だったという、がっしりした体格のナッサムが眸を瞠《みは》る。

「仕方がない」ファン・ダルタは冷静に言った。「おれ達が行けば、逆に隊商を襲《おそ》っていることがバレるだけだ。それに、この人数では、死にに行くようなもんだろう」

全員が押し黙《だま》って、悔しそうにうな垂《だ》れた。

「無駄死にする必要はない。おれ達はジグリット達のいる地点に戻るんだ」

ファン・ダルタは彼らの返答を聞かず、さっさと川沿いから離《はな》れて、エタヤン岳《だけ》の森の方へと走り始めた。誰《だれ》の眸にも平静に見えた騎士だが、その胸の内はかなり狼狽《ろうばい》していた。

――先に河を渡られてしまうとは……。

――予測していたより、向こうの対応が早いということだ。

――騎兵《きへい》より先にジグリットの所へ戻らなければ……。

騎兵が最初にぶつかるのは、もっとも西側で最後の網を張っているジグリットの小隊だ。ジグリットと共に何人かの仲間がいるが、持っている武器は弓と斧《おの》がほとんどで、戦い慣れているとは言い難《がた》い。

――またしても、ジグリットに危険が迫っているときに、自分は側《そば》にいないのか。

ファン・ダルタの激しい焦《あせ》りは、大きく踏《ふ》み出す足の力に変わっていた。来たとき以上の全速力で、彼は森の中を飛ぶように駆けた。ラース達三人を一度も振り返ることなく、五分も経《た》たない内に、騎士《きし》の黒い姿は三人の眼前から、生い茂った黒い木々の間に見えなくなっていた。

2

ケスン河東岸の村へ向かっているジグリットは、まだそのことを知らなかった。街道はほぼ直線に続いていたが、背丈の高い草木のせいで、先の方までは見通せない。ジグリットに見えるのは、自分の眸《め》の前で懸命《けんめい》に走る馬の頭と、ところどころかたまって流れて行く白雲の集団、そして街道にまで伸び上がってきた邪魔《じゃま》な青草だけだった。

ジグリットはこの馬が到着する頃《ころ》には、ファン・ダルタ達が村の舟と筏《いかだ》を破壊《はかい》して、こちら側へ逃げて来るはずだと考えていた。

空を見上げると、六羽ほどの真っ黒な鴉《からす》の一群が、ジグリットとは逆の方角に向かって飛んでいるのが見えた。村から飛んできたのだとすると、目的は隊商を襲《おそ》った場所だろう。ザハにはできるだけ人死にを出さないよう言っておいたが、それでも何人かは死んだはずだ。野ざらしになるしかない屍体《したい》を、鴉は突きに行くに違いなかった。嫌悪の表情を浮かべて、ジグリットは馬をさらに加速させた。

距離《きより》の半分ほどを過ぎただろうか、ジグリットにはもう背後の騒《さわ》ぎはまったく聞こえなかった。代わりに、舞《ま》っている鳶《とび》の甲高《かんだか》い鳴き声とその後の喉《のど》を鳴らすような音や、草の間で虫を捕っている小動物のチチチという鳴き声が聞こえていた。あまりに長閑《のどか》なその景色《けしき》は、ジグリットの今の状況や感情から、かけ離《はな》れていた。まるで別世界のようだ、とジグリットは思った。この静かな世界の上で、人間だけが怒号を上げ、血を流し合い、欲深く他者から奪おうとしている。

そこでジグリットは可笑《おか》しくなって、くっくっと笑った。自分もその愚かしい人間共と同じだ。マエフ王からこの国を奪おうとしている。この国を機軸に、鎖蛇《くさりへび》からタザリアを取り戻そうとしている。皮肉った笑いを抑え、ジグリットは表情《かお》を引き締《し》めた。

ただ、初めにこの国に来たときと今では、多少変わった考えもある。ジグリットにとって、ナフタバンナを支配するマエフ政権が正しいとは、もはや思えなくなっていた。

ザハの境遇を知った後、何人かから他《ほか》の村もそう変わらないことを聞かされた。正直、最初はナフタバンナは自分にとって、踏《ふ》み台に過ぎなかった。ナフタバンナの王になりたいなどと思っていたわけではない。それは今もそうだ。ジグリットは、この国を手に入れたいとは、一度も思っていなかった。必要なのは、ゲルシュタインを攻め陥《お》とすための軍隊。すなわち力だ。ザハがこの国を治めるようになれば、短気な彼をなんとかして動かし、蛇の国と戦争させることは容易に思えた。

——ファンが聞いたら、どう思うだろうな。

あの漆黒《しっこく》の騎士《きし》は、それでも自分に付いて来てくれるだろうか、とジグリットは重苦しい気分に苛《さいな》まれた。

あの砂漠の強国ゲルシュタインと、かつての姉への激烈なまでの憎しみが自分を歪《ゆが》めたことを、ジグリットは理解していた。だが、それはどうすることもできない怨《うら》みだった。

正義感だけで戦っているような村から来た若い新入りの兵を前にすると、余計にその思いは後ろ暗くジグリットを覆《おお》った。

ザハ達は、この国を立て直そうと頑張っている。彼らにとって、今のマエフ政権のナフタバンナは、決してより良いものではない。それはジグリットから見てもそうだった。

——ぼくは間違っているかもしれない。だからといって、ここで止《や》めるわけにもいかない。

ジグリットが考えている間も、頑健な馬は懸命《けんめい》に走り続けていた。疲れてきた様子が見えたので、ジグリットが馬の肢《あし》を緩《ゆる》める。そのとき、自分の乗っている馬とは別の蹄《ひづめ》の音が聞こえた。前方からだ。

突然、街道の向こうの青草の上に、馬の首が見えた。ジグリットはまだその方向に進んでいたが、馬に跨《また》がっている人の姿を確認し、眸《め》を瞬《しばた》かせた。

「おいっ、おまえ‼」とその赤茶色の外衣《マント》の騎兵《きへい》が叫んだ。

ジグリットはくるりと方向転換し、騎兵に背を向けて、道を逆走し始める。

「待てッ！」兵士が追って来る。

すぐに、もう一つ別の声が上がった。「賊《ぞく》の仲間だな、この野郎ッ‼」

振り返ると、いつの間にかもう一人騎兵が増えていた。

「どうなってるんだ。ファンのヤツ、失敗したのか⁉」

騎兵がやって来たのは、街道沿いだ。ファン・ダルタが森の中を抜けて行ったことはジグリットも知っていた。彼らは互いにすれ違ったのか、それとも……。

ジグリットは騎士に何かあったのかと考え、ぎゅっと上衣《チュニック》の上から心臓がある場所を摑《つか》んだ。そこは、ドクドクと激しく跳ねている。

――いや、ファン・ダルタがこいつらに出くわして負けるなんて有り得ない。

ジグリットは、さらに馬を駆り立てた。

――この騎兵《きへい》たちは村で騒《さわ》ぎを起こす前に、河を渡ったと考えるべきだ。それなら、戦闘《せんとう》にはならなかったはず。

ジグリットは自分の考えが恐らく正しいと判断したものの、ファン・ダルタを心配する気持ちが晴れることにはならなかった。

ただ、今どれだけ不安を抱こうと、できることは逃げることだけだ。街道を逸《そ》れて、エタヤン岳《だけ》の森へ逃げ込めば、やつらを撒《ま》くこともできるだろうが、そうできない理由があった。まだ皆は、マエフの兵が向かって来ていることを知らない。荷運びが終わっていなければ、こいつらと遭遇してしまう。

――なんとかして、報《しら》せないと。

二人だけの騎兵なら、戦って斃《たお》せるかもしれないが、ジグリットはマエフ王がそんな愚かなことをするとは思わなかった。ここに二人いるのなら、後ろに二十人はいて当然なのだ。

追いつかれるわけにはいかないジグリットは、手綱《たづな》を力一杯引いて、草の生い茂った柔らかい土の上へ馬を乗り入れた。道として固めてある方が速く走れるが、わざと街道から外れたのだ。騎兵は吸い寄せられるように、付いて来る。

蛇行して多少でも時間を稼《かせ》げればいいが、大した違いはないだろう。それでも、ジグリットはあっちに行ったりこっちに行ったりと、方向をしきりに変えながら、騎兵を引き寄せた。

だが、ジグリットの馬はアルケナシュからここまで荷を運び、先ほどまでの暴走、さらに途中からはジグリットに速足を強制され続けていたため、かなり疲労困憊《こんぱい》していた。反対に、騎兵の乗っている馬は、戦闘馬《コーサー》という元から肢《あし》が速い種類に加えて、ここまで並足やだく足といった、それほど疲れる速度を要求されていない走りだったので、余力の点で大きな開きがあった。

ジグリットが何度目かに、馬の首を振り、右へ曲がるよう仕向けると、追いつきつつあった騎兵の一人が、青草の間を長槍《ランス》を手に、突撃《とつげき》してきた。

「小僧《ガキ》が、死ねッ!!」

槍《やり》の切っ先が自分に向かって突き出される。ジグリットは眸《め》を見開いた。その鋭利《えいり》な先端は避《よ》け切れないところまで迫っていた。

──クソッ！　こんなところで死ぬわけには……。

ニグレットフランマ《黒き炎》はすでに一度、使ってしまった。一日に何度も使うとどうなるのか、ジグリットはよく理解していた。一度でもあれだけの疲労感を伴うのだ。二度目は、あの高揚が収まった途端《とたん》、その場に倒れて動けなくなってしまうだろう。

覚悟を決めて、最小限の怪我《けが》を負う方を選び、ジグリットは胸の魔道具《まどうぐ》を稼動《かどう》させなかった。

首筋を僅《わず》かに逸れて、敵の長槍の先端が過《よぎ》る。

馬の背に身を屈《かが》めるようにして手綱を操《あやつ》るが、すぐに次の攻撃《こうげき》に転じた敵の槍が突き込まれる。背中から肩口を狙《ねら》ったその一撃《いちげき》に、ジグリットは唇を噛《か》んで堪《こら》えようとした。

だが、苦悶《くもん》の表情を浮かべたのは、ジグリットではなく、敵の方だった。

「……おおッッ?」兵士は中途半端に槍《やり》を持ち上げた状態で、意味不明な疑問の声を発した。馬をさらに疾駆させながら、ジグリットが騎兵《きへい》を振り返ると、兵士の左上腕部から胸にかけて、見たことのある矢柄《やがら》が貫通しているのを眸《め》にした。飛んできた方角は、森の方からだ。

そちらに向かって馬を走らせる。すると、向こう側からもまっすぐに青草を薙《な》ぎ倒しながら、突き進んで来る者がいた。

「ジグリット――――ォ!!」ファン・ダルタだ。

騎士《きし》は五十ヤールほど手前で立ち止まり、二の矢を構えるとすぐさま射《う》った。ジグリットの頭上を越え、矢は後ろを追って来ている騎兵の馬の横腹に突き刺さった。激痛に暴れ出した馬から兵が転げ落ちる。

「ファン!? おまえ、どうしてここに」ジグリットはファン・ダルタの側《そば》に来ると、馬を強引に止めた。助かったという安堵《あんど》と、騎士が無事だったということが、戦闘《せんとう》の最中《さなか》にあっても、ジグリットをほっとさせた。

それは彼も同じだったのか、騎士は一瞬《いっしゅん》、力が抜けたような表情になった。「それはこっちの台詞《せりふ》だ」もう必要ないのか、弓を背中に戻している。

「一人か?」辺りを見回し、ジグリットが訊《き》く。

「ああ、どうやらそっちもみたいだな」ファン・ダルタは、どこから走って来たのか、汗だくになっていたが、ジグリットの無鉄砲さに気づくと、すぐに眉《まゆ》を吊《つ》り上げた。「言っただろう、一人で行動するなって！」

「今、そんなこと言っている場合じゃないと思うぞ」ジグリットが後ろを指差す。

仲間を斃《たお》された騎兵の一人が長槍《ランス》を振り上げ、荒々しく向かって来ている。

「てめぇッ‼」矢を放ったファン・ダルタではなく、ジグリットに渾身《こんしん》の一撃《いちげき》を加えるつもりだ。

すぐさまファン・ダルタは黒い鞘《さや》から長剣《ちょうけん》を抜き放ち、ジグリットの馬の後部に飛び乗ると、向かって来た敵を片手で斬《き》り伏せた。

「確かに。小言は後でだ」言って騎士は、ジグリットの頭を反対の手で、馬の背に押し付けた。

二人乗りでは、さすがに戦い難《にく》い。

斬られた兵士は、呻《うめ》きながら戦闘馬《コーサー》から転げ落ちた。

「だから、なんで怒られなきゃならないのか、わからない」ジグリットは納得がいかないとばかりに、押さえつけられたまま愚痴《ぐち》った。

二人の騎兵を斃《たお》してすぐに、街道の向こうから、また新たな四人の騎兵が全速力でやって来ていた。ここで騒《さわ》いでいる声が聞こえたのだろう。ファン・ダルタは、逃げ切れないとわかり、その場で敵を迎え討つ。

「ジグリット、降りて森の方へ隠れろ」言うだけ言ってみたが、当然ジグリットは不満そうな眸《め》で騎士《きし》を振り返った。

「むしろその方が危ない」

片足なので、追いつかれてしまうのが先だろう。青草の丈が高いといっても、馬上から見るとジグリットの頭ぐらいは見えるはずだ。

ファン・ダルタは、ジグリットならそれでもうまく森まで逃げられるだろうと思ったが、もう黙《だま》って手にした剣を握り直した。

すでに四人の騎兵《きへい》は目前に迫り、長槍《ランス》を上げて突っ込んで来ている。

「マエフ様に反逆する輩《やから》め!」四人の騎兵は、揃《そろ》った速度で、ジグリットたちの馬を瞬時《しゅんじ》に取り囲んだ。「仲間の仇《かたき》、取らせてもらうぞ」険しい表情で睨《にら》みながら、一人目の男が長槍を突き込んできた。

ジグリットは、馬上で素早く身を伏せ、切っ先を躱《かわ》す。それを見越して、騎士が剣で槍《やり》の胴の部分を叩《たた》いて、弾《はじ》き飛ばした。

伏せたまま、ジグリットが眸だけ動かし、脇《わき》にいる二人の騎兵を見る。一人が弓を手にしている。その矢が放たれようとしていた。

「ファン、右ッ!」叫ぶと、ファン・ダルタは左を向いたまま見ることもなく、剣をもう一振りし、右からの矢を首に当たる直前で、払い除《の》けた。

左手では手綱《たづな》を、右手で剣を操《あやつ》り、四人の兵士の攻撃《こうげき》をうまく掻《か》い潜《くぐ》っている。

右に二人、左に一人、後方に一人。

中央にいるジグリットたちの馬は、その場を足踏《あしぶ》みするように、右へ左へと落ち着きなく動いている。

同時に左右から長槍で突き込まれる。その瞬間《しゅんかん》、騎士は右足で馬の腹を蹴《け》り、左手で手綱を緩《ゆる》めると、馬を右に向かせ、右の兵士の突きを躱し、ジグリットの頭上を貫くように右手の剣で左の兵士の放った長槍の切っ先だけを斬《き》り落とした。伏せていたジグリットが瞬《まばた》きするよりも、それは速かった。

「うおぉぉぉッ!!」切っ先を斬られた長槍を、左の兵士が再び突き込んでくる。そして右からはまた矢が飛んできた。さらに後方の兵士が長剣《ちょうけん》を手に近づく。

ジグリットは何かしたかったが、動けばそれが騎士の戦いの邪魔《じゃま》になる気がして、伏せたままでいた。

右からの矢を金属の籠手《ゴントレット》に当て、左の長槍の胴をさらに短く切断すると、騎士は後ろからの攻撃をジグリットの躰《からだ》に被《かぶ》さるようにして躱し、長剣が退《ひ》くのと同時に身を起こして、近づいていた背後の兵士の首のど真ん中に、後ろ手に刃《やいば》を突き上げた。

肉を斬り裂かれ、血が溢《あふ》れ出る嫌な音が、ジグリットにも聞こえた。

三人の騎兵がそれぞれに、その男の名を呼ぶ。だが、ファン・ダルタはその仲間の死を目《ま》の当たりにして、彼らが恐怖を浮かべた一瞬《いっしゅん》を逃さず、馬を素早く前進させると、右側にいた騎兵に長剣《ちょうけん》を叩《たた》きつけ、馬から落とした。さらに弓兵に向かって行く。

弓を手にした騎兵《きへい》は、泡を食ったように馬上で身を引き、手綱《たづな》を取ることも忘れてしまったようだ。騎士《きし》は、ふっと不気味に笑った。それが、騎兵の顔をさらに歪《ゆが》ませる。

「マ、マエフ様の、ために……」尻《しり》つぼみな虚勢の声を上げ、弓兵は腰をわたわたと手探りし、剣を抜いたが、すでに遅かった。ファン・ダルタは二頭の馬がすれ違う瞬間《しゅんかん》、長剣をまっすぐに男の心臓に突き刺していた。

馬をぐるりと反転させると、生きているのはあと二人だったが、一人は地面に転げ落ちていた。ジグリットはようやく起き上がり、自分も剣を抜こうとしたが、ファン・ダルタに止められた。

「その必要はない」騎士はまったく興奮していなかった。いつも以上に低く淡々とした声だ。四対一でもファン・ダルタにとっては、何の問題もないようだった。そのことに、ジグリットはずっと忘れていた彼の恐ろしいほどの強靱《きょうじん》さと冷徹《れいてつ》さを思い出し、僅《わず》かにだが鳥肌が立った。

「く、くそッ」と残った騎兵が上擦《うわず》った声で言う。

「仲間を呼びに行かれては困る。降参するなら、馬から降りろ」

騎士の冷ややかな言葉に、兵士は従った。のろのろと馬から降りると、同じく落馬して座り込んでいた仲間の許《もと》へ行き、どうしたらいいのか途方に暮れたような表情で蹲《うずくま》る。

「後方のやつらは、後どれぐらいでここへ来る?」

馬上から騎士に問われて、兵士は小声で呟《つぶや》いた。

「歩兵に合わせているから、まだしばらくかかるはずだ……」

「ジグリット」ファン・ダルタが指示を仰ぐように呼ぶ。

ジグリットは大きく頷《うなず》いた。「ああ。撤収《てっしゅう》するには充分な時間があるだろう。ザハたちのところへ行こう」

「わかった」と答えた騎士は、馬を前進させる直前、ちらりと二人の生きた兵士を見下ろした。殺されるのかと顔を強張《こわば》らせた彼らには、冥府《めいふ》の屍鬼《グール》よりも恐ろしい貌《かお》に見えただろう。だが、実際にもその通りで、騎士は始末しておいた方がいいのではないだろうかと考えていた。

「おい、ファン、どうした?」なかなか馬が進まないのでジグリットが振り返ると、ファン・ダルタは、怯《おび》えた彼らからジグリットへ視線を移し、にこやかに微笑した。

「いや、なんでもない」

ジグリットが必要ないと思っているのなら、殺すこともないだろう。そう結論づけた騎士は、馬を速足で走り出させた。

3

げほげほ、と老人は室内に入るなり、激しく咳《せ》き込んだ。

「ウォナガン、疲れているなら寝ていろ」ヴィゴールは、いつものように大振りの剣を構えて、人に見立てた藁《わら》の塊に斬《き》りつけている最中だった。

「いや何、いつもの咳《せき》だ」老人でもただの老人ではないボクス・ウォナガンは、そこで老いることのない強い眼差《まなざ》しで主君を見やった。

ナフタバンナの王、ヴィゴール・マエフ。かつて武勇王と謳《うた》われたトル・マエフのたった一人の息子《むすこ》。そして彼の姿を見れば、それを疑う者は一人もいないに違いなかった。ヴィゴールほど頑健で、血の気が多く、勇猛な男は、魔道具使い《マグトゥール》ボクス・ウォナガンの生涯をかけてもこの世に二人といなかった。ヴィゴールこそ、武勇王の息子と呼ばれるにふさわしい男だった。だが、今その君主は心に積もる憤《いきどお》りによって、剣を振り回さずにはいられないようだ。

「苛立《いらだ》っているのが、ありありとわかるぞ。思い通りに行かないことが多すぎるか。どうも、手を焼いとるようだな」ウォナガンは言った。

ヴィゴールの濃灰色《のうかいしょく》の眸《め》に睨《にら》まれ、小柄な魔道具使いは首を竦《すく》めた。

「あんなものに手を焼くほど、落ちぶれて堪《たま》るか」

「ならいいが、わしがちょちょっと一掃してやろうか？」

「老狐《ろうこ》」

ヴィゴールにあだ名で呼ばれると、老人は顔をしかめた。その呼び名はあまり好きではないのだ。別に狐《きつね》に似た顔でもないし、老人でもない時分からそう呼ばれて、些《いささ》か辟易《へきえき》していても仕方がないではないか。

「少し油断していただけだ」ヴィゴールは剣を一振りし、鞘《さや》に収めた。「次はもっと厳重に護衛させる。この城砦《じょうさい》にとって補給が断たれるということは、死活問題だからな」男の眸は、無残に斬《き》られて、中身が飛び出た藁の塊に注がれていた。

「クソッ」とヴィゴールは毒づいた。「山賊風情《さんぞくふぜい》にしてやられたんだぞ。おれは情けない。老狐、おれは情けなくて堪らん」

それは心底、そう思っている声だった。ウォナガンは、ヴィゴールが山賊に対し、辛酸を嘗《な》めさせられたことを恥じているのを感じた。

五十ヤール四方ほどのこの部屋には、ヴィゴールとウォナガンの二人しか存在しなかった。彼らは親友であり、戦友であり、何よりも家族に近かった。

「やつら、もはや革命軍と名乗っておるらしいな」ウォナガンも渋い表情を浮かべる。「人数もそれなりに揃《そろ》ってきたようだし、厄介よの」

ウォナガンは、ヴィゴールが生まれたときから、黒の城砦《じょうさい》にいる。だからか、君主が大人になって、四十を過ぎてもまだ、時々彼が子供のように思えることがあった。彼がこんな風に苦悩しているところを見るのは、好ましくなかった。

「数年前と同じだ。蝿《はえ》みたいに、時々涌《わ》いてきやがる」ヴィゴールは言って、頭を切り替えるように、自信に満ちた声を出した。「だが、次で終わりだ。やつらは叩《たた》き潰《つぶ》される。徹底《てってい》的にな」

ウォナガンが視線で問うと、ヴィゴールは破顔した。「マウリヤに任せることにした」

それを聞いたボクス・ウォナガンもまた微笑した。「ツアク・マウリヤか。いいんじゃないか」

軍司令官として、そう若くもなく、年老いてもいない。ツアク・マウリヤ自身について、ウォナガンの見解は単純だった。お行儀の良い犬だ。だが、それも悪くはない。彼の忠義心は本物だ。ナフタバンナには、それすらない駄犬が山ほどうろついている。

そして、マウリヤを主《しゅ》にして賊《ぞく》の掃討に行かせるということは、すなわちヴィゴールが正規軍を出すと決めたことを意味していた。

将来的に訪れるであろう他国との本格戦争に向けて、正規軍は何年もかけてナフタバンナが作り上げてきた軍隊だ。山賊風情《ふぜい》にそこまでしなくてもいいのでは、とウォナガンは思ったが、ヴィゴールがしたいようにさせるのが一番なのだろう。魔道具使《マグトゥール》いとして、そこまで彼に口出しするつもりはなかった。

だが、これで本当に山賊どもも壊滅《かいめつ》することになる。ウォナガンは、自分の出番がなかったことを多少がっかりしながらも王の決定を受け容《い》れた。

「それより、ゲルシュタインの動向だ」ヴィゴールの苦悩はまだ続いているようだった。

ウォナガンにも、それはよくわかっていた。「ついに行ったか」老人は言った。

「ああ、アスキアへ向かっている」ヴィゴールは、いつになく厳しい顔付きになった。「五万五千の碑金属兵《レプロイド》が、アスキアへな」

ウォナガンにとって、それは驚《おどろ》くべきことではなかったが、ヴィゴールのいかにも癪《しゃく》に障《さわ》るといった気分は、彼の内にももちろんあった。

「恐ろしいことだ」老人は頭《かぶり》を振った。「タザリアの次がナフタバンナでなくてよかったじゃないか」

「いずれはここにも来るぞ」ヴィゴールの声は、冬眠明けの飢えた熊《くま》のように猛《たけ》っていた。

「あの殺戮蛇《さつりくへび》め」

ウォナガンは後ろに数歩退《さ》がり、それからきびすを返して扉へ向かった。ゆっくりと扉を開きながら、老人は歌うように言った。

「――銀の太陽、金の月、惑う姿は人のよう」

「何の文句だ、それは」

マエフ王の問いに、魔道具使い《マグトゥール》は子供に教えるように、優《やさ》しげに答えた。

「ただの遊び歌ですよ」

扉が閉まると、ヴィゴール・マエフはもう一度柄《つか》を握り、瞬時《しゅんじ》に抜刀すると、今度は完全に藁人形《わらにんぎょう》の首を斬《き》り落とした。

4

シルマの比較的、治安が保たれた土地に、ツアク・マウリヤは妻と娘二人と共に暮らしていた。身の丈、六フィート半（およそ二メートル）。肩幅が広く、髪と同じ褐色《ブルネット》の頬髯《ほおひげ》は綺麗《きれい》に剃《そ》られ、僅《わず》かに顎鬚《あごひげ》だけを口の下に残したこの男は、とても穏やかな性質だった。ほとんど、誰《だれ》にとっても、彼の眸《め》は優《やさ》しく微笑《ほほえ》んでいるように見える。無法者《ごろつき》の多いナフタバンナでは、兵士もその手の荒くれ者が半分以上を占めるが、彼は落ちぶれた貴族らしく行き過ぎない上品さを持ち、また戦闘《せんとう》においては凛々《りり》しく勇猛だった。

かつてはベトウラ連邦共和国のノイモント公の下、騎士《きし》として叙任されたこともあったが、もう二十年以上前の話だ。

黒の城砦《じょうさい》での彼の地位は、彼自身が望んでいたよりも、今はさらに上にあった。毎月、魔道《マグ》具使い《トゥール》ボクス・ウォナガンの前で、この国の至宝の魔道具《まどうぐ》であるディギ・ウェルトゥス《真実の指》によって忠誠心を示し続けて、ツアク・マウリヤは完全にナフタバンナの騎士になっていた。

義を重んじ、強さを探求するマウリヤにとって、マエフ王は最高の主君だ。マエフ王だけがそのどちらも手に入れた男だと、彼は思っていた。年齢《ねんれい》が近いこともあって、王はたびたびマウリヤを呼びつけた。象戯《チェス》や剣術の相手をさせられることがほとんどだったが、マウリヤが勝つことは一度もなかった。彼にとって、マエフ王は生きた理想そのものだった。

だからマエフ王が彼を呼びつけ、こう言ったとき、何も躊躇《ためら》う必要はなかった。

「討伐隊を指揮して、賊《ぞく》を掃討して来い」

首のない藁人形を前に、そう言いつけたマエフ王に、ツアク・マウリヤは拳《こぶし》を胸の中央に据え、小さく一礼をした。

「王の騎士、ツアク・マウリヤ、その命、承りました」

兵をあてがわれて廊下に出たマウリヤを、一人の老人が待っていた。老狐《ろうこ》、ボクス・ウォナガンである。老人は、にやにやしながら言った。

「お手並《な》み拝見するとしよう。陛下のご意思に沿えればよいがな」

マウリヤはそれに対し、いつものように温和な笑みを見せた。「陛下がわたしを信頼《しんらい》してくださっているのは、わかっています。ウォナガン様、そう唸《うな》らなくとも、わたしは務めを果たすでしょう」

「まあ、そう気を張るな。おまえさんが失敗しても、わしがいるからな」

ウォナガンの言葉に含まれた意味を知り、マウリヤは表情を崩さず、心中で舌打ちした。

「あなたほどの力は、今のところ必要ないようですよ。わたしで充分だと、陛下はお考えです」

「今のところはな」

にこりとマウリヤが微笑《ほほえ》んだ。「ええ、そうです。ウォナガン様、わたしはそろそろ準備がありますので」言って、申し訳程度に頭を下げる。

そして、マウリヤは長身を活かした大股《おおまた》で、老人の何倍もの速さでその場を歩き去った。

「つまらん」老狐《ろうこ》の声が追いかけて来たが、マウリヤは苦笑しただけで、振り返らなかった。

三日後には、マウリヤの従えた三千の兵が、黒の城砦《じょうさい》からシルマの街を抜け、カウエア峠へと降り立った。彼はすでに革命軍と名を変えたものの、やつらが元はしがない山賊《さんぞく》と村人の集まりで、母体には蒼蓮華《そうれんげ》という山賊集団がいることを突き止めていた。

シルマとカウエア峠の分岐には、道の片側に古塔が立っている。武勇王がシルマを築く以前から、ここにあったものらしく、すでに左の塔は破壊《はかい》され、無残な玄武岩《げんぶがん》の塊になっていたが、右の塔は改築され、今でも城外警備の兵が常駐《じょうちゅう》していた。塔の上には、ナフタバンナのマエフ王の旗印である、双頭の鷹《たか》が翻《ひるがえ》っている。この三階建ての矩形《くけい》の塔は、そこから峠を一望でき、シルマに入る者を攻撃《こうげき》するのに、うってつけの矢狭間《やはざま》を備えていた。

マウリヤはこの堅守の塔で、部下を数人集めて、最後の調整を行っていた。

「東に回るのは、ジトー。ダミアスは、西南を。セドウィグは西北。そしてわたしは」マウリヤは地図を指した。「ドライツエーンを越える」

彼らは全員、異論ないといった様子で頷《うなず》いた。

「弓兵が仕事を終えた後、わたし達は南の雷《ブロンテ》山を回り込み、北へ上がります」群青色《ぐんじょういろ》の眸《め》をした若いダミアスが言った。

ここにいる全員が、マウリヤを筆頭にかつては貴族だった者達だった。それぞれ国は違ったが、騎士《きし》に叙任され、別の主君の下で働いていた者もいる。一人、貴族でなかった者も以前はいたのだが、そのタザリアの黒き狼《おおかみ》、冬将《とうしょう》の騎士は、ここひと月ほど姿が見えなかった。

マウリヤは、実直なあの男に信頼《しんらい》をおいていたので、ここに彼がいないことは、多少寂《さび》しくはあった。だが、それはもう仕方がない。ナフタバンナでは、誰《だれ》かが突然消えることなど、よくあることだ。

シルマの街では、些細《ささい》な喧嘩《けんか》から、殺人に至ることなどしょっちゅうだし、値の張るものを身につけて街から出れば、山道で賊に攫《さら》われ、素っ裸で木に吊《つ》るされて、哀れにも鴉《からす》の餌《えさ》になることもある。あれほどの男でも、どこかの松の枝にぶら下がっていても、おかしくはなかった。

マウリヤは地図を巻き直すと、すぐに馬に乗って出立《しゅったつ》した。自分の部下に情報を漏《も》らすような不届き者はいないだろうが、何事も迅速に警戒して当らなければならない。

軍司令官のマウリヤは、六百の兵を連れて、ドライツェーン山に登って行った。彼らの目的地は、もちろん蒼蓮華の根城《アジト》だ。以前から、ドライツェーン山にあることはわかっていたが、はっきりとした場所まではわからなかった。ただ、最近彼らは人数が大幅に増えてきている。そうなれば、こちらとしても何人か懐柔《かいじゅう》したり、潜《もぐ》り込ませたりすることは容易だ。蒼蓮華の根城《アジト》は、革命軍に入ったばかりの新入りには明かされていないようだったので、多少苦労はしたらしいが、マウリヤには信じるに足る情報が入って来ていた。

何年も昔から蒼蓮華《そうれんげ》の団員だったという男が、向こうから接触してきたのだ。当然、最初は訝《いぶか》しんだが、マウリヤの部下が確かめたところ、男が明かした場所に本当に根城があるのを発見した。

どんなものでも大きく組織化されていくと、そこにははみ出す者や乗り切れない者が出てくる。マウリヤは、マエフ王がそういった者を完全に排除するため、ディギ・ウェルトゥス《真実の指》を使うことは、ある意味、仕方がないのだと思った。でなければ、この裏切り者のような人間は、必ず現れるからだ。

堅守の塔で、マウリヤたちは散り散りに別れた。色白で黒い渦のような巻き毛の髪をした、機転が利《き》く男、ジトーは千二百の兵と共に、カウェア峠の北口、ダーナン監視哨《かんししょう》からケスン河を越え、ドライツェーン山の東側を南下する。

セドウィグは頬骨《ほおぼね》の尖《とが》った小柄な騎士《きし》で、五百の兵を連れて、ドライツェーン山の北側斜面に、そして群青色《ぐんじょういろ》の眸《め》をした若き二十一歳のダミアスは七百の兵と、まずは山の南側に向かうことになっている。

正規軍というだけあって、彼らが従えるどの部隊も自信に満ち溢《あふ》れ、賊《ぞく》を蹴散《けち》らすという些細《ささい》な任務にも全力を尽くそうと血気づいていた。

マウリヤの戦略は、山賊の根城周辺を完全に切り崩すことにあった。彼は革命軍が勢力圏としているドライツェーン一帯を、まずは焼き払うという強攻策に出たのだ。マエフ王は、紫暁《しぎょう》月《づき》前ならまだしも、この時期に山を焼くのはどうかと、最初は渋った。だが任せた以上、部下のやり方に口を出さないのが、彼の信条でもあったので、結局は了承した。

マウリヤの一行が、ドライツェーン山を登り始めて三時間、兵士の一人が麓《ふもと》の森から黒煙が昇っているのを指差した。セドウィグとダミアスの兵が、山の西側から火を放ったのだ。マウリヤ達は、蒼蓮華の根城を目指した。それは、聞いていた情報通り、山の中腹の奥まった場所、木々の密集したわかりにくい場所にひっそりと隠されていた。

三棟の木造の建物があり、中央の広場には焚《た》き火の跡が残されている。マウリヤ達は、馬に騎乗《きじょう》したまま、辺りを捜索したが、賊の姿は一人も見当たらなかった。

「焼き払え！」彼らが戻って来られないように、マウリヤは命じた。

根城は六百の兵士によって、あっという間に焦土と化した。建物は黒い燃え残りの板を何枚か残しただけで、取り囲んでいた木々すら坊主になり、辺りは見通しの良い荒れ地になった。

「誰《だれ》もいない」マウリヤは、呟《つぶや》いた。

確かに、革命軍は拠点を幾つか持っていると聞く。だが、その拠点もドライツェーン山にあることは間違いなかった。ならば、火に炙《あぶ》られて、彼らすべてとはいかずとも、東に逃れる者がいるはずだ。

それに、マウリヤにも時間がなかった。麓《ふもと》から上がって来る火の手は、西から吹く風によって、すさまじい速さでここに向かいつつあったからだ。

「頂を回って、東へ下りるぞ」マウリヤの言葉を待っていたように、騎兵《きへい》とそれを追う歩兵が彼に付いて、煙の充満し始めた山の中を、さらに上へと登って行った。

5

マウリヤがドライツェーン山を登り始めた頃《ころ》、ジグリット達も同じ山中にいた。しかし、ジグリットは彼らが火攻めにくることを、前もってシルマの間諜《スパイ》を通じて知っていた。

肩に留まった鳩《はと》の肢《あし》に、ジグリットは丸めた葉を詰めた筒を取り付けながら言った。

「ちゃんとシルマまで飛んで行くんだぞ」

白地に灰色の筋が幾つも入った鳩は、言われたことを理解したかのように、頭を前後に揺らして見せた。

ハハッ、とジグリットが笑うのを聞いていたザハは、自分の下衣《ズボン》の衣嚢《ポケット》に詰め込まれた何枚もの多種多様な葉を上から押さえ苦笑した。

「こんな小さな鳥が役に立つとはな」

ザハが驚《おどろ》くのも無理はなく、以前まではシルマから根城《アジト》まで、蒼蓮華《そうれんげ》の団員が馬で情報を伝達していたのだが、それには早くとも半日はかかっていた。ジグリットが街にいくらでもいる鳩を使う方法を教えてくれなかったら、今でもそうだっただろう。

小一時間もあれば鳩は街に用意した専用の小屋まで一直線に飛んで行き、そこで間に二人の人間を挟んだ後、マエフの騎士《きし》であり黒の城砦《じょうさい》にいるはずのリーノ・ガロッティへと繫《つな》がる。時間の短縮は、明らかに高い効果を齎《もたら》していた。

おかげで、火が放たれた麓《ふもと》の森から黒煙が上がり始める頃《ころ》、すでに五百人の革命軍は、ドライツエーン山のどこにもいなかった。

マウリヤの軍は、ジグリット達が火に煽《あお》られ、東側に燻《いぶ》り出されることを予期して、東側に軍隊を配置していたが、実際には革命軍はそれを見越して、森林の木々の陰を縫って、彼らの脇《わき》をすり抜け、カウエア峠の南西に移動していた。

そこにはダミアスの七百の兵がいたが、ぎりぎりまでジグリット達が燃える森の中でじっと堪《こら》えていたとは知らず、彼らは火を放つと、すぐに雷《ブロンテ》山の双子の峰、ヒルギ岳《だけ》とイガ岳《だけ》の南を迂回《うかい》して、ドライツエーンの東側へと去っていた。

ジグリットとザハ、それにファン・ダルタを含んだ五百人の革命軍は、全員がきっちりと武装していた。彼らの三分の一が騎兵《きへい》で、今から新たな本拠地となる城を陥《お》としに行くところだった。

第六章

乱獄開戦

らんごくかいせん

1

カウエア峠は、テュランノス山脈の山々を縫《ぬ》って流れ下った、それぞれの沢が集まってできる流れの速い川や、鋭《するど》く切れ込んだ峡谷、岩壁《がんぺき》を削って造られた幅の狭い断崖《だんがい》の道が通っている。曲がりくねった白檜曾《しらびそ》の林道は、蜿蜒《えんえん》と続くものではなく、その景観はほんの少し道を上り下りするだけで一変する。

だが、それは峠に入って半日以上歩いた者に言えることで、北と南の入り口付近では、標高の低い平野が豁《ひら》けていた。北の入り口にはケスン河沿いにダーナン監視哨《かんししょう》があり、そこから北海《ほっかい》までは馬ですぐの距離《きょり》にある。反対に、南側の入り口にはゾグワナ岩砦《がんさい》があった。

ゾグワナ岩砦は、その名の通り、一見すると巨大な岩の塊にしか見えない。見張り小塔もなければ、前部に楼門《とりで》もなく、上部の頂華にナフタバンナの〝双頭《そうとう》の鷹《たか》〟の旗印があることで、なんとかそこが砦であるとわかる程度だ。飾り気もないこの無骨なだけの岩砦は、背後に大陸の盾のようなテュランノス山脈の切り立った岩壁を持ち、土塁にも似た裾《すそ》広がりの巨岩の上に立っていた。

元はこの巨岩の上に、同じような大きな岩が載っていたのだろうが、上の岩を昔の人々が時間をかけて削り出し、南北を睨《にら》む要衝《ようしょう》として砦にしたのだろう。今はそれをナフタバンナのマエフ王が、ダーナン監視哨と共にシルマへ至るカウエア峠に入る者を見張るのに使っていた。

黄昏月《たそがれづき》の初め頃《ごろ》、ジグリット達はこのゾグワナ岩砦から、南に五リーグ離《はな》れた地点の森に潜《ひそ》んでいた。数日前、ドライツエーン山の根城《アジト》を、マエフ王の配下であるツアク・マウリヤに焼き払われてから、彼らはここに簡易天幕《テント》を張って、次の戦術のために準備を続けていた。

「ほら、ジグリット」ファン・ダルタは、ジグリットに鹿肉《しかにく》の入ったお粥《かゆ》を手渡した。「熱いぞ」

「ありがとう」ジグリットが受け取ると、すでに白帝月《はくていづき》の気配が近づきつつある山の中では、夜半でもはっきりと椀《わん》から湯気が立っているのが見えた。

ジグリットは一口啜《すす》り、それから唸《うな》った。それには上等の小麦が使われていた。甘いのは蜂《はち》蜜《みつ》が使われているからで、牛乳《ミルク》と卵、それに何種類かの香辛料も入っている。

「美味《おい》しい」と言って、ジグリットは麦酒《エール》を呷《あお》るように、それを飲み干した。

彼らはここへ逃れてから、こういった栄養価の高い食べ物を口にできるようになっていた。それというのも、カウエア峠から出た南側では、ドライツエーンの山並《な》みは途切れ、南だけでなく西一帯も望めるようになり、ナフタバンナの貧しい村々の協力者が、以前よりも革命軍と接触を図りやすく、食糧《しょくりょう》などの必需品を運びやすくなったためだ。さらに彼らの人数が爆発的《ばくはつてき》に増え始めていたこともあって、上層部に位置する人間には、比較的まともな食事が手に入るようになっていた。

朝露《あさつゆ》も凌《しの》げる厚い鹿皮《しかがわ》の天幕《テント》で、ジグリットとファン・ダルタは食事をしていたが、そこに急にザハが入って来た。彼はいつもよりも苛立《いらだ》った様子で、入り口の垂れ布を脇《わき》に押し退《の》け、尾を立てるように腰の山刀《ククリ》を左手で強く押さえていた。

「おい、ジグリット」ザハは入るなり言った。「おまえ、いつになったらゾグワナを攻撃《こうげき》する!?」

ジグリットは、昨日言ったのと同じように答えた。「準備ができたら」

「準備だと!? それはいつ終わる!!」

最近のザハとの会話の大半は、彼の苛々《いらいら》に向かってするもので、ジグリットはこの状況にすっかり慣れていた。

「みんなに仕事を急がせればいい」ジグリットは言った。

「もう充分だろう」ザハがうろうろと狭い天幕の中を歩き回る。「おれ達には兵士がいる。武器もある。ゾグワナにいるのは五百人足らずだぞ」

ジグリットは、わざとゆっくり空《カラ》の椀《わん》を横に置き、匙《さじ》についていた残りを舐《な》め取った。「ゾグワナ岩砦《がんさい》を占拠した翌々日には、やつらは黒の城砦《じょうさい》から軍勢を率いてやって来る」

「そんなことはわかってる!」すぐにザハが言い返す。

「だが、マエフ王がどれだけ本気になるか、まだわからないだろう」ジグリットが冷静に言うと、ザハは「ケッ」と毒づいた。

「何千人来ようと、あそこを取れれば勝ち目はあると言ったのは、おまえだろう」

「そうだ」ジグリットは頷《うなず》いた。「だが、準備しておかないと」

「白帝月《はくていづき》が来るぞ！」ザハが断言する。

ジグリットは声に出して言うべきか迷ったが、結局言わなかった。恐ろしいのは、雪ではなく魔道具使《マグトゥール》いだ、と。

マエフ王の今までのやり方からして、ボクス・ウォナガンがいきなり出て来るとは考え難《にく》い。マエフ王は若い頃《ころ》は頻繁《ひんぱん》に最前線に出ていたらしいが、タザリアが崩壊してからこの方、慎重になっているのか、黒の城砦から動いていない。

ゲルシュタイン帝国が攻め入るなら、次は自国かと思い、西に注意を払っているのだろう。多すぎるほどのナフタバンナの軍の一部が、西の国境、ロンディ川以東に駐留《ちゅうりゅう》したままなのが、良い証拠だ。

革命軍は、すでに五十人を超える諜報員《ちょうほういん》を抱えている。おかげで、ゲルシュタイン帝国がアスキアへ侵攻しようとしていることも、ジグリット達は知っていた。マエフ王にとって、今もっとも気にしなければならない情勢は、西の地にあるのだ。

それに、マエフ王がすでにジグリット達がカウェア峠の南に潜伏《せんぷく》していると知っていたとして、すぐに攻撃《こうげき》に転じるとは思えない。

——ここはあまりに、ウァッリスに近すぎる。

ウァッリス公国とナフタバンナの関係も、ジグリットは理解していた。ウァッリスは、ナフタバンナが国境付近で戦闘《せんとう》することを好まないだろう。

時間は確かになかったが、ジグリットは完全にこちらの勝機を掴《つか》んでからでも、動くのは遅くはないと思っていた。

「北はどうなってる？」ジグリットが訊《たず》ねる。

「まあまあだな。エタヤン岳《だけ》の北で、また戦闘があった」ザハは歩き回るのをやめて言った。「職人と弟、それに処分屋がマウリヤの配下のジトーの軍とぶつかった」

職人は元、蒼蓮華《そうれんげ》のムサで、弟はいつも連れているバースのことだ。それに処分屋も、蒼蓮華の古株チエニ。彼らはこちらと分かれて、エタヤン岳に四百人の仲間を連れ、新たな拠点を構えている。ジグリットがそう指示したからだ。

「やつら、職人達をナイゼル川より東に追い出そうとしたようだが、こっちはエタヤン岳の森に引き込んで、部隊のほとんどを分散させることに成功した。森の中で包囲攻撃《こうげき》を受けて、やつら、ダーナン監視哨《かんししょう》まで逃げ帰ったとさ」機嫌を直したように、ザハはにやにや笑った。

だが、ジグリットの表情は硬いままだった。「引き続き、エタヤン岳で踏《ふ》み留《とど》まってもらわないと」

「わかってる」ザハもそれは承知しているのか、顔を引き締《し》めた。「それより、おれはこっちが心配だぜ」

二人の会話を黙《だま》って聴《き》いていたファン・ダルタが、ここでようやく口を挟んだ。「人数がまだ足りないように思うが」

「そうだな」ジグリットが肯定する。

「これ以上、集めろって言うのか？　ふざけんなよ、それこそ紫暁月《はる》になっちまう」ザハは、二人を睨《にら》みつけた。

「時間があれば、そうしたかったが、この人数を基本に考えるしかないな」ジグリットが思案しながら言うと、ザハは皮肉たっぷりに口を歪《ゆが》めて笑った。

「おれは山賊《さんぞく》らしくやるのもアリかと思うがな」

その意味するところはわかっている。ジグリットは頭《かぶり》を振った。

「やめろ。関係ない人には手を出すな。前にも言ったろ」

「関係なくはないだろ。マウリヤの娘のどっちか一人でも連れて来れれば、逆にヤツを利用できるかもしれねぇ」

「賛成しかねる」ファン・ダルタも抗議した。

「人質なんか取らなくても、勝てるさ」ジグリットが言うと、ザハは苦笑いを浮かべた。

「念には念をって言うだろう」

軍を率いている司令官のツアク・マウリヤに、二人の娘がいると知ったのは、ここ数日のことだ。それがわかってから、ザハは娘を人質にすべきだと主張していた。

「それでヤツが攻めて来たら、女の子の首を刎《は》ねるのか？　おれはごめんだね」ジグリットは心底嫌そうに言った。

「おれだって、そんなことはしたくない」ザハは非人道主義者ではないと言いたげに、大げさに肩を竦《すく》める。だが、残忍な薄《うす》水色の眸《め》は氷のように冷たく見えた。「それでも勝つためなら、なんでもしなきゃいけないだろう」

ジグリットは、どちらかと言うとザハに命令したり、彼より上の立場だと思わせる言動をしないよう、注意を払っていた。だが、時にはそうしなければ、ザハの無慈悲で冷酷な野性を抑えることができないこともあった。

「……ザハ、予定通りにやれ」ジグリットは錆色《さびいろ》の眸で、山賊《さんぞく》の頭領だった男を見据えた。

ザハは、ふっと鼻を鳴らし笑った。「いいさ、おまえの言った通りにしてやる。だが、ゾグワナが陥《お》ちなかったら、今度はおれのやり方でいくぜ」灰鼠色《はいねずみいろ》の髪をした男は、きびすを返すと、無遠慮《ぶえんりょ》にさっさと天幕《テント》を出て行った。彼が押し上げた入り口の垂れ布が、そのままの形で折り上がってしまい、ジグリットとファン・ダルタからも外の様子がしっかりと見えた。

夜の暗闇《くらやみ》を炎が赤々と組んだ薪を舐《な》めながら、宙に向かって伸び上がっていた。その焚《た》き火の周りに二十人から三十人ほどの男が集まっていた。ザハがこの天幕から出て行くと、彼らは二十ヤールほど向こうから、頭領を呼び、そしてジグリット達に気づいて同じように、こっちへ来いと手を振った。

ジグリットは立ち上がって、片足で飛び跳ねながら天幕の入り口まで行くと、彼らに手を振り返し、垂れ布を下ろした。

「大丈夫か、ジグリット」心配そうに、ファン・ダルタが座ったまま声をかけた。

「ああ」ジグリットは大きな溜《た》め息《いき》を返した。「みんなはザハを慕って、ここまで付いて来ている。彼は絶対に必要だ。だが……もう少しあのせっかちを直してくれればな」

ジグリットが再び、飛び跳ねながら座っていた場所に戻ると、今度はファン・ダルタが食器を片付けるために立ち上がった。

「無理だろう」彼は言った。

「魔道具使い《マグトゥール》対策のこともあるし、ザハに思慮深《しりょぶか》さを教えてくれる人間がいれば……」そこでジグリットは、ハッと顔を上げ、ファン・ダルタを見た。

「どうかしたのか？」騎士《きし》は首を傾《かし》げる。

「いるじゃないか。思慮深い人間が」ジグリットが大声で言うと、ファン・ダルタは不思議そうな顔をした。

「まずは、ゾグワナ岩砦《がんさい》だ」ジグリットは拳《こぶし》を握って、自分に気合を入れるよう言った。「それがうまくいったら、ファン・ダルタ、おまえにも協力してもらうぞ」

「おれがおまえに協力しなかったことなんか、一度もないだろう」

騎士の返事に、ジグリットは眸を瞬《しばた》いた。

「そうだったか?」

今度はファン・ダルタが、大きな溜《た》め息《いき》をつく番だった。

2

三日後、カウェア峠のゾグワナ岩砦《がんさい》から南へ五リーグの地点。人がいた余韻《よいん》はあったが、すでに千人に近くなっていた革命軍の兵士達の姿はどこにもなかった。騒《さわ》がしさに遠のいていた梟《ふくろう》や兎《うさぎ》などが戻って来て、森の中はまたひっそりとした静かな夜を迎えていた。

だが、ここより北へ四リーグ。そこでは、今までにない緊張感《きんちょうかん》が辺りを覆《おお》っていた。革命軍は姿を隠そうとはしていなかったが、ゾグワナ岩砦から出撃《しゅつげき》する兵はおらず、マエフ王の駐《ちゅう》留軍《りゅうぐん》は巣にいる野鼠《のねずみ》のように引き篭《こも》っていた。

ジグリット達は小部隊に分かれて、ゾグワナ岩砦から一リーグのところを進んでいた。兵士の数は、日々増加の一途を辿《たど》っている。北のエタヤン岳《だけ》の戦闘《せんとう》の勝利を聞いたという村人や、ゾグワナ岩砦を攻めることを聞きつけたウァッリス公国にいた傭兵《ようへい》が加わったためだ。傭兵などは、一つでも勝ち戦があれば、何かしらのお零《こぼ》れにありつけるのではないかと、鬣犬《ハイエナ》のような嗅覚《きゅうかく》でどこからか聞きつけ、寄り集まってきていた。

ザハがエジーを引き連れて、準備の整った騎兵《きへい》の格好で、ジグリットの許《もと》にやって来た。

「おい、そっちはどうだ？」ザハは言いながら、兜《ヘルム》の面頬《ヴァイザー》を上げた。

「なんとか間に合いそうだ」ジグリットは振り返り、荷台を牽《ひ》く十人の兵士を見た。荷台の上には巨大な石や、四角く切られた木材、針金を交ぜて縒《よ》り合わせた縄《なわ》などが置かれている。

「そうか」ザハも同じように荷台を見て、納得したようににやりと笑った。「じゃあ、そろそろ戻って仕掛けるか」

「死ぬなよ」ジグリットが声をかけると、ザハではなく、エジーが答えた。

「それはおまえの大事な御付きに言ってやれよ」

ジグリットは、そう言えば……といつもは鬱陶《うっとう》しいほど側《そば》にいる漆黒《しっこく》の騎士《きし》を思った。彼はここにはいない。自分が前線に行くよう命じたからだが、いなければいないで、おかしな気分だった。

「ファンなら心配ない」ジグリットは去って行くエジーに言った。「こっちは順調だと伝えてくれ」

「了解」エジーはさっさと戻って行くザハを追って、森の闇《やみ》に消えた。

頭上を見上げると、予想通り今日は新月だった。それだけでも充分だったが、厚い雲が垂れこめて天蓋《てんがい》の半分の星が隠れている。

――襲撃《しゅうげき》はいつでも夜に限る。

ジグリットは微笑した。そして荷台を運ぶ兵士に、急ぐよう告げた。ザハはすぐにでも出撃命令を出すだろう。それまでに間に合わせないといけない。ジグリットは、左足のことがあるため、自分の剣で戦うよりも、別の方法で戦うことを選択していた。ファン・ダルタが反対しなかったのは、その方が安全だからだ。ただし、ジグリットの側《そば》にはケルビムが残っていた。ケルビムの率いる小部隊は、ジグリットの後ろを付いて来ていた。同じように荷台を牽《ひ》いている。彼は荷台を牽くのを手伝っていたが、ジグリットが呼ぶとすぐに走ってやって来た。

「なんだ？」彼は夜露《よつゆ》のように光る額の汗を拭《ふ》きながら、馬上にいるジグリットに訊《たず》ねた。

「後ろに乗って」ジグリットは言った。「ザハがそろそろ出るだろうから、敵の出方を見る」

「わかった」ケルビムは即座に馬に飛び乗った。

二人は荷台を背後に、森の中をまっすぐに進んで行った。しばらくして、前方からドーンッ、という雷鳴のような激しい轟音《ごうおん》が聞こえた。

「始まったぞ」ジグリットは馬を速めた。木々の枝にぶつからないよう、眸《め》を凝《こ》らして森の中を突き進む。前方が徐々に薄《うす》明かりに包まれ、それは近づくにつれ、さらに明るくなっていった。

ジグリットは、続いて飛ばされた岩が、ゾグワナ岩砦《がんさい》の木造の張り出し歩廊にぶつかり、そこにいたナフタバンナの兵を鉛の人形のように転げ落とすのを見た。馬はその轟音に身震《みぶる》いし、ケルビムが真後ろでごくりと喉《のど》を鳴らす。

ジグリットが、かつてタザリアで教育係をしていたマネスラーに教わった投石器《トレブシェット》だ。硬い岩盤《がんばん》の上に建てられた城を攻撃《こうげき》するときに、用いられる方法の一つに過ぎないが、包囲攻撃用の射出器はその威力を存分に発揮していた。

木々の間から、ジグリットは改良を加えた投石器が、きちんと実験通りに動いているのを見て、ほっとした。硬い橅《ぶな》材で造られた投石器は、泥と藁《わら》を固めて乾燥《かんそう》させた錘《おもり》を射程によって決められた大きさにし、腕木の基底部分につけ、腕木の長い方の先端に石砲《せきほう》を込める。錘の付いた端を目標地点に向け、巻揚機《ウインチ》を使って腕木を目一杯下げてから、一気に放せば、腕木が立ち上がり、石砲が発射されるという仕組みだ。実験では、四十四ポンド（およそ二十キロ）の岩が、百八十ヤール飛んだのを見たが、今度はそれ以上飛んでいそうだった。

だが、ゾグワナ岩砦を襲《おそ》っているのは、投石器だけではなかった。足元の裾《すそ》広がりの形をした岩を、四角い木造の五ヤール四方ほどの箱が次々と登り始めていた。可動式の攻城櫓《こうじょうやぐら》だ。通称、ネコと呼ばれるこの箱の中には、三人から五人の兵士が入っている。

ゾグワナ岩砦からは、雨のように矢が降り注いでいたが、箱の上部に厚い泥を塗っていたため、矢は中まで貫くことができなかった。その上、彼らが火矢を使っても、泥で火は消されてしまうので、ネコを止めるためには、彼らは岩砦から降りてくるしかない。しかし、籠城《ろうじょう》を決め込んでいるらしい駐留軍《ちゆうりゆうぐん》は、いまだに一人も出てきていなかった。

「そろそろネコが上に着くな」ケルビムは岩砦の足元を指差した。次の部隊が梯子《はしご》の用意を整えているのが見える。

下の街道から、ゾグワナ岩砦《がんさい》の入り口まで、およそ二十ヤールの高さがあったが、それを一気に登り切れるだけの長い梯子《はしご》だ。見ている間にも、投石器《トレブシェット》が次々と石砲《せきほう》を放ち、ゾグワナ岩砦はその巨大な岩全体がぎしぎしと軋《きし》んだ音を立てていた。

ジグリットは、投石器を使う部隊には、重さ八十八ポンド（およそ四十キロ）の岩を同じ箇所に延々と投げ続けるよう指示していた。石砲を一つ据えるのに、十分かかるが、四つある投石器が次々と岩を投げているので、それは休みなく続けられているに等しかった。

「砦《とりで》が崩壊《ほうかい》するまで、やつらが我慢したらどうする？」ケルビムが言った。

「そんなことにはならないよ」ジグリットは笑って答えた。

だが、それならそれで別に構わないと、ジグリットは思っていた。一度陥落した砦は、弱点を知られてしまったのと同じだ。大掛かりな改修を行うか、別に建てるしかない。ジグリットはゾグワナ岩砦を奪取するというよりは、この場所から彼らを追い出すために攻撃《こうげき》しようとしていた。黒の城砦《じょうさい》を孤立させるためには、峠の要所にあるこの砦は酷《ひど》く邪魔《じゃま》なものだった。

3

ゾグワナ岩砦の指揮官は、ダミアス・ガナという青年だった。

ダミアスは若かったが、愚かではなかった。彼は二十一という歳《とし》からすれば、慎重で分別があり、ザハのようにせっかちでもなければ、無鉄砲でもなかった。ただ、彼はマエフ王の支配に慣れ育っていたため、決断力に乏しかった。それ以外に、彼が敗北するための欠点は何一つなかった。予想外のことが起きない限りは——。

ナフタバンナでは珍しい金髪《ブロンド》と、群青色《ぐんじよういろ》の眸《め》は、ダミアスの母親がベトゥラ連邦共和国の出身だったからだが、彼はその容姿を少なくとも気に入ってはいなかった。ナフタバンナでは、眼《め》つきが悪く大柄で、ごつごつした手と硬い顎鬚《あごひげ》の男こそが、肩を怒らせて闊歩《かつぽ》するのに相応《ふさわ》しかった。見てくれの弱い男は、それだけで損をしているも同然だったのだ。

だが、ダミアスは逆に、それを発条《ばね》に剣の腕を磨《みが》き、マエフ王の許《もと》で騎士《きし》に叙任された。ほんの半年ほど前のことだ。それ以来、彼はツアク・マウリヤの下で働いていた。

今、彼は窮地《きゆうち》に瀕《ひん》していた。ゾグワナ岩砦が、七百人の革命軍に攻撃されており、彼の下には五百名の兵しかいなかった。伝書鳥を飛ばし、黒の城砦に指示を乞《こ》うたが、返事はまだない。返事が来るまでに、砦が持つのかさえ怪しいほどの強襲《きようしゆう》だ。

今また砦全体がぐらぐらと揺れた。ダミアスは不運を呪《のろ》った。革命軍が南の山中に潜伏《せんぷく》していることは、以前からわかっていた。だが、ウァッリス公国との国境付近ということもあって、ダミアスは攻撃を加えなかった。やつらがゾグワナ岩砦に来ると聞いても、人数と彼らの大したことのない武器、それに少ない食糧《しよくりよう》を考えれば、正面から向かって来るだろうと、こちらは籠城《ろうじよう》する気でいたのだ。

ここは硬い岩盤《がんばん》の上にあり、食糧《しょくりょう》も水も蓄えがあり、黄昏月《たそがれづき》を過ぎれば厳しい白帝月《はくていづき》がやって来る。長らく彼らが攻撃《こうげき》を続けても、黒の城砦《じょうさい》から一掃するために、司令官のマウリヤが軍の一部をこちらへ差し向けてくれるだろうと期待してもいた。

——なのに、これは一体、何なんだ……。

ダミアスは重厚な執務室の松材の机に、重装備のまま凭《もた》れていた。

籠城《ろうじょう》など、とんでもなかった。夜の暗闇《くらやみ》から飛んで来るありえない大きさの石は、ダミアスの知っている投石器《トレブシェット》よりも高性能だった。黒の城砦にも置かれているが、これほど巨大な石を飛ばせるほどの威力はない。投石器によって、前門より上部にある張り出し歩廊は、弓兵が立てないほどにまで破壊《はかい》されてしまった。

そして攻城櫓《こうじょうやぐら》に関しても、ダミアスは簡単に退けられると思っていたが、岩盤の周囲に配置してあった明かり用の石柱はすべて敵に壊《こわ》され、岩砦の中から真下を覗《のぞ》き見たとき、下方は黒い沼底のように何一つ見えない完全な闇に包まれていた。蠢《うごめ》く敵の姿が見えず、弓で狙《ねら》うことも難しい。

ダミアスは、愚かしい失態に歯噛《はが》みした。少し考えれば、敵が夜襲《やしゅう》をかけてくることぐらい想像できたはずだ。なのに彼は安穏《あんのん》と、ここでふんぞり返っていたのだ。

——だが、マエフ様は注意を喚起したりはしなかった。

革命軍と名乗っていたとしても、相手がただの山賊《さんぞく》の成り上がりだと、ダミアスは聞かされていた。確かに、ロラティオー砦《とりで》が陥落したことは昨今、耳にしていたが、それも村人が主体の一揆《いっき》のようなもので、その一帯に詳しい彼らがたまたまうまくやっただけのことだと、ダミアスは思っていたのだ。

だが、いまダミアスは自問していた。もしかすると、ここがウァッリス公国に近く、ナフタバンナが動き難《にく》いと知っていて攻撃したのかもしれないと。

やつらの投石器は弓兵を使わせないように、わざと張り出し歩廊を狙っていた。攻城櫓はダミアスが知っているよりも小ぶりで、火矢を当てたとしても上部に塗られた泥のせいで、すぐに炎は消えてしまう。伸縮性のある長い梯子《はしご》を立て掛けて、ネコに入っていた敵が登って来るのを落とそうとしたが、彼らはそれを見越して、木製の厚い盾を頭に乗せていた。いくら上から熱湯をかけようと、熱した油を撒《ま》こうと、ものともせずに登ってきたのだ。

ダミアスは、恐ろしい思いつきが頭を過《よぎ》り、自分の考えにぞっとした。革命軍の指揮者《ブレーン》がマエフ王の動きを読み、何手も先を見越して行動できる人物だったとしたら——いや、まさにそうなのではないか——と。

ダミアスは、もはやどうにも動きを取れずにいた。なぜなら、安全なのはすでにこの部屋にいることだけだったからだ。部下やそれに付き従う兵士が、遠吠えのように叫び、喚《わめ》き散らしながら、岩砦の中を走り回っている音だけが、彼には聞こえていた。

地震《じしん》のように床がぐらぐら揺れ、ダミアスは僅《わず》かによろめいた。数分ごとに訪れる投石器の攻撃《こうげき》に、部屋が悲鳴を上げている。漆喰《しっくい》の天井に走った亀裂《きれつ》がまた大きくなるのがわかった。

ジグリットはこのとき、まだ岩盤《がんばん》の下にいた。白檜曾《しらびそ》の木々の間で、投石器《トレブシェット》が問題なく稼《か》動《どう》するのを手助けしていたからだ。幾ら緻密《ちみつ》に計算して造《つく》ったものとはいえ、これだけの回数を休みなく動かし続ければ、四台ある投石器も一台は腕木が折れてしまい、もう一台も回転式の巻揚機《ウインチ》が時折、動かなくなってきていた。それに、村人たちが数日かけて集めた石も残り少ない。

だが、ジグリットはあまり心配していなかった。すでに、梯子《はしご》を登り切った者が続々と岩砦《がんさい》の内部へ入り、戦闘《せんとう》は外よりも内側で激しくなっていたからだ。

ファン・ダルタもとっくに岩砦の中にいるのだろう。そして、ザハや蒼蓮華《そうれんげ》の仲間たちも。

投石器から放たれた石の塊が、その激戦の最中《さなか》へ飛び込もうと、張り出し歩廊の下部、石積みの硬い壁《かべ》にぶつかり、互いに砕け合って残骸《ざんがい》を散らせる。

暗い街道から見上げたゾグワナ岩砦は、穴の空いた壁《かべ》のあちこちから光が漏《も》れ出し、とても明るく、二百ヤール近く離《はな》れているジグリットからでも、混乱する敵兵と奮い立ち剣を手にする仲間の姿がよく見えていた。

そこに自分がいないことが、ジグリットには不思議なほどだった。巻揚機がゴリゴリと回転する音を耳にしながら、腰の剣帯《けんたい》に手を触れる。そこにある長剣《ちょうけん》の柄《つか》は冷たかった。自分が冬《とう》将《しょう》の騎士《きし》や蒼蓮華の仲間たちと共に戦えないことが、ジグリットを僅《わず》かだが苦しめていた。

ダミアスが岩砦の中で歯嚙《はが》みしたその瞬間《しゅんかん》、ジグリットもまたその真下で同じようにガリッと歯を擦《こす》り合わせて、無念さを表していた。

出会ったこともない二人の間で、徐々に決着がつこうとしていた。

「ダミアス様！」部屋に飛びこんで来た部下は、顔面蒼白《そうはく》だった。「お逃げ下さいッ！」叫んだ後、兵士はうつ伏せに倒れた。背中の鎖帷子《くさりかたびら》が無残にぱっかりと裂けている。

だが、ダミアスは荒らされて毛羽立《けばだ》った羆《ひぐま》の敷物《しきもの》の上に倒れた兵士よりも、入り口に立った別の男を見ていた。

――逃げるといっても、出口すらないじゃないか。

彼はぼんやり思った。それから、机から重い躰《からだ》を起こして、剣帯から長剣を抜いた。

「わたしはマエフ様の騎士、ダミアス・ガナだ」心中とは別人のように声は鋭《するど》く張っていた。

ダミアスは自分の意識と躰が分離《ぶんり》したように感じた。「貴様も名を名乗れ」

そう言ってから、ダミアスは眸《め》の前の黒貂《くろてん》の外衣《マント》を羽織った、全身漆黒《しっこく》に覆《おお》われた男を見た。

よく知っている人物だった。

「タザリアの騎士、ファン・ダルタだ」男は名乗った。

「この……」ダミアスはうろたえた。「う、裏切り者めぇッッ!!」

だが、意識と躰《からだ》はちぐはぐになっていたため、彼の躰は剣を構えて突進した。

ファン・ダルタは、短い間だったが黒の城砦《じょうさい》で仲間として過ごしたダミアスを身軽に避《よ》け、彼の背中に斬《き》りつけた。鎖帷子《くさりかたびら》が深手を防いだが、ダミアスは死んでいる部下の上に倒れ込んだ。ファン・ダルタは言った。

「捕虜になるか？」男の声には、まったく抑揚がなかった。

ダミアスは騎士《きし》だったが、なぜか子供に戻ったように涙が溢《あふ》れ出た。

「いや」と彼は小さく返事した。「おれはおまえのように生き恥を晒《さら》さない」

そしてダミアスは呻《うめ》きながらなんとか起き上がり、ファン・ダルタに斬りかかった。だが、漆黒《しっこく》の騎士はそれを避けると、今度は容赦なく彼の顎《あご》から鎖骨《さこつ》までを斬り裂いた。ダミアスは二、三歩後ろへ退《さ》がり、仰向《あおむ》けに倒れた。

彼の群青色《ぐんじょういろ》の眸《め》に、上から闇《やみ》のような黒い眸が覗《のぞ》き込んだ。冬将《とうしょう》の称号を持つ名のある騎士は言った。「すまない」と。ダミアスは言ってやりたかった。「クソ野郎！」と。

しかし、声の代わりに彼は男を睨《にら》んだ。そしてありったけの力を振り絞って、腰の短剣《ダガー》を引き抜くと、膝《ひざ》を曲げ顔を近づけていた騎士の太腿《ふともも》に突き刺した。

――裏切り者め！　ざまぁみろ！

そう思ったのだが、ダミアスの手には、それらしい感触がまるでなかった。それより早くに、騎士に短剣を持った手を掴《つか》まれ、刃は届いていなかったのだ。

渾身《こんしん》の力を乗せた一撃《いちげき》だったというダミアスの怨《うら》みの篭《こも》った激情の眸と、それを見つめ返す騎士の今日の新月の闇のような底知れない無感情の眸がぶつかり合う。

そして、ダミアスは胸にそっと、その異物が滑り込むのを感じた。長剣《ちょうけん》の先が自分の心臓を二つに裂くのを。ダミアスはそれでも瞬《まばた》き一つせず、騎士の眸を見つめ続けた。

数秒後、ファン・ダルタは長剣を引くと、ダミアスの見開いたままの眸を革の手袋の指先でそっと撫《な》でて閉じた。そして振り返ることなく、足早に執務室を出て行った。

カウェア峠の南入り口にあるゾグワナ岩砦《がんさい》は、この夜をもって革命軍の本拠地に据えられた。生き残ったマエフ軍の兵士は捕らえられ、捕虜としてこの砦《とりで》に留置し、黒の城砦に逃げ戻った者だけが助かった。さらにカウェア峠北側にあるケスン河東岸の村を、職人ことムサと、その弟バースが金で買収することに成功し、ダーナン監視哨《かんししょう》とシルマへ至る堅守の塔、そして黒の城砦の足元にまで、革命軍の人間が入り込み、情勢はさらに混迷しつつあった。

4

ゾグワナ岩砦の張り出し歩廊は、速やかに新たな占拠者達によって、直されつつあった。他《ほか》にも彼らが破壊《はかい》した箇所は、早急《さっきゅう》にその穴を埋められ、今までになかった矢狭間《やはざま》を備えた城壁《じょうへき》と二枚の落とし格子《ごうし》の付いた楼門、それに捕虜用の収容所が造られた。

ジグリットにとって、ゾグワナ岩砦《がんさい》は、居心地《いごこち》の良い場所とは言えなかった。なぜならこの平穏《へいおん》な夜が、そう長くは続かないことを知っていたからだ。

ゾグワナ岩砦が陥落した翌日、ジグリットは一人、昼でも暗い廊下を、ザハの居室となった部屋がある二階の南端に向かって歩いていた。開け放された窓の外の中庭は、何百人もの兵士で埋まっている。

彼らはそれぞれ岩砦を補修するため、石材や木材を加工したり、馬や騾馬《らば》で兵糧《ひょうろう》を運び入れたり、中には傭兵《ようへい》や自由騎士《じゆうきし》と見られるくすんだ板金鎧《ばんきんよろい》に身を包んだ歩哨《ほしょう》が警戒のため、うろついていたりした。

ジグリットは窓辺に立ち止まり、暫《しばら》くそれを眺めた。自分と同じ歳《とし》ぐらいの少年から、中には豊かな白鬚《しらひげ》を蓄える者まで、彼らは皆やるべきことをやっていた。それでも今後のことを考えると、ジグリットには大きな懸念《けねん》が残っていた。

ハア、とジグリットは大きな溜《た》め息《いき》をついた。そのとき、真後ろから妙な寒気がした。振り返ると、青白い貌《かお》をして、髪を逆立てたバックがそこにいた。

「よお」とバックは、軽装備の姿で手を上げた。

ジグリットは彼が山獅子《クーガー》に腕を噛《か》まれてから、補給部隊に回されたことを知っていた。

「元気そうだな」何と言っていいのかわからず、とりあえずジグリットはそう言った。

バックは薄《うす》笑いを浮かべた。「元気だと？　冗談のつもりか、ジグリット」

「何がだ?」ジグリットも訊《き》き返す。

彼とくだらない冗談を言い合うつもりは、ジグリットにもさらさらなかった。それよりも、ジグリットはバックにずっと訊きたかったことがあって、それを訊《たず》ねた。

「バック、マエフの兵に知り合いがいるのか?」

シルマの街で見かけたことを、ジグリットは忘れていなかった。やはりあれはバックだったような気がしていたのだ。

ジグリットの問いに、バックの落ち着きのない眸《め》が驚《おどろ》いたように一瞬《いっしゅん》動きを止め、それから笑むように細まった。

「おい、ジグリット。おれはあの街で生まれ育ったんだ。知り合いなんか掃いて捨てるほどいるぜ」

ジグリットは、バックの作り笑いを無言で見つめ返した。どうしても釈然としない気分だった。だが、それはバックとジグリットの間にある因縁《いんねん》のせいかもしれず、それ以上ジグリットが問い質《ただ》せずにいると、今度はバックが言った。黄ばんだ歯を剝《む》き出して、バックは獰猛《どうもう》な獣《けもの》のように笑った。

「勝利に酔いしれているところ、申しわけないんだがな」彼は腰の短剣《ダガー》をすらりと抜いた。ジグリットの眸が、その銀の刃《やいば》に引き付けられる。「これ以上、無謀《むぼう》な戦いに駆り出されるのは、真っ平《ぴら》なんだよ!」

短剣《ダガー》を手に突如、向かって来たバックを、ジグリットは躰《からだ》を窓枠に凭《もた》せかけて固定し、松葉《まつば》杖《づえ》で払い除《の》けた。

「やめろ、バックッ!!」

「もっと早くに始末しとくべきだった」バックは腕が痛むのか、表情《かお》を歪《ゆが》めたが、短剣をこっちに向け続けようとした。「おまえのせいで、ザハはおかしくなっちまった」

ジグリットは頭《かぶり》を振った。「いいや、彼はおかしくなんかなっていない」

ジグリットの腰には短剣だけでなく、長剣《ちょうけん》が下げられていたが、松葉杖を持ち替えようとは思いもしなかった。

「おまえが唆《そそのか》したせいだ」バックは血が滲《にじ》むほど唇を噛《か》み言った。

「それは違う！ ザハの望みもぼくと同じだ」ジグリットが言い返す。

「おまえと同じ？ 笑わすな！ おまえが蒼蓮華《おれたち》を利用してることぐらい、おれにはお見通しなんだよ!!」

バックが吐《は》き捨てたと同時に、廊下の奥から一人の男が、二人にゆっくりと近づきながら頷《うなず》いた。

「その通りだ」感情の読み取れない薄《うす》水色の眸《め》をして、男は言った。「もちろんおれにも色々見えているぜ」

「「ザハ！」」ジグリットとバックは、今までとは違う緊張《きんちょう》に、顔を強張《こわば》らせた。

山賊《さんぞく》の頭領は、その小柄な躰《からだ》から冷たい怒りを発しながら、二人の手前で立ち止まった。そして、バックの手に握られた短剣を見て、くっと莫迦《ばか》にしたように笑った。

「バック、おれのやり方に賛同できないなら、いつでも出てってていいんだぜ」

「………」この瞬間《しゅんかん》、ジグリットはザハが部屋から出て来たのは、自分ではなく彼に会うためだったと気づいた。

だが、そんなことは露知《つゆし》らず、バックは短剣をまだ握ったまま言った。「なんでわかんねぇんだ。この小僧《ガキ》は、あんたを利用して、最後は裏切る気だ」

「そうなのか、ジグリット？」

問われて、ジグリットは恐れることなく肯定した。

「蒼蓮華《そうれんげ》を利用しているのは本当だ。だが、今のところ裏切ろうとは思っていない」

「フン、悪くねぇ返事だ」ザハはにやりとした。

「おい、ザハ!!」バックが喚《わめ》く。

「黙《だま》ってろよ、バック。利用してるってんなら、お互い様だ。だよな、ジグリット」

「ああ」

「おれはマエフを斃《たお》したい。そのためにはこいつが必要だ。バック、おまえがジグリットを殺すってんなら、おれは迷わずおまえを殺すぜ」言って、ザハが下げている山刀《ククリ》の柄頭《つかがしら》に手を置く。

「……ザ、ザハ………」バックは狼狽《ろうばい》している様子で、視点が定まらなくなっていた。

「それにおまえを殺しても、他《ほか》のやつらに説明できる正当な理由もあることだしな」

ザハの言葉に不穏《ふおん》なものを感じたのか、バックはびくりと肩を揺らした。「何のことだ!?」

「バック、とぼけんなよ」ザハの貌《かお》には変わらず、笑みがこびり付いている。「おまえがおれ達の根城《アジト》をマエフの軍に漏《も》らしたのはわかってんだ」

「し、知らねぇよ……」言いながらもバックの唇は、わなわなと震《ふる》え出している。

「知らねぇわけねぇだろ。火攻めにされることがわかってて、真っ先にドライツェーンを逃げ出したヤツが」

「………」バックはもはや、ザハと眸《め》を合わせることができなくなっていた。ただ俯《うつむ》いて、唇を噛《か》むばかりだ。

「そろそろあそこも手狭だったし、いいけどな。それに、おまえは思いのほか、よくやってくれたぜ」心からそう思っているのか、ザハは満足そうに晴れやかな笑みを見せた。「カンゴルからも、おまえの様子についちゃあ、いろいろと聞かせてもらってたからな。シルマでマエフの犬と、こそこそ通じていたのが、わからねぇとでも思ったか? おかげでシルマからの情報と合わせて、マエフ軍《やつら》の行動に予測がつけ、裏をかけた」ザハはにっこり笑いながら、ジグリットを見た。「なあ、ジグリット」

「ザハ、もうやめろ」ジグリットはこれ以上、バックを追い詰めるべきではないと思った。彼の顔は蒼白《そうはく》から土気色《つちけいろ》に変わっている。

だが、冷酷な頭領は、芯まで凍りついた眸をして笑い続けた。「何をだよ」ザハは言った。「おれは今まで、バック、おまえのことをそりゃあ莫迦《ばか》にしてたし、虚仮《コケ》にもした。だがな。こそこそ裏で仲間を裏切るような真似《まね》するようなヤツとは思ってなかった」声音《こわね》が軽く嘲《あざけ》った調子から、もっと深く暗いものへと変わっていく。「ジグとおまえの決定的な差はな、裏切りを前提とした関係でも、それまでは絶対に信じるに足ると思わせる実直さ。つまり、その性根なんだよ。てめぇは、ただのクズ野郎だぜ。おれたち全員をマエフに売ったんだからな。おれがもっとも赦《ゆる》し難《がた》いことだ。そう思わねぇか？　バック」

もうバックが声を上げることは不可能だった。言い訳であれ、反論であれ、一言でも口にすれば、自分が死ぬと彼が思っていることは明らかだ。

「ザハ！」ジグリットはなんとかして止めなければと思ったが、ザハが山刀《ククリ》の柄《つか》をしっかり握ったとき、それが無駄《むだ》だと知った。

「ジグリット、てめぇはもう関係ねぇ」見事に湾曲した研ぎ澄《す》まされた刃《は》が、鞘《さや》から音もなく抜かれた。「向こうに行ってろ」

ジグリットは脇《わき》に挟んだ松葉杖《まつばづえ》を持つ手に、ぐっと力を込めた。それから、二人に背を向けて歩き出した。

「ゆ、赦《ゆる》してくれ、ザハ……」バックは怯《おび》えて掠《かす》れた声で、赦《ゆる》しを乞《こ》うた。「おれ達は山賊《さんぞく》だろう。いつから、マエフ打倒なんて間抜けたことを言うようになったんだよ！　そんなもん、どうでもいいじゃねぇか！」

ジグリットは、ザハの答えを背後に聴《き》き取った。彼はこう言った。「賊《ぞく》だから、奪われたものを盗《と》り返すんだ」と。その気持ちは、ジグリットにも身に覚えがあるものだった。奪われたから取り戻す。今まさに、そのためだけにジグリットもここにいた。


足の遅いジグリットに、ザハはすぐに追いついた。真横で彼が山刀《ククリ》を一振りすると、刃に付いた血を浴びて、乾いた石の床が、びしゃっと濡《ぬ》れた音を立てた。

「ジグリット」ザハの声は波立っていない湖のように静謐《せいひつ》だった。だが、同時に氷のように冷たくもあった。「おまえはマエフを斃《たお》すまで、必要だ」

「わかっている」ジグリットは足が揃《そろ》っているのなら、そこから全力で走って逃げ出したかった。

ザハはもう怒ってはいない。それは彼の声の調子からもわかる。だが、同じくらい強い悔恨《かいこん》から溢《あふ》れ出た気配は、鬼気迫る殺気と同じで、ジグリットの周りの空気を凍りつかせていた。

手にバックの血を染《し》み込ませた山刀を摑《つか》んだままのザハと、ジグリットはただ、ゆっくりと、転げないよう前に進むだけだった。

第七章

乱離骨灰

らりこっぱい

1

軍司令官のツァク・マウリヤが、五千の兵を連れて黒の城砦《じょうさい》を出立《しゅったつ》したのは翌日のことだった。マウリヤはもう失態が赦《ゆる》されないところまで来ていた。火攻めにしたはずの山賊《さんぞく》どもは、のうのうとこちらの裏をかいて逃げ延びただけでなく、その数日後にはゾグワナ岩砦《がんさい》を奇襲《きしゅう》、奪取し、マウリヤの面目《めんぼく》を完膚《かんぷ》なきまでに潰《つぶ》してくれた。

昨夜《ゆうべ》、マエフ王に直接呼び出され、次がないことを告げられたマウリヤの心中は、もはや言葉にならないほどの焦燥《しょうそう》に満ちていた。革命軍への憤怒《ふんぬ》はもとより、事が思うようにならない焦《あせ》りは、今まで以上に彼を躍起《やっき》にさせた。次がないということは、ここから先は死に物狂いでやらなければならないということなのだ。

マウリヤがマエフ王から与えられた職務は、当然ながらゾグワナ岩砦の奪還《だっかん》だ。

迎《むか》え撃《う》つ革命軍は、総勢二千五百になっていたが、農民、商人などの非戦闘員《ひせんとういん》だった者が多く、傭兵《ようへい》や自由騎士《じゆうきし》はまだそう多くはなかった。

だが、マウリヤの軍の騎兵《きへい》が九百であるのに対し、革命軍はほぼ同数の騎兵を持っていた。

それに、ジグリットがもっとも危惧《きぐ》していた老狐《ろうこ》こと、魔道具使《マグトゥール》いボクス・ウォナガンは同行していないという情報が届いていた。

ジグリットは兵士に万全の態勢を整えさせ、先遣隊の一部を岩砦からカウェア峠へ半リーグほど北上した場所に進駐《しんちゅう》させておいた。

すでに張り出し歩廊の修繕《しゅうぜん》は終わり、新たに二ヤールの厚さを持つ城壁《じょうへき》が、ゾグワナ岩砦を取り囲んでいる。楼門に配置された見張りの兵士はすべて弓兵になり、狭間《はざま》胸壁《きょうへき》には大型の弩弓砲《バリスタ》が六基並べられていた。前回の戦闘《せんとう》で使った投石器《トレブシェット》は、楼門より背後に立っている岩砦の上階にある張り出し歩廊に置かれた。

弓兵とこれらを扱う百人ほどの部隊が、張り出し歩廊を忙《せわ》しなく走り回っていたが、彼らも板金鎧《ばんきんよろい》を身に着け、持っていない少数の者が胸と背中に金属の当て板を括《くく》り付けていた。その様子を見ていたケルビムが、露台《バルコニー》のようになっている張り出し歩廊から、奥の広間へ入って来て言った。

「準備が整ったぞ」彼が広間へ入って来ると、ジグリットとザハ、それにファン・ダルタや他《ほか》の数十人の武装した男達が、古い大きな松材の机《テーブル》から一斉に顔を上げた。

ジグリットは軽めの銀色の網目鎧《メッシュアーマー》に、片足にだけいつもの革の長靴《ブーツ》を履《は》いていた。そして机の上に置かれた大判の羊皮紙を手元に引き寄せ、軽く巻くと紐《ひも》で縛《しば》った。そのカウェア峠一帯の地図をもとに、彼らは最終的な戦術を固めたところだった。

「全員、やることはわかってンだろうな」ザハが険しい顔つきで、順に仲間を見やった。

みんな同じように硬い表情をしている。

「今日でおれ達の今後が決まる」蒼蓮華《そうれんげ》の頭領だった男が言うと、広間は外とは別の世界のように静まり返った。「ただの賊《ぞく》に過ぎなかったおれ達が、マエフの放った軍を破れば、外の国にもこのことが伝わるだろう。次にやって来るのは、本気になったマエフ自身だ。これはその前哨戦《ぜんしょうせん》になる」

ザハは腰の剣帯《けんたい》から、山刀《ククリ》を抜き、頭上に掲げた。見事に研ぎ澄《す》まされた刃《は》には、これまで彼が戦ってきた証《あかし》である無数の疵《きず》が付いていた。ザハの背後から入って来る朝の陽光は、刃を照らし、剣先までを白く輝《かがや》かせた。

「おまえらに、発破をかける必要はねぇはずだ。おれ達はこれまでも戦ってきた。やつらに血の泡、噴《ふ》かせてやろうぜ!!」

全員が彼に続いて、鞘《さや》から剣を抜き放った。長剣《ソード》、戦鎚《ウオーハンマー》、短槍《スピア》、広刃の剣《ブロードソード》、山刀《ククリ》、長槍《ランス》、片手半剣《バスタードソード》。それぞれが武器を掲げ、興奮の呼応を返した。

それから一時間も経《た》たないうちに、広間にいた男達は、彼らの部隊を率いて岩砦《がんさい》の内外へと散って行った。ジグリットは、仲間たちが次々と岩砦の楼門からカウエア峠の街道へと出て行くのを、張り出し歩廊から見送っていた。

自分で決めたこととはいえ、岩砦に残るということは、まったく戦闘《せんとう》に関与しないという点で、ジグリットを複雑な気持ちにさせた。それはまるで傍観者か第三者のように、自分では思えたからだ。

最後まで残っていたファン・ダルタが、ジグリットの許《もと》へ来て、背後から肩に手を掛けた。

彼は今から戦いに出るとは思えない穏《おだ》やかな声で言った。

「おまえがここから情勢を見極めて判断するんだ。眸《め》の前で何が起ころうと、絶対にここから出るなよ」

ジグリットは微笑した。「ファン、安心しろ。ぼくはここからどこへも行かない。やるべきことはわかっている」

だが、騎士《きし》は黙《だま》ってジグリットの両腰に手を這《は》わせた。そこには長剣と短剣《ダガー》が一本ずつ収まっている。かつてアジェンタがくれた木の鞘《さや》に入った長剣は、ファン・ダルタからすると粗末な安っぽい剣だったが、ジグリットがそれを大事にしていることを知っていた騎士は、それについては何も言わなかった。ただ、こんなものでジグリットが本当に今後も戦っていけるのかは、疑問だった。もっと性能の良い鍛造《たんぞう》された鋼《はがね》の剣を、ファン・ダルタはジグリットに持たせたかった。だが、今はそんなことを言っている時ではなく、ファン・ダルタはその長剣に思いを託すと、ジグリットの耳に口を寄せ、そっと囁《ささや》いた。

「地下に隠し通路がある。何かあったら、おまえだけでもそこから逃げろ」

ハア、と溜《た》め息《いき》を漏《も》らしたジグリットは振り返って、騎士から一歩退《ひ》いた。

「ぼくに何かあると心配する前に、自分のことを心配したらどうだ？　一番、危険な任務のくせに」

「もちろん、自分のことも考えている」騎士《きし》は素直に言った。「だが、それ以上におまえのことを考えている」

ジグリットはもう溜《た》め息《いき》も出ず、ただ松葉杖《まつばづえ》をついて、張り出し歩廊を右から左へ移動して行った。ファン・ダルタも付いて来る。

「ジグリット」背後から聞こえる騎士の声は、少し嘲笑《ちょうしょう》を含んでいた。「こんなところでお互い死ぬわけにはいかない、だろう？」

この念押しの意味は、ジグリットにもわかっている。タザリアをこの手に取り戻すまで、何があろうと戦い抜くと決めた。そして、冬将《とうしょう》の騎士であるファン・ダルタもそれに賛同した。

ジグリットは真下の楼門から、さらに数百人の兵が続々と出て行くのを眺めながら答えた。

「とにかく今は、やるべきことをやるまでだ。だから、」顔を上げたジグリットの錆色《さびいろ》の眸《め》を、ファン・ダルタの漆黒《しっこく》の眸が真っ直《す》ぐに見返してくる。「おまえは死なずに戻って来い。それだけでいい」

騎士はその言葉を聞いて、見たこともないほどのやわらかい微笑を浮かべた。そして、ジグリットの手をそっと取った。

「跪《ひざまず》いて返事をしたいところだが、ここではそうもいかないから、これを約束の証《あかし》にしよう。おまえにこれを預けていく。必ず、後で返してくれ」

握らされた硬い感触に、ジグリットが手のひらを広げると、そこには白い指輪が載っていた。あの、リネアがジグリットの足の骨で作った指輪だ。

「おまえ、まだこんなものを持っていたのか」今すぐこの張り出し歩廊の上から捨ててやってもよかったが、ジグリットは顔をしかめただけで我慢した。

「ええ。誰《だれ》が、何のために作ったのかなんて、おれには関係ない。これはおまえの躰《からだ》の一部だ。持っているだけでご利益《りやく》がありそうだろ」

「逆だろう」ジグリットは吐《は》き捨てるように言った。「これを見るたびに、自分に起こった忌《い》まわしいことを思い出す。こんなもの、捨ててしまえ」

「ダメだ。約束したからな。後で返してくれよ」

ファン・ダルタは言うだけ言って、張り出し歩廊から広間の方へ歩き去ってしまった。

残されたジグリットは指輪を見つめ、それから楼門の方へ顔を向け、大きく溜《た》め息《いき》をつくと、諦《あきら》めた表情で衣嚢《ポケット》にそれを仕舞《しま》った。

確かに、ファン・ダルタが言うように、重要な任務が待ち構えている。些細《ささい》なことに心を惑わせている時間はなかった。

漆黒の装備で身を固めたファン・ダルタはケルビムと共に、百人の騎兵《きへい》を連れ、楼門から出るとカウェア峠の街道を北へと進んで行った。すでに何百人もの歩兵がその前を、別の者に率いられて三列縦隊で進んでいる。

ツアク・マウリヤの軍勢は、シルマから真っ直《す》ぐにカウェア峠を南下しているということだったが、五千もの兵が幅の狭い山道を下って来るのに、相当の時間を要することは容易に想像できる。

ファン・ダルタたちが三十分ほど、平坦なカウェア峠の南側を進んでいると、ずっと先の山の中から突撃喇叭《とつげきラッパ》の甲高《かんだか》い音が響《ひび》き渡った。喇叭の音には、色々な意味があるが、このときの音色は端的に「敵を見つけたぞ」と声高に叫んでいた。

喇叭の音は、二度、三度とテュランノスの山並《な》みに谺《こだま》した。敵味方どちらの喇叭なのかもわからなかったが、両者がぶつかり合うには、まだ早い。

ファン・ダルタたちの騎兵《きへい》部隊は、街道を逸《そ》れて、西側の急斜面の森の中へ入って行った。下生えのほとんどない針葉樹の森は、その勾配《こうばい》を気にしさえしなければ、馬にとっては歩きやすい場所だ。ただ、時折腐った落ち葉の層に踏《ふ》み込んだり、肢《あし》を滑らせることはあった。

ザハは中央の部隊を率いているはずで、彼は馬に乗っていたが、ほとんどの者は重装歩兵で出撃《しゅつげき》していた。彼の側《そば》には、赤い鬣《たてがみ》の異名を持つソーザと、いつも戦斧《せんぷ》を肩に担《かつ》いでいるブロム、槍使《やりつか》いのエジーがいる。ジグリットはザハの部隊の心配はしていなかった。

他《ほか》には、ファン・ダルタと相対する位置に、百五十の騎兵部隊がいた。彼らはカウェア峠の街道から東側の渓谷の際《きわ》を進んでいるはずだ。率いているのは、冥府《めいふ》の紳士と渾名《あだな》されるハジユと、パイゼイン丘陵の集落を仕切るラジャック、そしてその相棒でイーレクス人のナーラムヴェルド。

彼らはやって来る五千の大軍の脇《わき》を叩《たた》くため、ヒルギ岳《だけ》の西斜面にある圏谷《カール》を目指している。圏谷とは、氷河の浸食などにより、山の斜面にできる半球形の窪地《くぼち》のことで、この場所から弓兵と槍騎兵《ランサー》を使って、マウリヤの軍を攻めようとしているのだった。

昼近くになって、ファン・ダルタ達は西側の森の小高い丘に辿《たど》り着いた。そこから見ると、もう街道の二リーグほど北では、戦闘《せんとう》が始まっていた。敵軍の金属円盤《シンバル》が、これまでの喇叭以上にガンガン鳴り響《ひび》き、風向きによって兵士達の叫び声が聞こえたり、槍や剣がぶつかり合う音がしている。

両者共に軽歩兵同士の戦いで、間に双頭《そうとう》の鷹《たか》の戦旗が揚がっていた。金鍍金《めっき》の支柱がやけにぴかぴかと反射している。だが、どちらが圧《お》しているのか、ファン・ダルタ達の位置からではわからなかった。

漆黒《しっこく》の騎士《きし》は、その戦闘のさらに奥へ眸《め》を凝《こ》らした。街道のずっと後ろの方まで、敵の歩兵が蜿蜒《えんえん》と連なっていた。曲がりくねった山道の中に、彼らの姿は途切れたり消えたりしながらも、ここから見える限り無尽蔵にいるように見えた。

ファン・ダルタは、軽装歩兵と戦うよりも、敵軍の重装騎兵と相見《あいまみ》えることを望んでいた。だが、騎兵の姿はまだかなり後ろにあるようだった。それまでは何時間も軽装歩兵との戦いが続き、屍体《したい》の山が街道を埋め尽くすことになるに違いない。

「見ろ」ケルビムが東側の山を指差した。

騎士《きし》が見ると、ヒルギ岳《だけ》の山腹から黒煙が上がっていた。ハジュとラジャックの部隊が、圏谷《カール》に着いたのだ。すぐにこちらの部隊からも、合図を返す狼煙《のろし》を上げる。そして、それが敵の騎《き》兵《へい》部隊を誘《おび》き寄せることになった。

街道を北いっぱいに埋め尽くしている敵軍とは別に、テュランノス山脈の森の中を、黒い影が川を上る魚のように、ちらちらと見え隠れし始めた。

「来るぞ」ファン・ダルタが言い、ケルビムが黙《だま》って頷《うなず》く。

百人余りの騎兵部隊は、この段階でまだひとかたまりになっていたが、次々に槍《やり》や長剣《ちょうけん》を持つと、森に素早く散開した。ファン・ダルタの周りにいるのは、あっという間にケルビムを含め、十人程度になった。

先に行った何十人もの味方が、接戦間際《まぎわ》の雄叫《おたけ》びを上げるのが聞こえた。そして、すぐに敵の騎兵がファン・ダルタの前にも現れた。彼らは急勾配《きゅうこうばい》の森の中でも、整然と寄り集まってきた。長槍《ランス》と一ヤール四方はある樫《かし》製の盾を手に、彼らは前進してきた。

騎士は、その中の一人の軍馬だけが、馬鎧《うまよろい》を着用しているのを見た。他《ほか》の者よりよく磨《みが》かれた板金鎧《ばんきんよろい》で、彼が指揮官だとわかる。だが、その男は二十人ほどの騎兵のちょうど中央にいた。

すぐに、そこかしこで戦闘《せんとう》が始まった。ファン・ダルタとケルビムがいた場所に、五人ほどの敵兵が一度に飛びかかってくる。

柔らかい落ち葉の上を、ファン・ダルタは馬を回して一人の敵兵の側面に向き、長剣《ちょうけん》で相手の胸を斬《き》りつけた。だが、次の兵士がすでに長槍を構えて向かって来る。それも馬を御して機敏に避《さ》けると、騎士の背後から、別の兵士が嘲《あざけ》るように叫んだ。

「これでも喰《く》らえ！」

突き出された切っ先を長剣で逸《そ》らすと、ファン・ダルタは相手が体勢を整える前に、素早く手首を返して、敵を馬から叩《たた》き落した。

そこにいるすべての馬が混乱し、恐れ慄《おのの》いていた。あまりに混沌《こんとん》とし、入り乱れていた。だが、ファン・ダルタの馬は、強引に手綱《たづな》で引き摺《ず》られても、眸《め》を泳がすことも泡を噴《ふ》くこともなかった。主人と同じく、すべきことを理解しているかのように、軽《かろ》やかに立ち回っている。

ケルビムもすぐ側《そば》で善戦していた。彼は大剣を敵兵の頭に振り下ろし、また別の兵士の肩から腰までを斬り裂いた。

敵の五人の騎兵は、あっという間に半死半生になった。今度は敵が向かって来る前に、ファン・ダルタが打って出る。自分の手足のように自在に動く馬の上から、敵を斬り斃《たお》していく。ケルビムもそれに続いた。

二十人いた敵騎兵部隊は、ファン・ダルタとそれに続いたケルビム、そして周りから集まり始めた革命軍の騎兵達によって、二十人が十五人に、そして十人になり、瞬《また》く間に指揮官を含めた六人になった。彼らは後退し始め、指揮官が退却を決めると森から麓《ふもと》の街道へと敗走して行った。

ファン・ダルタはこれを追わなかった。残っている仲間を集め、態勢を整える。まだ北の街道から、他《ほか》の騎兵《きへい》部隊が上がってきているようだった。騎士《きし》は北へ移動しなければならないと思っていたが、この場から動くことは躊躇《ためら》われた。こちらの数の少ない騎兵と敵の多勢の騎兵が、街道でぶつかり合うよりは、森の中の木々に囲まれたこの地の方が、敵を少数にばらけさせることができ、有利だったからだ。

だが、いつまでもここにいるわけにもいかない。最初にザハ達と決めた通り、北へ上がって行かなければならないのだ。

ファン・ダルタは戦闘《せんとう》の余韻《よいん》の残る鋭《するど》い眼差《まなざ》しで、仲間たちを見回した。

「街道へ下りて行くぞ。北だ！」元タザリアの炎帝騎士団《えんていきしだん》だった冬将《とうしょう》の騎士は言った。

「ああ、北だ」ケルビムが頷《うなず》いた。そして、僅《わず》かに怖気《おじけ》づいた部分をも吹き飛ばそうと、周りの騎兵に喚呼《かんこ》した。「北へ!!」

「「北へ!!」」生き残った騎兵達が、揃《そろ》って叫んだ。

ファン・ダルタ達の六十人余りの騎兵部隊は、テュランノス山脈の森の中、険しい斜面を速駆けで北へと疾走して行った。

その頃《ころ》、東側のヒルギ岳《だけ》でも同じような戦闘《せんとう》が起こっていた。ハジュとラジャック、ナーラムヴェルドの部隊は、ファン・ダルタ達よりも人数は多かったが、斃《たお》しても斃しても次々と上って来る敵の騎兵部隊に徐々に圧《お》されつつあった。

そして街道の第一線では、軽装歩兵同士の戦闘がまだ続いていた。ナフタバンナの首都、シルマにほど近いカウェア峠の南側一帯は、いまや完全な戦争状態に突入していた。だが、ザハの部隊もマウリヤの部隊も、まだその中心の後ろにいて、両者がぶつかり合うまでには時間があった。

2

ファン・ダルタの部隊が、敵の騎兵部隊を片付けながら前進し続け、テュランノス山脈東の森からカウェア峠の街道へ下りる頃には、すでに二時間以上が経過していた。

その間に街道での戦闘は、苛烈《かれつ》さを増していた。豁《ひら》けた街道での戦闘は、誰《だれ》の眸《め》にも隠すことなく無残な光景をまざまざと見せつけていた。矢に穿《うが》たれ悲痛な声を上げる兵士、槍《やり》に突き刺した頭部を振り上げる騎兵、砕けた樫《かし》の盾を持ったまま背中を斬《き》られ白眸《しろめ》を剝《む》いている者。敵味方の区別なく、そこにいるすべての人間が何らかの言葉を叫び、馬は発奮し、辺り一面で嘶《いなな》いていた。鋼鉄がぶつかり合い、鈍く重い音が響《ひび》く。

ザハのいる主力部隊は、数分前から敵の重装歩兵とぶつかり、戦闘が始まっていた。敵軍が後方から放つ矢が飛び交い、今まで戦闘《せんとう》を繰《く》り広げていた勇敢な兵士達の屍体《したい》が転がっている。今まで山賊《さんぞく》として隊商を襲《おそ》ってきた頭領のザハから見ても、これはあまりに常軌を逸した光景だった。歩兵同士の戦闘は、人間というより、むしろ獣《けもの》といった方がいいほどの蛮行の限りを尽くす戦いになっていた。

——これが、本当の戦争か。

ザハは血が沸《わ》き立つのを感じて、大きく身震《みぶる》いした。薄《うす》水色の眸《め》は、爛々《らんらん》と輝《かがや》き、馬上で抜いた山刀《ククリ》を彼は奮起して振り回した。血の臭《にお》いと人間の生死をかけた熱気が、躰《からだ》中に降りかかってくる。ザハは薄水色の眸に殺伐《さつばつ》とした暗い喜びを浮かべると、葦毛《あしげ》の牡馬《おすうま》に拍車をかけた。一番に突撃《とつげき》したザハを追って、ソーザとブロム、エジーの馬が、そして率いられてきた重装歩兵達がその乱戦の中に飛び込む。

テユランノスの深い山々の間で、千人以上の人間の怒号と罵《のの》り《し》、悲鳴、嗚咽《おえつ》が谺《こだま》していた。矢が耳元を掠《かす》め、剣と剣が擦《こす》れ合い、手前の味方の兵士がいつの間にか足の下に埋もれているような場所で、ザハは果敢に奮闘した。

「おれは何をしていると思う！」ザハは、少し離《はな》れて短槍《スピア》を振り回しているエジーに言った。言いながら、ザハの山刀《ククリ》は、敵の兵士の薄い肘《ひじ》当てを削《そ》ぎ落とし、続いて顔面に骨が顕《あら》わになるほど深い裂傷を喰《く》らわせた。

「何って、おまえ……」エジーもまた短槍を投げるように突き出し、敵の重装歩兵の右胸を貫通させる。

本当なら、ザハは味方《かれら》の後ろで指示だけしていればよかった。エジーとしても、そうして欲しかったのだが、そうは言ってもザハの性格上、この戦闘をただ見ているだけということも有り得なかった。言っても聴《き》かないどころか、この狂乱の最中《さなか》では、彼に意見しようなどという無謀《むぼう》な莫迦《ばか》は一人もいるはずがなかったからだ。

エジーはただ苦笑った。「殺し合いだ」敵兵に刺した槍《やり》を、力任せに引き抜きながら答える。

「違うぞ！」ザハは興奮し切ったように言った。「おれはマエフの手足を斬《き》っている！」

そして、山刀は次の獲物《えもの》を簡単に見つけ出し、兜《かぶと》にがつんと一撃《いちげき》喰らわすと、敵を地面に打ち倒した。気絶しかけているそいつを、ザハの側《そば》にいた重装歩兵が始末する。

「見ろ」ザハは腕を上げ、破顔した。「司令官殿が見えるぞ！」

エジーは前方のずっと先、街道の折れ曲がった向こう側に、戦旗がはためているのを見た。マエフ王の紋章である双頭《そうとう》の鷹《たか》の旗が揚がっている。その下には、確かに軍司令官のツアク・マウリヤがいるはずだった。

――やはりこっちが多少、圧《お》されているか。

ザハは興奮に乾いた唇を舐《な》めて湿らせた。ジグリットとの話では、マウリヤのいる主力部隊は、中央から後方のどこかにいるはずだった。だとすれば、すでに前衛部隊を大体は処理したことにはなる。

だが、ザハは自分の周りを見渡し、そう甘くはないことを確認していた。エジーとブロム、それに赤い鬣《たてがみ》のソーザに関しては、怪我《けが》一つ負っていないようだったが、他《ほか》の仲間の重装歩兵の大半が、重傷だったり、ザハの斃《たお》した敵兵と同じように鴉《からす》の餌《えさ》になろうと、永遠の沈黙《ちんもく》と共に地面に伏せっていた。

ザハの心情では、マウリヤの顔を拝みに行きたいのが本当だったが、彼はジグリットに言われたように、冷静になろうとした。この興奮を静めることは、かなり難しいことだが、そうしなければ勝利は得られないと彼は理解していた。

「少し下がって、立て直すぞ」彼は生きている者にだけ言った。

馬を回し、屍体《したい》に覆《おお》われた街道を南へ戻り始める。それにエジー、ブロム、ソーザの馬が続き、重装歩兵が疲れ切った様子でよろよろと付き従った。

それが正しい選択だったことは、東のヒルギ岳《だけ》から仲間の騎兵《きへい》が、敗走して下りて来るのを見れば明らかだった。西に行ったファン・ダルタ達はどうなっているのか、ザハはほんの少し不安に駆られた。だが、西の森ではすでに戦闘《せんとう》が終了したのか、その方角はもう騒《さわ》がしくなかった。

ザハは新しい牙城《がじょう》であるゾグワナ岩砦《がんさい》の下まで戻ろうとしていた。右翼《うよく》が負けたからといって、戦略を変えるわけにはいかない。ファン・ダルタの左翼《さよく》が北へ上がってくれれば、まだ勝利の公算は残っている。

再度、ザハがヒルギ岳の方角を見やると、長い金髪《ブロンド》の男が別の何人かの騎兵と共に下りて来ていた。イーレクス人のナーラムヴェルドだ。ということは、その前方にいるのがラジャックと、ハジュだろう。すでに彼らは数えるほどしか生き残っていないようだった。

ザハは馬を速めた。こちらに進軍していたアディカリの歩兵部隊とすれ違い、彼らにもゾグワナ岩砦へ下がるよう命じる。このままファン・ダルタの騎兵部隊が、北へ上がれなかったとすれば、マウリヤの軍勢はまだ半数近くの兵力を残したまま、ゾグワナ岩砦に突っ込んでくることになるだろう。そうなる前に、砦《とりで》の態勢を完全なものにしておかなければならなかった。


ファン・ダルタ達が北へ向かい、ケスン河へ続く細い支流の一つであるシムペトルム川の縁《へり》から、麓《ふもと》の街道に下りようとした場所には、敵の後衛の重装歩兵の大軍が南へ向かって進軍している最中だった。ファン・ダルタは、マウリヤのいる主力部隊より、少し後方に回り込むことに成功していた。

騎兵部隊は弓兵でもあった。彼らは鞍《くら》に下げていた矢筒に、二十本一組の矢の束を十組ずつ持っていた。街道が眼下に見える位置を探し、森に潜《ひそ》んだまま、ファン・ダルタ達が攻撃《こうげき》を開始する。

まだ戦闘に近づいていないと気を抜いていた敵の後衛部隊に、頭上から矢が降り注ぐと、あっという間に一帯は蜂《はち》の巣を突《つ》いたような騒《さわ》ぎになり、歩兵部隊の一群がこちらへ上がって来た。

ファン・ダルタは、ケルビムと顔を見合わせ、小さく頷《うなず》いた。やつらはこちらの目論見《もくろみ》どおりに動いている。

「来るぞ」騎士《きし》は疲れの見え始めている仲間に言った。「敵を分断させるんだ。もっと奥に誘い込め！」騎兵《きへい》達は、命じられてすぐに弓を背負い直すと、剣を手にして、森の奥へ馬を駆った。

ファン・ダルタは、この作戦をジグリットが説明するときに言っていたことを思い出していた。

「彼らは藪《やぶ》を突いて、ぼくらを誘《おび》き出そうとするだろう。だが、ぼくらは逆に彼らを藪に引き摺《ず》り込まなければならない」

そして、まさしくその通りに敵を動きの取れないところに誘い込んで攻撃《こうげき》するには、この森は打ってつけだった。シムペトルム川の南側一帯は、落とし穴のように泥地が点在していたのだ。

案の定、必死に追って来た敵の重装歩兵、四百人余りが、硬い轍《わだち》だらけの街道から、急斜面を登り、やがて泥地と知らずに足を踏《ふ》み込んだ途端《とたん》、身動きが取れなくなった。彼らの七十七ポンド（およそ三十五キロ）以上ある甲冑《かっちゅう》は、泥水を含み、ファン・ダルタ達が泥地を避《さ》けながら馬上攻撃を加えると、その血が蛭《ひる》と蛇を呼び寄せた。

ザハ達、蒼蓮華《そうれんげ》は、カウェア峠の周辺一帯に関して、マエフ軍よりも地の利があった。彼らの作った地図には、去年と今年の沢の流れが五ヤール西へずれていることまで描かれていた。それほど詳細な地図が作れるのは、彼らがここカウエア峠で長い間、山賊《さんぞく》をしていたせいだが、おかげでジグリットが戦術を練るのに彼らの知識は非常に役立った。

敵の重装歩兵達は、底なし沼に落ち込んだのと同じ状態になっていた。彼らはほとんど全員がもう戦意を喪失し、死ぬよりは降参する方を選んだ。だが、ファン・ダルタは彼らを捕虜にはしなかった。彼らがもう一度、この泥地から這《は》い上がって、すぐにゾグワナ岩砦《がんさい》に攻め入ることがないとわかれば、それでよかったのだ。

こちらの犠牲《ぎせい》は数えるほどだった。うまくいったことで士気が上がり、騎兵部隊は森の中を戻って、街道沿いを進軍している残りの重装歩兵の上へ、再び矢の雨を降らせ始めた。次にやつらを引き込む藪の位置を、ファン・ダルタは地図を広げて確認した。岩盤《がんばん》の崩落しやすい急斜面の岩場が、ここからすぐ北西にあった。

3

軍司令官ツァク・マウリヤは、この状況に些《いささ》か懸念《けねん》を抱いていた。彼はゾグワナ岩砦を奪取するのが目的で進攻していたが、革命軍の動きを把握し切れていなかった。まず彼らがゾグワナ岩砦《がんさい》からまっすぐ街道沿いにこちらへ向かって来たことは、当然と受け止めていた。さらに騎兵《きへい》が左右に展開し、背後に回ろうとすることも予測の範囲内《はんい》だった。マウリヤの軍もそれを撃退《げきたい》するために、騎兵を両脇《わき》に置いていたのだ。

だが、今マウリヤの軍は、敵の軽装歩兵の屍体《したい》の山を踏《ふ》みながら、戦闘《せんとう》することもなく進軍していた。先ほどまで意気揚々と戦っていた敵の重装歩兵達は、ゾグワナ岩砦に遁走《とんそう》している。そしてヒルギ岳《だけ》の方から、マウリヤの軍の騎兵部隊が勝ち上がって、目的地に向かっているとの報告も入っていた。

テュランノス山脈沿いの騎兵が敗走したとしても、今のところ彼は有利だった。マウリヤはまだ後続の重装歩兵四百名を失ったことを知らなかった。そしてさらに失うことも。彼は後方から味方が削られていっていることなど、想像だにしなかった。

彼の脳裏には味方はまだ三千人以上いるはずで、敵は足元に何百人も転がっている。ここまでで、およそ三分の一を始末したとして、残りは千数百人といったところだ。負ける道理がない。それに、マウリヤはなぜゾグワナ岩砦が陥落したのか、よくわかっていた。指揮官として送り込んだダミアスがまだ若かったことと、夜襲《やしゅう》だったせいもあるが、それを差し置いても人数ですでに負けていた。

革命軍などと銘打ってはいるが、所詮《しょせん》は山賊《さんぞく》上がりの烏合《うごう》の衆だ。彼らに攻め陥《お》とせるものなら、取り返すのも容易《たやす》いと、マウリヤは思っていた。

「司令官殿」斥候《せっこう》の一人が、街道を戻ってきて、彼の許《もと》へ馳《は》せ参じた。「やつら岩砦に篭《こも》るつもりのようです」

それはそれで、よくあることだ、とマウリヤは思った。だが、表面上は眉間《みけん》を寄せ、険しい声で、隣《とな》りにいた部下のジトーに言った。

「弩弓砲《バリスタ》なら運んで来ているだろう。用意させて、すぐに攻撃《こうげき》しよう」

黒い巻き毛のジトーは、自分の部下に居丈高しく、同じことを命じた。彼の部下は、後方の兵士に伝えるため、馬で駆けて行った。

「マウリヤ殿、やつらはゾグワナ岩砦を陥とす際、投石器《トレブシェット》を使ったと聞いていますが、その対案はどうなさるおつもりです」ジトーと共に、マウリヤの部下として五人の騎士《きし》が名乗りを上げ、同行してくれていたが、その内の一人、鼻の横に大きな黒子《ほくろ》のあるアザンが言った。

マウリヤは、とっくにその準備を整えて来ていた。

「攻城櫓《ネコ》を使えばいいだろう。鋼鉄の板金《ばんきん》を張ったものを用意した」

後は速度だ、とマウリヤは思った。どれだけ速く岩砦の下の岩盤《がんばん》に、梯子《はしご》を取り付けられるかにかかっている、と。多少の犠牲《ぎせい》は已《や》む無しと思って、ここまで来たのだ。今のところ、マウリヤにとって、順調といっていいものだった。重装歩兵が梯子を登って、中へ入れば、すぐにでも勝敗はつくだろう。

しかし、次の斥候《せっこう》が戻ってきたとき、マウリヤの革命軍の行動への懸念《けねん》は疑惑に変わった。

「司令官殿、やつらは岩砦《がんさい》の中に入ってはいません」斥候《せっこう》はまだ少年兵だった。彼の頭には兜《かぶと》が大きすぎるのか、何度か少年はそれをずり上げた。「岩砦の下に千人程度が、こちらが来るのを待ち構えている状態です」

「やつら、莫迦《ばか》なのか」とマウリヤは思わず漏《も》らした。

あまりに浅はかで愚かだ。岩砦に篭《こも》れば、少しは時間も稼《かせ》げるだろうに。それをせず手前の街道で討ち死にしようなどと、どう考えても愚行の他《ほか》ない。こちらの方が何倍も人数がいるのだ。

だが、こちら側とすれば、やつらが華々しく散ることを望んでいるなら、そうしてやる方が手っ取り早かった。結局は殲滅《せんめつ》するつもりで向かわなければ、ゾグワナ岩砦を取り戻すことはできないのだ。街道に重装歩兵がいるというのなら、岩砦の中には少数の人間しか残っていないのだろう。

「結局は、死に物狂いで向かってくるだけか」腹の出た丸顔の中年騎士《きし》、トロンバが言った。

「ただの賊《ぞく》の集まりだからな」アザンが嘲笑《ちょうしょう》を浮かべる。

マウリヤは勝利の足音が次第に近づいて来るのを感じて、腹の底から笑い出したいのを堪《こら》え、ただにやりと嘲笑《ちょうしょう》した。

マウリヤの軍勢が、ゾグワナ岩砦まで半リーグに迫った頃《ころ》、ファン・ダルタ達騎兵《きへい》部隊は、森の中を抜けて、彼らの戦旗が見える位置まで戻っていた。そしてザハを含めた千人を超える革命軍は、確かにほとんどが岩砦の下の街道まで出ていた。

「あれはなんだ？」近づくにつれ、そう呟《つぶや》く兵士の声が聞こえるようになっていた。マウリヤは、敵との間を半リーグ開けて、全員を停止させた。この時点で、マウリヤにも、敵兵の足元に妙な桶《おけ》がそれぞれ人数分置いてあるのが見えていた。

旗騎士《バナレット》に頂華を揚げさせ、マウリヤは突撃《とつげき》前の最後の訓示を述べた。

「敵はただの賊に過ぎない。おまえ達のように、シルマで厳しい剣技の稽古《けいこ》をしてきた者にとって、恐るるに足るものではない。見てみろ！」マウリヤはザハ達の雑然とした集団を腕を伸ばして示した。「やつらはまともに整列もできないと見える」

ここで二千人を超える重装歩兵達は、げらげらと笑った。

「大将の首を獲《と》ったヤツに褒美《ほうび》を与えると言いたいところだが」マウリヤはわざとらしく眸《め》を眇《すが》めた。「どれが大将か、よく見てもさっぱりわからん」

さらに歩兵達は、どっと大笑いした。確かに、マウリヤのような正規軍ならば、兜《ヘルム》の天辺《てっぺん》の矛《ほこ》に指揮官である証《あかし》に赤い房を付けるものと決まっていた。だが、向こうの野蛮な集団は、そんなことも知らないのか、どいつも同じような格好で区別がつかなかった。

「行くぞ！　マエフ様に勝利を!!」マウリヤが声高に籠手《ゴントレット》の付いた拳《こぶし》を突き上げると、続いて二千もの声が「勝利を!!」と叫び返した。それは嵐の豪風のように、唸《うな》り声となって辺りに響《ひび》き渡った。突撃喇叭《とつげきラッパ》が鳴る。

マウリヤの軍勢が、一気に半リーグを駆け抜けた。

4

ジグリットはこれを高い峰の上にも匹敵する岩砦《がんさい》の張り出し歩廊から、冷徹な眸《め》で見下ろしていた。表情に何の感情も表さない代わりに、ジグリットの杖《つえ》を握る指先は力が篭《こも》り白くなっている。

見下ろすカウエア峠の街道には、向かって行った味方の軍隊が波のように引き返そうとしていた。それは彼らが昨日今日寄り集まっただけの何の修練も積んでいない人々とは思えない迅速さで、ジグリットの足元を滑るように動いている。

——一人、高みの見物なんて、やはり良いものじゃないな。

ジグリットは、胸が苦しい思いでそれを見下ろしていた。うまくいくかどうか、ただひたすら見ているだけというのは、苛立《いらだ》ちだけを募らせる。

——思っていたより、ザハが退《ひ》くのが早い。ファン・ダルタの騎兵《きへい》部隊がどれだけ後方に回り込めたかによるな。

ジグリットの立つ場所からは、右翼《うよく》側の騎兵部隊がすでに敗走を決め、圏谷《カール》を離《はな》れたのが確認できていたが、ここから左翼《さよく》の騎兵部隊はまったく見えなかった。

ファン・ダルタが勝ち上がって、敵の後方へ抜けたかどうかは、自分で判断するしかない。

ジグリットの両隣《どな》りでは、巨大な皮製の袋が幾つも広間から歩廊へと運び出されている。投石器《トレブシェット》に設置されていた石はすべて退《ど》けられ、今は代わりにその袋が腕木の先端に置かれていた。

——時間がない。ザハが持ち堪《こた》えてくれればいいが……。

ジグリットから見える敵の軍勢は徐々にザハ達を追って押し寄せ、増えてきていたが、それでもまだ決行するには足りなかった。

——もっと……、もっとだ。こっちへ来い、マウリヤ……。

ジグリットの合図を待って、歩廊にいる百名余りの兵士達はそこにしゃがみ込み、静まり返っている。

輝《かがや》く金の鷹《たか》を頭に乗せた軍司令官を待って、ジグリットはどれだけ眸の前で仲間が斃《たお》れようと、この苛立《いらだ》ちと共に我慢するしかなかった。

圧倒されるほどの数の敵兵が、猛然と進撃《しんげき》して来ると、ザハ達は迎え撃《う》つために、まず桶《おけ》を手に中身を頭から被《かぶ》った。入っていた水で全身びしょ濡《ぬ》れになり、板金鎧《ばんきんよろい》がさらにずっしりと重さを増す。だが、誰《だれ》一人不平不満を口にしなかった。

マウリヤの軍とザハの軍の先鋒《せんぽう》がぶつかり合い、それは一気に混じり合い、全体にまで広がっていく。人数で圧《お》されているザハの軍は、濡《ぬ》れた重みでさらに動きが鈍《にぶ》くなっていた。

――クソッ！　冬将《とうしょう》の騎士《きし》はどうしたんだ!?

ザハは向かって来た敵の首に山刀《ククリ》を押し付け、鋸《のこぎり》のように全力で挽《ひ》き、鎖帷子《くさりかたびら》の喉《のど》当てごと斬《き》り裂いた。ファン・ダルタの騎兵《きへい》部隊が、マウリヤの軍の後ろから攻撃《こうげき》し始めたかどうか、ザハの位置からは見えなかった。

もっと後ろから彼らをこちら側へ押して、やつらをこの一帯に集めた方が、効果的だとわかっていたが、情勢を見る限り、時間稼《かせ》ぎなどしている場合ではない。

「ザハッ！」五人ほど敵兵を挟んで、巨漢のブロムが戦斧《せんぷ》を振り回し、次々に敵の頭をかち割りながら叫んだ。「圧《お》されてっぞ!!」

そんなことはわかっている、とザハは次の敵兵に山刀を引っ掛け、胸甲を肉ごと引き剝《は》がしながら思った。

「しようがねぇ」ザハは果敢に馬を駆って、敵の一陣へと躍《おど》り込む。「こっちはおれに任せろ！　おまえらはできるだけ固まって戦うんだッ!!」

馬上からは、さすがのザハをも怯《ひる》ませるほどの数の敵兵が見て取れた。それでも、岩砦《がんさい》から見ているはずのジグリットがまだ始めないということは、ここが踏《ふ》ん張りどころなのだろう。

ザハは自分を嘲《あざけ》った。「踏ん張り損なったら、死ぬだけか！」

そんな惨《みじ》めな最期は想像すらできない。マエフの首にこの山刀を叩《たた》きつけるまでは、何が何でも生き延びなければならないのだ。

足元から重装歩兵が長槍《パイク》を突き出してくる。ザハは自分の馬を犠牲《ぎせい》に、その兵士の首をもぎ取るように山刀に引っ掛けた。血飛沫《ちしぶき》と同時に、頭部が跳ね上がる。

笑いが込み上げてきた。まるで自分が人間ですらなくなったような高揚感に包まれ、ザハは腹を割られて倒れていく馬から飛び降りると、敵の歩兵の真ん中で山刀を片手に突っ立ち、くっくっくっと声を上げて笑った。

ぎょっとした表情《かお》をしたのも束《つか》の間、すぐに敵兵達が長槍を手に向かって来る。ザハは流れるようにそれを避《よ》けた。そしてそいつの背中に骨をも裁つほどの疵《きず》を負わせると、今度は自らが敵に向かって飛びかかった。

眸《め》を見開いた兵士の横腹を斬《き》り裂き、隣《とな》りで構えもまだののんびり屋の腕を落とし、さらにその後ろにいた太っちょの胸を突き刺した。肉に深く食い込んだ刃《やいば》を、ザハはそいつの呻《うめ》き声と共に引っ張り出した。

その間も、ザハは笑うのを止めることができなかった。

――マエフの手足を幾ら斬《き》ろうと、本物を斬る瞬間《しゅんかん》には敵《かな》うわきゃねぇ。

ザハは天を仰ぐと、恍惚《こうこつ》の中で眸を見開き、高らかに宣言した。

「見ていろ、マエフッ!! おれはてめぇをぶった斬《ぎ》るまで、絶対に満足しねぇ！ どこのどいつが向かって来ようと、おれは負けねぇ！ おれは絶対に死なねぇぞォッッ!!」

その瞬間《しゅんかん》、ザハの周りは時間が硬直したかのように、静まり返った。

見ている者、すべてを震撼《しんかん》させ、畏怖《いふ》させる、それはまるで獣《けもの》の咆哮《ほうこう》だった。

薄《うす》灰色のざんばら髪を風に靡《なび》かせ、自信と信念に満ちた冷酷な眸《め》をしたザハの姿を表すものは、王者である獅子《しし》以外にあるはずもなかった。

そして、それに応《こた》えるがごとく最初の一発が、彼の咆哮のまさに直後、マウリヤの軍の頭上へと発射された。

静かだったゾグワナ岩砦《がんさい》は、一気に血気盛んになり、張り出し歩廊の兵士たちが走り回り始めた。投石器《トレブシェット》の方角が微調整され、弩弓砲《バリスタ》に巨大な弩弓《どきゅう》が固定される。

そしてジグリットの一声により、それは流線形を描いて空を舞《ま》った。

ザハは近寄る敵兵を軒並み斃《たお》しながら、空いた手で下衣《ズボン》の衣嚢《ポケット》から手巾《ハンカチ》を取り出し、鼻と口を覆《おお》った。

投石器が射出したものは巨大な皮袋で、敵兵の真ん中に落ち、破裂した。むっとする臭気が漂う。その腐った卵のような臭《にお》いを嗅《か》いだ瞬間《しゅんかん》、マウリヤはぞっとした。これから何が起こるか、わかったからだ。

だが、それに気づいたときには、もう遅かった。火矢が何百と岩砦からこっちに向かって飛んでくる。彼は爆風《ばくふう》を浴び、紙切れのように舞《ま》い上がった。衝撃《しょうげき》が胸を走り抜け、倒れ込んだマウリヤの足には青い炎が纏《まと》わり付いていた。何が起こったのかと、眸を瞬《しばた》かせたマウリヤは、周りが吹き飛び、何十人もの人間が火だるまになりながら、絶叫し、燃え上がっている地面の上をのたうち回っているのを見た。

辺り一面、空気まで熱せられ、マウリヤは息をしようとしたが、喉《のど》が痛くて地面に伏せた。

――なんだ、これは……。

有り得ない事態に、マウリヤは混乱した。しかし、考えている時間もなかった。次の皮袋が宙を飛んでいた。マウリヤはそれを茫然《ぼうぜん》と見上げた。それは彼の十ヤール近くへ落ちた。そこに火矢が狙《ねら》いすまして飛んで来る。

マウリヤの躰《からだ》は、また爆風に翻弄《ほんろう》された。彼はものすごい速さで地面の上を滑るように転がった。倒れている仲間の兵士の上を乗り上げ、水を求めて這《は》いずっている少年兵を蹴飛《けと》ばし、同行した騎士《きし》アザンとトロンバの焼け爛《ただ》れた屍体《したい》にせき止められるように、彼の躰は停《と》まった。

咽《む》せながらマウリヤは上半身を起こした。そして幾つもの皮袋と、それを追う火矢が飛んでいるのを眸にした。

「……退却だ………」と彼は弱々しく口にした。だが、誰《だれ》も彼の声を聞いていなかった。

「退却しろ」と彼はもう一度言った。

そのとき、マウリヤの腕を誰《だれ》かが摑《つか》んで、引き摺《ず》り起こした。死を覚悟して振り返ると、それは板金鎧《ばんきんよろい》の中心部に大穴の空いたジトーだった。彼の胸のど真ん中から、肉と血が溢《あふ》れ出ていた。

「マウリヤ様、歩けますか？」ジトーに起こされ、マウリヤはよろよろと立ち上がった。

「ああ、おまえは大丈夫なのか？」

ジトーは答えず、マウリヤを引っ張ってヒルギ岳《だけ》の方角を指差した。

「向こうに騎兵《きへい》が何人か残っています。そこから逃げてください」

ジトーに抱えられるようにして、マウリヤは東へ歩き出した。振り返ると、自分達がいた場所は、ものの見事に焼け野原になっていた。だが、ゾグワナ岩砦《がんさい》の下で、彼の率いて来た二百人程度の歩兵が、まだ懸命《けんめい》に戦っていた。その場所には、皮袋は落下していなかった。

——マエフ様……これは本当にただの山賊《さんぞく》なのでしょうか……。

マウリヤは朦朧《もうろう》としながら、ヒルギ岳へ逃れて行った。

5

ゾグワナ岩砦は勝利に沸いていた。ファン・ダルタは、背後からマウリヤの軍をできる限り皮袋の落下地点へと押したが、そんな必要はなかった。それが始まると、辺りは硫黄《いおう》臭と悲鳴と、敗走しようと逃げ惑う者で、大混乱になったからだ。結局、ファン・ダルタ達は敗走する敵兵は、そのままにしておいた。

ゾグワナ岩砦に戻ってきたファン・ダルタ達を待っていたのは、すでに酔っ払った仲間達だった。ジグリットはその輪の中に入って、麦酒《エール》をちびちびと飲んでいる。

隣《とな》りに座っていたハジュを、ファン・ダルタは足で押しやった。ハジュは一瞬《いっしゅん》、顔をしかめたが、文句は言わなかった。空いた場所に座った騎士《きし》を、ジグリットは酔っ払って赤らんだ眸《め》で見返した。

「なかなかマウリヤが上がらないから、心配したぞ」

ファン・ダルタは飲み過ぎを注意するように、ジグリットの杯《グラス》を奪い取り、中身を全部、喉《のど》に流し込んでしまう。それから一息ついて言った。

「そう言うな。できるだけのことはした」

彼が言うなら、そうなのだろう。ジグリットはそれ以上、何も言わなかった。ただ、麦酒をもう一杯貰《もら》おうと、手近な木製樽《だる》に手を伸ばしたところ、騎士に腕を取られ、首を振られてしまった。

「止《や》めろ、おまえちょっと飲み過ぎだぞ。頭、冷やして来い」

ジグリットが不服を露《あらわ》に頬《ほお》を膨《ふく》らませると、ファン・ダルタはその左右の頬を親指と人差し指で挟んで、ぐっと押した。息が漏《も》れて、頬がぺしゃんこになる。

「酔っ払っておれに抱っこして寝台《ベッド》まで運んで欲しいのか?」

顔を掴《つか》んだままのファン・ダルタの眸《め》が本気だったので、ジグリットは背筋が寒くなって、少し酔いが覚めた。

「いや、いい」慌てて立ち上がると、杖《つえ》を片手によろよろと広間から張り出し歩廊へと出て行く。

夜の闇《やみ》に覆《おお》われた張り出し歩廊は、広間とは違い、静かで人っ子一人いなかった。まだ辺りには、吐《は》き気《け》を催すような残り香《が》が漂っている。自分の考えた硫黄弾《いおうだん》で、あれだけの人間を殺してしまったことに、ジグリットは戸惑っていた。酒が過ぎたのは、そのせいもある。

北へと続くカウエア峠が、張り出し歩廊の手前にある楼門の狭間《はざま》胸壁《きようへき》の隙間《すきま》から見えていた。そこは暗く沈み込み、何百もの屍体《したい》は闇に隠されていた。時折、鴉《からす》が餌《えさ》を奪い合ってギャアギャアと鳴く以外、静かなものだ。

「何が見える?」ザハがいつの間にか、背後に立っていた。

ジグリットは前を見たまま「雲が少ない。明日《あした》も良い天気だ」と答えた。

冷たい山の風が、二人の間を吹き抜けた。

「約束しろ、ジグリット」足音をさせ、近づきながら、ザハが言った。

ジグリットは振り返らず、薄《うす》水色の厳しい眼差《まなざ》しに晒《さら》されていることを背中で感じた。

すっかり酒気は抜け、緊張《きんちょう》が自分を支配している。

「何をだ」ジグリットが返す。

「白帝月《はくていづき》だ」ザハは、立ち止まり言った。「白帝月までにシルマを陥とすと約束しろ」

ジグリットは松葉杖《まつばづえ》をぐっと脇《わき》で絞め、わざとゆっくり反転した。

感情の読めない、冷徹な表情《かお》で、ザハはジグリットを見ていた。

「山の寒期は厳しい」ザハは忠告した。「おれ達は疵《きず》を負うことを厭《いと》わないが、寒さはまた別だ。極寒は強者をも弱らせる。この気勢を保ったまま、白帝月を越《ゆ》せると思うな」

ジグリットはそのとき、時間の流れを自分が忘れかけていたことに気づいた。だが、数日前、森で見かけたものは、すべてが時を表していた。頭上では、渡りの準備すら感じさせない黄鶲《きびたき》が、鮮やかな黄色い喉頸《のどくび》を晒《さら》して美しい鳴き声を披露《ひろう》し、下方の川には石斑魚《うぐい》の群れが連なって泳いでいた。雪の匂《にお》いはどこにも潜《ひそ》んでいる様子はなく、爽《さわ》やかな南風が山肌を吹き下り、渓流を低く飛ぶ羽虫《はむし》を時折煽《あお》っていた。

だが、木々の上空からは、広葉樹の葉が舞《ま》い落ち始め、馬の蹄《ひづめ》の足元を覆《おお》い隠そうとしていたのではないだろうか。

――飛ぶように、季節は巡る。

ジグリットは今日が黄昏月《たそがれづき》の何日目か、知らなかった。無意識の内に、時間が無限にあると感じていたのかもしれない。当然、そんなことは有り得ない。少女神《コレッエオス》が死に近づくように、自分もそうなのだと、ジグリットは気づいた。

「白帝月《ふゆ》が来る」ジグリットは、空を見上げて言った。「その前に、魔道具使い《マグトゥール》を手に入れなければならない」

答える代わりにザハは隣《とな》りに並ぶと、ジグリットが見ているものと同じ、深淵《しんえん》のような夜空を見上げた。そこからは、まだ黒の城砦《じょうさい》のある首都シルマは、随分遠く感じられた。

第八章

黒っ羽の散乱

くろつばのさんらん

1

「味の良し悪しがわかるには、時間ではなく経験《けいけん》が必要だというのは本当じゃな」

葡萄酒《ワイン》の瓶《ボトル》を傾け、アルケナシュ産の薔薇《ばら》の花が描かれた陶器の杯《グラス》になみなみと注《つ》いだ老《ろう》狐《こ》、ボクス・ウォナガンに、マエフ王は顔をしかめた。

「戦《いくさ》は円卓《テーブル》で語るものとは違うぞ、ウォナガン」

魔道具使い《マグトゥール》ボクス・ウォナガンの居室には、雑多ながらくたが、床一面を迷路のように、そこかしこに塔を成して積み上がっていた。ほとんどが壊《こわ》れた魔道具《まどうぐ》で、ウァッリスでは誰《だれ》でも手に入れられる翼一《アーラ》から翼三までの一般使用品が半数以上を占めている。

時間を示す魔道具から、遠くの景色を拡大して映し出す鏡のような魔道具、巨大な麵麭《パン》焼き窯《がま》を使わなくても麵麭を焼くことができる魔道具など、多種多様な物がそれぞれ木箱や樽《たる》に入れられて、入りきらない分が上へ上へと積んであった。

その他《ほか》に、この部屋を占めているのは、小柄な老人には不似合いな大きめの寝台《ベッド》と、同じく特大の糸杉の机だ。しかし、寝台の上には朝脱いだままの寝巻きが、脱皮したような形で脱ぎ散らかしてあり、机の上には古代言語で書かれた書物が、魔道具とはまた違った塔を形成して、幾つも天井を目指し伸び上がっていた。

その部屋の入り口から奥へ、迷路のようながらくたの塔の間を進んだ突き当たりに、ヴィゴール・マエフとボクス・ウォナガンは暖炉を前に座っていた。

暖炉の火は、黄昏月《たそがれづき》とはいえ、すでに赤々と燃えている。夜になると冷える城砦《じょうさい》では、ウォナガンは蛍藍月《けいらんづき》の暑い盛り以外、暖炉に火を入れることを絶やさなかった。

今、二人はそれぞれ金襴織《ブロケード》の肘掛《ひじか》け椅子《いす》に座り、間に小型の円卓を挟んで、交互にちびちびと葡萄酒《ワイン》を飲んでいるところだった。

マエフ王は、十日に一度ほどの割合で、この部屋を訪れることにしていた。国政会議ではあまり話す機会のないウォナガンと、ここでは他人に聞かれることなく話し合うことができるためだったが、今日ここへ来た彼の心中は、いつもの気軽さとは違っていた。

反乱軍が勢いを増してきてからというもの、ヴィゴールは傍目《はため》には変わらないとしても、苛立《いらだ》ちを募らせていた。しかも、昨日になって伝令が、ツアク・マウリヤの敗退を報《しら》せに来たことで、彼の焦燥感《しょうそうかん》はさらに膨《ふく》らんだ。

それを嘲笑《あざわら》うかのように、ウォナガンは、いつもと変わらず豪快に酒を呷《あお》っている。

「マウリヤの失態の尻拭《しりぬぐ》いをするのは、はてさて誰じゃろうな」

まるで自分には関係がないかのような老人の飄々《ひょうひょう》とした態度に、ヴィゴールは持っていた陶器の杯を円卓にガツンと置いた。

「老狐よ」ヴィゴールの眸《め》は平静そのものだった。だが、彼の口からは厳しい言葉が出た。

「おまえが黒の城砦で葡萄酒《ワイン》を掻《か》っ喰《く》らうためだけにいるのなら、おれは考えるぞ。おまえの後釜《あとがま》をな。それはマウリヤよりも先か後か」

脅されても、ウォナガンは笑い飛ばして見せた。「ふっふっ、おれを追い出して困るのは、おまえじゃぞ。魔道具使い協会《ギルド》はすぐには動かんからな。しかも、あそこは腐敗しきっておる。おまえが知らんだけで、これでもおれはまともな部類の魔道具使い《マグトゥール》なんじゃぞ」

「おまえがまともなら、確かに協会は腐っているな」ヴィゴールが、ふうっと呆《あき》れたように鼻を鳴らす。

ウォナガンはそれを聞いて、可笑《おか》しそうにまた笑った。「ヴィゴール、反乱軍とやり合えとおまえが命じるなら、おれはこの動きの悪い硬くなった腰を上げるがな。おれは別の心配もしているんじゃぞ」

「おまえが何を憂《うれ》う必要がある」再び杯《グラス》を手にしたヴィゴールは、憤懣《ふんまん》やるかたないといった仕草で一気にそれを空《カラ》にした。

「蛇に決まっておろう」老狐《ろうこ》が言う。

「……蛇か」それはヴィゴールにとっても重大事だった。

「そう、蛇じゃ」ウォナガンは、探るような視線を王に向けた。「おまえはヤツの動きをどう見ておる？」

「アリッキーノがナフタバンナより、先にベトゥラへ使いを出したことか？」

ヴィゴールは、葡萄酒の瓶《ボトル》を手に取ったが、それはすでにウォナガンによって飲み干されていた。諦《あきら》めの表情で、ヴィゴールは背凭《せもた》れに躰《からだ》を戻した。

「おれでも西から陥《お》とすだろうな。アルケナシュの手が及ばない僻地《へきち》だからな。後々、バスカニオン教会や列強諸国が何を言おうと、西ならそう簡単に邪魔《じゃま》しにも来られまい」

王の考えに、老狐も同意する。「そうじゃな……。しかもベトゥラは一枚岩とは言えん国じゃから、蛇が何らかの交渉を求めたとしても、しばらく混乱するはずじゃ」

西の北方、ベトゥラ連邦共和国は、上流階級《アルコンテス》の貴族が支配する僭主《せんしゅ》達が蔓延《はびこ》る国だ。寄せ集まりの貴族共が、ゲルシュタイン帝国の密使相手に意見がまとまらず、一悶着《ひともんちゃく》起こすことは、ウォナガンの想像にも難《かた》くない。だが、要は三家がどう出るかだ。

ベトゥラ連邦共和国の実質の支配権を持つ、シエイド家、ノイモント家、ベトゥラ家。この三家さえ意見を固めれば、後の貴族連中は口を出すことはできない。しかし、老狐はベトゥラにいる三人の魔道具使い《マグトゥール》が、同じ結論に達するとは思えなかった。

魔道具使い協会の意思はどうなのか。最後は結局、協会が決めるのかもしれないと思うと、老狐の懸念《けねん》は大きくなった。

どの国に派遣された魔道具使いも、協会と国との狭間《はざま》で揺れ動くものだ。老狐自身がそうであるように。

老狐は自分の主君であるヴィゴール・マエフ王の精悍《せいかん》な横顔を窺《うかが》い見た。協会に縛《しば》られていない魔道具使い《マグトゥール》なら、本当の意味で主君に忠誠を誓えるが、ウォナガンは自分の命が主君にではなく、実質は協会に握られていることを深く理解していた。

――結局、一番不忠義なのは、ディギ・ウェルトゥス《真実の指》を使っているおれとは、皮肉なものだがな。

かつてウァッリスの首都フェアアーラで、魔道具使いとなるために、協会付属の学院に通っていた若かりし頃《ころ》、ウォナガンは一人の青年と知り合った。魔道具使い協会《ギルド》が創立されて以来、同じ年に二人の魔道具使いが選出された初めての年だ。そんなことは滅多《めった》になく、今でもその年は最初で最後の当たり年だったと言われている。

だが、同期であり親友ともなったその魔道具使いは、協会の裏の世界を目《ま》の当たりにしたとき、彼が言うところの正義心によって脱退を希望し、行方《ゆくえ》を晦《くら》ました。その後、協会が個々の魔道具使いを支配している契言《コントラクトゥス・リンガ》と呼ばれる術を使って、彼を殺したとされている。

――今さらになって、ヤルチュンダーの言っていた意味を知るとはな。

ウォナガンは、親友が生きていれば、それ見たことかと嘲笑《あざわら》うだろうと思った。年老いた魔道具使いは自嘲《じちょう》した。もうこの歳《とし》になって、惜しむほどの時間も残っていない。

――協会の予言者どもが何を言おうと、おれはおまえがやったように好きにするぞ、ヤルチュンダー。

反乱軍を指揮している者が、予言者が言うところの月ならば、それを駆逐するのは協会の望みでもある。だが、次に蛇が来るのなら、ウォナガンは協会に逆らってでも、隣《とな》りにいるヴィゴールを守ろうと決意していた。

そうとは知らないヴィゴール・マエフは、別の物思いから覚めて言った。

「あんな山賊風情《さんぞくふぜい》でも、軍の予行練習ぐらいにはなるだろうと思っていたが、マウリヤの敗退といい、おれの国はいつの間にか、はるかに弱体化していたらしい」彼は部下に心底、落胆していたが、自負を失ったわけではなかった。「次はおれが指揮を執るぞ」ヴィゴールはにやりと自信ありげに笑った。

「おまえが？」ウォナガンが訊《き》き返し、すぐに頭を横に振る。「やめておけ、やめておけ」魔道具使いは眸《め》を細めた。「そこまで言うなら、わしがやってやろう。魔道具《まどうぐ》なら、遠距離攻撃《えんきょりこうげき》も可能だからな」

「大丈夫なのか？」ヴィゴールが心配そうに視線を暖炉からウォナガンに向ける。

「おまえがそれを訊くのか、ヴィゴール」魔道具使いは、老獪《ろうかい》な笑みを浮かべた。

「それもそうだな。老いたとはいえ、魔道具使いは最高の武器を扱う最上の武人に匹敵する」

心配など無用だな、とヴィゴールも苦笑した。

ウォナガンは、椅子《いす》の肘《ひじ》掛け部分を摑《つか》んで、ゆっくり立ち上がった。

「久々じゃから、ちと古道具を見てみることからするか」

八十二歳になって、徐々に弱り始めた足腰は、誰《だれ》の眸にも明らかだった。だが、それでもヴイゴールは、この黒の城砦《じょうさい》において自分と同等、もしくは自分以上の戦力を持つ者が、この老《ろう》狐《こ》だけだと知っていた。

魔道具使い《マグトゥール》とは、過去に世界を滅ぼした遺物《オーパーツ》を扱う者達なのだ。それはすなわち、彼らだけが再び大陸から文明を奪えるほどの力を持っていることを意味していた。

2

砂漠の防砂布でできた厚い外套《コート》を脱いで、彼女は急な傾斜を吹き降りる風に、褐色《かっしょく》の短い髪が吹き上がるに任せた。黄昏月《たそがれづき》とはいえ、ゲルシュタイン帝国の帝都、ナウゼン・バグラーから来た彼女達にとって、その山の風は冷たすぎた。ナターシは小さく身震《みぶる》いして、どこかで毛皮《ズ》の胴着《ベスト》を買わなければと思った。外套《コート》を脱いだ彼女は、薄《うす》い上衣《シャツ》と熱を通さない綾織《あやお》りの下衣《ボン》という砂漠の恰好《かっこう》そのままだったからだ。

「ノナ様の御助言では、ヤツがここに来たことは確かです」髯《ひげ》の濃い年長の男、ノバックが言った。

ナターシは彼の言葉を聞いていたが、眸《め》だけは険しい斜面に張り付いた黒の城砦を注視していた。ナターシの背後にはノバックの他《ほか》に、二人の男が同じように城砦を見つめている。

ナターシは振り返って、彼らに指示した。「二手に分かれて捜しましょう。ヤツの顔を知っているのは、あたしだけだからノバックはあたしと、マスグレアとジョーンズは聞き込みを」

三人の男達は、従順に頷《うなず》いた。

——ついに来たわ。

ナターシの露《あらわ》になっている半面にだけ笑みが浮かんだ。

——ジグリット、あんたにやっと復讐《ふくしゅう》を果たすことができる。

——あんたを殺して、過去から解放される。

ジグリットがナフタバンナに入る前から、ゲルシュタインの皇女《おうじょ》ノナの視跡《ハーメント》の力により、彼の居場所は摑《つか》んでいた。ジグリットが逃亡した一時は、ノナの力でも居場所が突き止められなかったが、ひと月前、彼がエレモス島にいるのをようやくノナが知覚したのだ。

それからすぐにナターシはエレモス島へ向かったが、船に乗る直前に、伝書鳥により彼がアプロン峠を越え、ウアッリス経路でナフタバンナ入りしたことを知った。ジグリットが何を目的に動いているのか知らないが、ナターシは彼がどこへ逃げようとも追って行くと決めていた。

——そのために、寝る間も惜しんで強くなったんだから。

ナターシは両腰に下げた短剣《ダガー》の柄《つか》をそれぞれ強く握った。右はリネアが、そして左腰の短剣は師範《しはん》である彼女の恋人、フツ・エバンがくれたものだった。

こんなことはさっさと済ませて、ナターシは彼の許《もと》へ帰り、これからはフツの横で共に傭兵《ようへい》として戦うと決めていた。ジグリットの首を掻《か》き切るだけの、これは簡単な私用だ。

ナターシは黒の城砦《じょうさい》に向かって歩き出した。それは頑《かたく》なな処女のように厳《いか》めしく堅固に見えたが、同時に不安定な岩場では蛇の入り込める穴は幾つもありそうだった。彼女は仮面の下で火傷《やけど》が疼《うず》くのを感じた。リネアはジグリットを連れ戻せと命じていたが、ナターシは報復と忠誠を秤《はかり》にかけるつもりは、さらさらなかった。望みは一つだけだ。ジグリットが冥府《めいふ》に堕《お》ちること。彼女は冷たい笑みを浮かべ、足を速めた。

3

聖階暦《せいかいれき》二〇二三年、黄昏月《たそがれづき》の初めの頃《ころ》。ジグリットが山賊《さんぞく》、蒼蓮華《そうれんげ》に入った頃《ころ》。ナフタバンナ王国の東に位置するアルケナシュ公国、その首都にあるフランチェサイズ大聖堂では、少女神《コレツェオス》であるアンブロシアーナが、自室に軟禁されていた。

バスカニオン教会の大司祭達は、強硬派と穏健派《おんけんは》に二分して、権力争いを激化させていたが、特に聖黎人《せいれいじん》ユールカに反抗する強硬派の者達は、少女神がまた逃亡を繰《く》り返す危険性を指摘し、力を失ったと思われるアンブロシアーナをすべての公式行事から締《し》め出していた。

実際には、神の力《アーリメント》を失ったのかどうか、彼らには知る由《よし》もない。白帝月《はくていづき》と紫暁月《しぎょうづき》の間にある数えない日《バードラ》に毎年行われている誕生祭《フェステドバード》、その時に少女神が死者と繋《つな》がり、過去の聖黎人の助言をもらうことでしか、証明されないからだ。

だが、アンブロシアーナ本人は、自分の力が失われていることに気づいていた。そして、本当に少女神が代々、力を失って一年以内に命を落としてきたというのなら、彼女の灯火《ともしび》はまさしく費えようとしているところだった。

「具合はどう？」マリエルの声は、彼女の容姿から連想される通り、凛《りん》としていた。

「ええ、心配してくれてありがとう。少しだるいだけなの」アンブロシアーナは寝台《ベッド》から上半身を起こして答える。

マリエルは、アルケナシュ公国のライゼン公王の妻。つまり、妃《きさき》にあたる女性だ。だが、年齢は十九歳と若く、立《た》ち居《い》振《ふ》る舞《ま》いがしっかりしているとはいえ、まだ少女らしい面を多く残していた。

そんなマリエルが、アンブロシアーナの居室を訪れたのには、理由がある。彼女が子供の頃からの友人だったからだ。アンブロシアーナがレイモーン王国の草原から大聖堂へ連れて来られ、少女神として教育される中で、彼女は最初、ライゼンと出会った。

ライゼン公王は、前アルケナシュ公国の公王の嫡男《ちゃくなん》であったため、様々な行事でアンブロシアーナとライゼンは一緒になったのだ。

その後、ライゼンの妃候補として、上流階級《アルコンテス》の貴族の娘だったマリエルが現れ、ライゼンとマリエルは恋に落ちた。周りが二人をくっつけようと躍起《やっき》になっていたとはいえ、当人同士はそれとは無関係に、互いを認め合い、想《おも》い合うようになったのだ。

マリエルはまっすぐに伸びた金髪《ブロンド》をした少女で、眸《め》は群青色《ぐんじょういろ》の空のように澄《す》んでいた。快活で陽気な少女で、アンブロシアーナとも似通ったところがあったため、出会ってから二人はずっと親しくしてきた。

それでも、マリエルが大聖堂に足を踏《ふ》み入れることは少ない。教会とは距離《きょり》を置こうとしているアルケナシュ公国の政治のせいだった。それでも彼女がここへ来たのは、アンブロシアーナの体調を慮《おもんぱか》ってのことだった。

アンブロシアーナは、強硬派の押さえ込みで軟禁されるようになってから、それに追随するかのように徐々に体調を崩すようになっていた。

「あまり食欲がないって聞いたから、甘い桃を持ってきたの。果物《くだもの》なら入ると思って」籠《かご》を見せるように上げたマリエルは、上に被《かぶ》っていた花柄の綿布を取り、朗らかに微笑《ほほえ》んだ。

「いい匂《いお》いね。ありがとう、マリエル」アンブロシアーナは、その籠から桃を一つ取り、鼻を近づけて匂いを嗅《か》いだ。桃はよく熟して、甘く香った。顔を上げ、アンブロシーナは髪を右肩にひとまとめにしながら言った。「ライゼンは、相変わらず元気かしら?」

「変わらず毎日、公務に奮闘《ふんとう》しているわ」マリエルは寝台《ベッド》の横の椅子《いす》から立ち、部屋の中央に置かれた円卓《テーブル》の梨《なし》の入った器から短刀《ナイフ》と一枚の皿を持って来る。そして、アンブロシアーナの手から桃をもらって、剝《む》き始めた。

「でもね」マリエルは不安そうに眸を伏せた。「ライゼン、最近少し痩《や》せたわ。心痛らしいの」

アンブロシアーナの表情も曇《くも》る。

「そう。やっぱり国を預かっている人だもの、悩みも多いはずよね」言って、ライゼン公王を思い出しながらうな垂《だ》れる。「そんなときに、あたしが体調を崩したりして、迷惑をかけてるわね。本当に申し訳ないわ」

それを聞いて、マリエルはぱっと顔を上げ、眸を眇《すが》めた。

「何言ってるの！ あなたが少女神《コレッツェオス》だから、わたし達が心配していると思っているの？」彼女は手にしている短刀を危なっかしく上下に振った。「あなたがわたし達二人の友達だから、心配しているのよ」

アンブロシアーナは、少し身を引きながら、苦笑した。

「わかっているわ。でも、そうは言っても、次の少女神を巡って、すでに争奪戦が始まっているはずよ」

「……そうね」それにはマリエルも頷《うなず》くしかなかった。「ライゼンはなんとしても、ユールカ様の後継と目されているビゼエ大司祭に聖黎人《せいれいじん》になってもらいたいと思っているわ。強硬派がこれ以上増長すると、抑え切れなくなるかもしれないもの。それに、ゲルシュタイン帝国の動向も気になるし」そこで彼女は、綺麗《きれい》に皮を剥いた桃を中央の種を避《よ》けながら幾つかに切り取り、皿に盛った。

汁でべたついた手を盥《たらい》の水で洗いに立ったマリエルに、アンブロシアーナが一切れの桃を手にしながら訊《たず》ねる。

「ライゼンは、アリッキーノ一世皇帝と面識があるの？」

布巾で丁寧に手を拭《ふ》きながら、マリエルが答える。「ええ。数年前の繁栄の儀《プロスフェストウム》があった年に」

彼女は寝台《ベッド》の側《そば》に戻りながら、思い出すように首を傾《かし》げた。「でも、あまり良い印象を持てなかったようだわ」

アンブロシアーナが桃を口にしているのを、マリエルは安堵《あんど》したような表情で見ていた。彼女は、大聖堂《ここ》へ来る途中、ワルド大司祭から、昨日から丸一日、少女神《コレツエオス》が何も口にしていないと聞かされていたのだ。

「わたし達、恐れているの」マリエルは言った。「争いの火種が大きくなっていっているような気がするの。そうだとしたら、いずれは……破裂してしまうわ」

「マリエル」アンブロシアーナは、彼女の手を取った。「ライゼンが国を支えているように、あなたには公王を支える力があるわ。あなたが彼を想《おも》う気持ち。それがあれば、彼にとってはそれこそが最大の力になるんじゃないかしら。あなたのお見舞《みま》いで、あたしが元気を取り戻したようにね」

二人は、ふふっと笑い合った。それから、マリエルは自分の手がべたべたになっているのを見て、眸《め》をぱちぱちさせた。桃を食べていたアンブロシアーナのせいだ。

「ちょっと、アンブロシアーナ！　わたし今、手を洗ったところなのよ！」

「あ、ごめんなさい。つい」謝《あやま》りながらも、アンブロシアーナが小さく舌を出したので、マリエルは頬《ほお》を膨《ふく》らませた。

「もう！　ちょっと見直すとこれなんだから！」

ぷりぷり怒りながらも、盥《たらい》で布巾を濡《ぬ》らし、マリエルはアンブロシアーナの手も自分のついでにと拭いた。

マリエルは、アンブロシアーナがわざとそうしたことに、そこでようやく気づいた。

「ありがとう、アンブロシアーナ。なんだかお見舞いに来たわたしが元気づけられちゃったわね」

アンブロシアーナが微笑《ほほえ》む。「いいのよ。寝てるだけで、余計に鬱屈《うっくつ》した気分になりそうだったもの。でも外に出ると怒られちゃうし」

「まあ、アンブロシアーナったら」マリエルが肩を竦《すく》める。「あなた、本当は元気なんじゃないの？」

「そうなのよ。みんなにそう言ってるんだけど、顔色がどうの、食欲がどうのって、寝台に縛《しば》りつけられてるの」不満を口にするアンブロシアーナに、マリエルはくすくす笑った。

寝台の横の椅子《いす》から、マリエルは柔らかいアンブロシアーナの布団《ふとん》に体重を移した。そうすると、二人は幼い頃《ころ》のように、ずっと互いが近くなったのを感じた。

「あなたが大聖堂を抜け出したときの話、また聴《き》かせてくれる？」

マリエルがねだると、アンブロシアーナは大きく頷《うなず》いた。

「もちろん。どこから話して欲しい？」

「大聖堂の梁《はり》の上を渡って行ったところから」

「いいわよ。荷物が重すぎて、落ちるかと思ったんだから」

狂信者《ツェペラウス》の警備兵が火事だと叫びながら、慌てふためいて司祭を呼びに行くところを、アンブロシアーナが手振りや表情を交えて面白可笑《おもしろおか》しく話し出すと、マリエルはアハハハと声を上げて、明るく笑った。


夕刻、マリエルが大聖堂を後にすると、アンブロシアーナはまたぽつんと一人、寝台《ベッド》の上に残された。彼女はマリエルの憂慮《ゆうりょ》がよくわかっていた。

「主《しゅ》よ、教えてください。この罪深いあなたの使者に、ほんの僅《わず》かでも慈悲を与えてくださるなら。死の渓谷を渡る前に、あたしにできることがまだあるとしたら」

アンブロシアーナは両手の指を組み合わせ、鎧戸《よろいど》の開いた窓の外、糸杉のずっと上、バスカニオンがいる空の彼方《かなた》を見上げた。

「大陸が乱れていくのがわかります。教会が二分し、ライゼンとマリエルの平和を望む国が荒れ、いずれはゲルシュタインの砂塵《さじん》が吹き荒れるでしょう。あたしが消えてもこの器世界《きせかい》は残ります。あなたの世界です。主よ。どうかあなたを信じ、愛する人々《かれら》を苦しませないで」

彼女は自分がどれだけ死の恐怖を克服しようと、後に残る人達がどうなるのかを考えると、胸が塞《ふさ》ぐ思いがした。マリエルは、彼女が知る限り、争いなど不似合いな女性だ。だが、強硬派がこれ以上の力を欲すれば、いずれは教会と国の均衡《きんこう》は崩れ、フランチェサイズを中心に波乱が起きるだろう。

ゲルシュタイン帝国がアスキアに侵攻を始めるんじゃないかという噂《うわさ》もある。ライゼンは、それを良しとはしないはずだ。このまま、大陸が混沌《こんとん》としていくなら、次の少女神如何《コレッツエオスいかん》では、本当に教会もアルケナシュも、他《ほか》の国々まで大きく変わっていくことになるのかもしれない。

――それが主よ、あなたの望みなのですか？

暗くなり始めた空から、返事はない。もうその資格さえ自分にはないのだ。アンブロシアーナはそう思った。神の力《アーリメント》を失った者は、ただ死ぬだけだ、と。

あなたの鉄の玉座の足元に
わたしは長く寝そべっていた
知りたいことは幾つもあった
それでもわたしは沈黙《ちんもく》した
碑金属《レプロイド》の剣が清廉《せいれん》な人々を打って

緑の絨毯《じゅうたん》を血で染める
あなたが愛した椿《つばき》が散る
あなたの心を知らぬまま
落ちた花は戻らない
ただ茶色く枯れゆくだけ

あなたは命の尊さを歌う
誰《だれ》もがわたしを指差した
胸をかき乱すのは苦しみ
だからわたしは沈黙《ちんもく》した

異質な欲望が混沌《こんとん》を造り
世界が闇《やみ》に包まれる

あなたが愛した椿が散る
あなたの心を知らぬまま

為《な》すべきことに気づかずに
天を仰いで枯れていく

アンブロシアーナの歌は最初小さく、やがて部屋中に鳴り響《ひび》き始め、彼女の薄《うす》暗い部屋から窓の外へ、そして見えている背の高い糸杉の上をも越えていった。

大聖堂の右翼棟《うよくとう》にいた何人かの司祭は、幸運にもその歌声を耳にした。その中の一人、ワルド大司祭は足を止め、渡り廊下の真ん中で唇を噛《か》んで、うな垂《だ》れた。

代われるものなら、彼女に代わって主《しゅ》に命を差し出すことぐらい、彼には造作もなかった。まだ人生の一片すら眸《め》にしていない無欲な少女が、死を覚悟しなければならないことが悲しくて、彼は長衣《ローブ》の袖《そで》で眸を拭《ぬぐ》った。

勝《か》ち気《き》でいたずら好きだった女の子は、今や確かに枯れかけた花のように死に瀕《ひん》していた。だが、少女を守るほどの力があるわけでもなく、無力な自分をワルド大司祭は、ただ痛感するだけだった。

少女神《コレッツェオス》をこのフランチェサイズ大聖堂から、北の町リコへ移送するという命令は、すでに強硬派の大司祭達によって、決定されていた。それは次の少女神に、右翼棟《うよくとう》を明け渡すための準備であり、すべてがもうアンブロシアーナのいない未来へ向けて、動き始めていた。

舞台裏《ぶたい》、という名のあとがき

長らくお待たせしました。

あまりに長かったので、前回までのお話を忘れてしまった方もいることでしょう。

本当に、すみません……。

ジグリットがなんとかリネアのところを逃げ出して、ナフタバンナ王国の山賊《さんぞく》に入ったところからです。

こうやって書くと一言で終わるのが、なんだか悲しいですが、まぁ、間にいろいろありましたので、また読み直していただけると嬉《うれ》しいです。

今回は、やたらと黒い方ががんばってます。

間違ったがんばりもあるようなないような……。

でも、彼としては天衣無縫ともいえるジグリットをなんとか助けようと、必死にやっています。

作者としては、ジグリットのお兄さんというかお母さんというか、そんな黒い方を遠くから応援中。

ジグリットに付いていくのは大変そうなので、よくやっている方ではないでしょうか。

そんなジグリットの幼なじみで、妹同然のナターシもようやく追いついてきたところで、次巻乞《こ》うご期待です。


さて、近況ですが、睡眠を大事にしよう運動中です。

基本的に一日の睡眠時間が六時間から七時間ぐらいなのですが、たまに十二時間ぐらい寝るようにしています。

貯《た》め寝すると身体《からだ》によくないとかいいますが、これをしないと逆に疲労が募って、体調が悪くなることがようやくわかりました。

なので、月二回ぐらいは半日寝ている状態です。

人生六十年生きれば、二十年は寝ている計算なので、布団《ふとん》は良いものをと高級布団にしてみたり。

ずっと夜型だったのですが、忙しいとき以外は朝に起きるようがんばっています。

睡眠は健康に直結なので、大事にしたいところです。

以降は、謝辞です。

毎回、毎回、これでもかというほど、ご迷惑をかけ、お世話になっている担当のT氏には、本当に頭が上がりません。今回もありがとうございました。今後も何かとありそうな予感ですが、懲《こ》りずによろしくです。

そして、イラストレーターのあづみ冬留《とおる》氏にも、今回はご心配ご迷惑をおかけしました。いただいたトレーディングカードは眺めているだけで、その美麗《びれい》さにうっとりしてしまいます。どのカードもあまりに可愛《かわい》すぎ、かっこよすぎです。「タザリア」のカードもありますので、ぜひたくさんの方に集めて欲しいです。リネアとか、ブザンソンとか、もちろん冬将《とうしょう》の騎士《きし》もありますよ！

さらに、今回は校閲《こうえつ》さん。すみません、遅くなってしまって……。ルビが多いくせに、原稿遅いって最悪ですが。つ、次こそは余裕を持ってなんとかできたら……いつも言ってますが。

他《ほか》にも関《かか》わってくださった方々に深く深く感謝です。

そして、長く待っていてくださった読者の方々にも、ありがとうございました。まだ続きますので、引き続き応援してくださると嬉《うれ》しいです。

あなたと同じ世界を共有する幸せを与えてくれたことに感謝します。

ナットのはずれたロボ、スズキヒサシでした。

◉スズキヒサシ著作リスト

「正しい怪異の祓い方　結ひの七つ穴の紐」（電撃文庫）
「ダビデの心臓」（同）
「ダビデの心臓2」（同）
「ダビデの心臓3」（同）
「タザリア王国物語　影の皇子」（同）
「タザリア王国物語2　黒狼の騎士」（同）
「タザリア王国物語3　炎虐の皇女」（同）
「タザリア王国物語4　獣面の暗殺者」（同）
「タザリア王国物語5　山獄の獅子王」（同）

本書に対するご意見、ご感想をお寄せください。

■

あて先

〒160-8326 東京都新宿区西新宿4-34-7
アスキー・メディアワークス電撃文庫編集部
「スズキヒサシ先生」係
「あづみ冬留先生」係

■

電撃文庫

タザリア王国物語《おうこくものがたり》6

乱峰《らんぽう》の荒鷹《あらたか》

スズキヒサシ

発行 二〇一〇年一月十日 初版発行

発行者 髙野 潔

発行所 株式会社アスキー・メディアワークス
〒一六〇-八三二六 東京都新宿区西新宿四-三十四-七
電話〇三-六八六六-七三一一(編集)

発売元 株式会社角川グループパブリッシング
〒一〇二-八一七七 東京都千代田区富士見二-十三-三
電話〇三-三二三八-八六〇五(営業)

装丁者 荻窪裕司(META+MANIERA)

印刷・製本 加藤製版印刷株式会社

ISBN978-4-04-868285-5 C0193

電撃文庫創刊に際して

文庫は、我が国にとどまらず、世界の書籍の流れのなかで〝小さな巨人〟としての地位を築いてきた。古今東西の名著を、廉価で手に入りやすい形で提供してきたからこそ、人は文庫を自分の師として、また青春の想い出として、語りついできたのである。

その源を、文化的にはドイツのレクラム文庫に求めるにせよ、規模の上でイギリスのペンギンブックスに求めるにせよ、いま文庫は知識人の層の多様化に従って、ますますその意義を大きくしていると言ってよい。

文庫出版の意味するものは、激動の現代のみならず将来にわたって、大きくなることはあっても、小さくなることはないだろう。

「電撃文庫」は、そのように多様化した対象に応え、歴史に耐えうる作品を収録するのはもちろん、新しい世紀を迎えるにあたって、既成の枠をこえる新鮮で強烈なアイ・オープナーたりたい。

その特異さ故に、この存在は、かつて文庫がはじめて出版世界に登場したときと、同じ戸惑いを読書人に与えるかもしれない。

しかし、〈Changing Times,Changing Publishing〉時代は変わって、出版も変わる。時を重ねるなかで、精神の糧として、心の一隅を占めるものとして、次なる文化の担い手の若者たちに確かな評価を得られると信じて、ここに「電撃文庫」を出版する。

1993年6月10日
角川歴彦

電撃文庫

タザリア王国物語 影の皇子
スズキヒサシ
イラスト／あづみ冬留
ISBN4-8402-3486-8
皇子と同じ顔をしていたために影武者を強いられてきた少年。だが、運命は光と影を入れ替える。それが大きな変革の始まりだった!!
す-6-5 1287

タザリア王国物語2 黒狼の騎士
スズキヒサシ
イラスト／あづみ冬留
ISBN4-8402-3607-0
巧妙に皇子になりすましたジグリット。だが運命は彼に平穏を与えはしなかった。クレイトス急逝――王位継承の争いにジグリットと黒の騎士は巻き込まれ!?
す-6-6 1345

タザリア王国物語3 炎虐の皇女
スズキヒサシ
イラスト／あづみ冬留
ISBN978-4-8402-4148-9
年若い少年王に有力貴族達は結集し叛旗を翻す。国力の中枢を担う彼らに対し、圧倒的に不利なジグリット。深い洞察とわずかな光明に賭け、決戦に臨むが!?
す-6-7 1540

タザリア王国物語4 獣面の暗殺者
スズキヒサシ
イラスト／あづみ冬留
ISBN978-4-04-867093-7
血の城からの脱出に成功するジグリット。だが執拗なリネアは恐ろしい追っ手を出す。それは恐怖が人の形をなしたような化け物だった。決死の逃避行の行方は!?
す-6-8 1608

タザリア王国物語5 山獄の獅子王
スズキヒサシ
イラスト／あづみ冬留
ISBN978-4-04-867430-0
黒の騎士が生きている。その事実を知ったジグリットは長い旅路の終着点を定める。二人の運命の邂逅はタザリアの新たな始まりを意味していた。新章突入！
す-6-9 1700

電撃文庫

タザリア王国物語6 乱峰の荒鷹

スズキヒサシ
イラスト／あづみ冬留

ISBN978-4-04-868285-5

蒼蓮華にとんでもないガキがいる――。山賊の集団はジグリットによって、革命軍に生まれ変わっていく。そして、ついにナフタバンナ攻略に乗り出すのだが⁉

す-6-10 1890

Baby Princess ①

公野櫻子
イラスト／みぶなつき

ISBN978-4-04-867771-4

電撃G'sマガジン誌のオリジナル企画から、書き下ろし小説が登場♡ ある日突然、あなたの前に現れた生き別れの家族。それはズラリと並んだ19人姉妹でした――。

き-3-5 1757

Baby Princess ②

公野櫻子
イラスト／みぶなつき

ISBN978-4-04-868021-9

長女から0歳児まで、一歳違いでズラリと並んだ19人姉妹と同居中の主人公・陽太郎。新学期、次女・霙から七女・立夏が通う木花学園に、陽太郎が転入してきて……。

き-3-6 1831

Baby Princess ③

公野櫻子
イラスト／みぶなつき

ISBN978-4-04-868284-8

天使家の秘密がバレている⁉ 郵便受けに入っていた、19人姉妹と主人公・陽太郎の隠し撮り写真。大切な家族を守るため、六女・氷柱がとった行動とは――。

き-3-7 1889

藍坂素敵な症候群

水瀬葉月
イラスト／東条さかな

ISBN978-4-04-868278-7

「しゅ、しゅじゅちゅします」私立千歳井高校医術部。そこで出会ったのは白衣を身に纏った元気な美少女だった⁉ 水瀬葉月が贈るフェチ系学園ストーリー登場！

み-7-25 1883

電撃文庫

俺の妹がこんなに可愛いわけがない

伏見つかさ
イラスト／かんざきひろ

ISBN978-4-04-867180-4

「キレイな妹がいても、いいことなんて一つもない」妹・桐乃と冷戦状態にあった兄の京介は、ある日突然、桐乃からトンデモない〝人生相談〟をされ……。

ふ-8-5 1639

俺の妹がこんなに可愛いわけがない②

伏見つかさ
イラスト／かんざきひろ

ISBN978-4-04-867426-3

「責任とりなさい！」とある理由で桐乃を怒らせた京介に下った指令（人生相談）とは、『夏の想い出』作り。どうも都内某所で、なんたらとかいう祭りがあるらしく……。

ふ-8-6 1696

俺の妹がこんなに可愛いわけがない③

伏見つかさ
イラスト／かんざきひろ

ISBN978-4-04-867758-5

お互いの書いた小説で口論になった桐乃と黒猫。ところが何を間違ったのか、桐乃の書いた「ケータイ小説」が絶賛されて、近々作家デビューすることに……!?

ふ-8-7 1744

俺の妹がこんなに可愛いわけがない④

伏見つかさ
イラスト／かんざきひろ

ISBN978-4-04-867934-3

沙織が開いた桐乃のケータイ小説発売記念パーティに招かれた京介。そこには何故かメイド姿の桐乃がいて……。そして、桐乃の〝最後の人生相談〟とは——？

ふ-8-8 1803

俺の妹がこんなに可愛いわけがない⑤

伏見つかさ
イラスト／かんざきひろ

ISBN978-4-04-868271-8

「じゃあね、兄貴」——別れの言葉を告げ、俺のもとから旅立った桐乃。……別に寂しくなんかないけどな。〝先の読めない〟ドラマチックコメディ、第5弾！

ふ-8-10 1876

電撃文庫

嘘つきみーくんと壊れたまーちゃん6 嘘の価値は真実
入間人間
イラスト／左
ISBN978-4-04-867212-2

雨。学校に侵入者がやってきた。殺傷能力を有した、長黒いモノを携えて。辺りは赤い花が咲きはじめ……最後に一言。さよなら、まーちゃん。……嘘だといいなぁ。

い9-6　1646

嘘つきみーくんと壊れたまーちゃん7 死後の影響は生前
入間人間
イラスト／左
ISBN978-4-04-867759-2

突然ごめんあさーせ。嘘つきさんに代わって、我が町で起こる殺人事件の『物騙り』を任命されたものですの。本名はとっくに捨てた麗しの淑女ですわ。すわすわ。

い-9-8　1745

嘘つきみーくんと壊れたまーちゃん8 日常の価値は非凡
入間人間
イラスト／左
ISBN978-4-8-868008-0

バカンスにきた僕とまーちゃん。今回かぎりは、悪意を呼び寄せることもなく、平穏無事に旅行を楽しんだ。……む、おかしいな。本当に何もなかった。いいのだろうか。

い-9-11　1818

嘘つきみーくんと壊れたまーちゃん9 始まりの未来は終わり
入間人間
イラスト／左
ISBN978-4-04-868272-5

長瀬透が殺された。でも僕と僕の毎日は、彼女が死んでも何も変化しなかった。小さく小さく、想いを吐き出す。長瀬。お前が死ななくても、僕は生きていけたのに。

い-9-13　1877

嘘つきみーくんと壊れたまーちゃん『i』 記憶の形成は作為
入間人間
イラスト／左
ISBN978-4-04-867844-5

これは、ぼくがまだ僕になる前の話だ。そして、マユちゃんの純粋むくな姿がめじろおしな内容でもある。うそだけど……今度、じしょでうそって字を調べとこう。

い-9-10　1776

電撃文庫

オオカミさんと七人の仲間たち

沖田 雅
イラスト／うなじ

ISBN4-8402-3524-4

大神涼子、高校一年生。子供も怖がる凛々しい目。笑うと覗く魅惑的な犬歯。ワイルドな美人が世直しのために戦う、熱血人情ラブコメその他色々風味な物語。

お-8-7　1309

オオカミさんとおつう先輩の恩返し

沖田 雅
イラスト／うなじ

ISBN4-8402-3643-7

御伽学園のご奉仕大好きメイドさんこと、おつうさん。彼女のご奉仕の対象とされてしまった対人恐怖症の亮士くんの運命は!? 大事件連発の熱血ラブコメ第2弾が登場。

お-8-8　1364

オオカミさんと〝傘〟地蔵さんの恋

沖田 雅
イラスト／うなじ

ISBN978-4-8402-3806-9

凛々しい優等生、地蔵さん。恋する彼女の恥ずかしい秘密を見てしまったおおかみさんは一肌脱ぐ事になり!? 今回もどうしよーもない事件がフルスロットル！

お-8-9　1416

オオカミさんとマッチ売りじゃないけど不幸な少女

沖田 雅
イラスト／うなじ

ISBN978-4-8402-4024-6

貧困にもめげない熱血勤労少女のマチ子さん。そんな彼女が金持ちと勘違いした亮士くんに猛アタック！　おおかみさんの乙女心も刺激され三角関係の行方は!?

お-8-10　1499

オオカミさんと毒りんごが効かない白雪姫

沖田 雅
イラスト／うなじ

ISBN978-4-8402-4160-1

衝撃！　りんごさんには実はお姉さんがいた。ミス御伽学園の超美少女、その名も白雪さん。だが二人の間には深い溝があり……。今回は泣かせます（本当に!?）

お-8-11　1556